U0490449

不落花

李凤仙 著

吉林人民出版社

图书在版编目（CIP）数据

不落花 / 李凤仙著. -- 长春 ：吉林人民出版社，2023. 11

ISBN 978-7-206-20691-7

Ⅰ. ①不… Ⅱ. ①李… Ⅲ. ①随笔-作品集-中国-当代 Ⅳ. ①I267. 1

中国国家版本馆 CIP 数据核字（2023）第 257653 号

不落花

BU LUO HUA

著　　者：李凤仙
责任编辑：衣　兵
出版发行：吉林人民出版社（长春市人民大街 7548 号　邮政编码：130022）
印　　刷：长春市华远印务有限公司
开　　本：880mm×1230mm　　1/32
印　　张：8. 5　　字　　数：200 千字
标准书号：ISBN 978-7-206-20691-7
版　　次：2023 年 11 月第 1 版　　印　　次：2023 年 11 月第 1 次印刷
定　　价：56. 00 元

序

魏振强

2017 年，我所供职的报纸副刊举办了一次散文大赛，在全国各地的来稿中，一个名叫李凤仙的作者的作品令人耳目一新。这是一个主题征文，以“绿水青山”为主题，反应改革开放以来的变化。主题宏大，不好把握，很多作者思路俗套，语言乏味，但李凤仙却不，她讲述的是她所在的江南小城经常现身的白鹭所带给她的喜悦和感喟，这些久违的白色精灵在城市的环境日趋秀美和人们的环保意识苏醒之后，复又回到婆娑的枝头，像一朵朵白色的花开放在树梢。这篇作品切口小，语言清新，立意高远，通篇散发着朴素而又诗意的韵味，最终赢得唯一的一等奖。随后的颁奖仪式上，我见到了她，一位素朴、温婉，又有书卷气息的江南女子。

李凤仙后来给我主持的副刊惠赐大量稿件，我从字里行间（当然也包括她的朋友圈）读出她的大致信息：身为幼儿园老师，深爱孩子，每天早晨一大早到学校，看到一张张花朵一样的小脸，就会忍不住摸摸；坚持晨跑十几年，跑着会停下来，看路边花朵、蜗牛、蝴蝶，看身边清波闪耀的河流，还有在河流上翩翩

飞翔的鸟；父亲曾为乡村教师，重传统，爱读书、种菜，会把种的菜送到女儿的学校，在门口静静地站立，等候女儿下课，还组织儿子女儿、孙儿孙女编家庭杂志，汇集几代人的作品……这些信息让我感动又钦佩：这是一位内心充满激情和趣味的女子，她身上洋溢着生命的活力，又揣着爱——对生活的爱，对他人的爱，对大自然的爱；而她的父亲，柔软而有智慧，果然是地道而又忠诚的乡村教师模样。得出了这样的印象之后，我对李凤仙的写作路径也就更为理解。

李凤仙十分勤劳。勤劳这个词似乎也是久违，它似乎更多的是用来形容老一辈的庄稼人。李凤仙每天早起从小城去幼儿园上课，黄昏后又坐公交返回城里的一家学校上课。一年四季，无论阴晴，无论寒暑，不是蹲在“田头”，就是在奔向“田头”的路上，这多像那些正宗、忠诚的庄稼人，从不多言，只是任汗水默默滴进温热的泥土。所不同的是，李凤仙侍弄的不是粮食和蔬菜，而是一茬茬她心爱的孩子，她书写，曝晒孩子们的作品和获得的荣誉，还有家长给她的赞美、鼓励，一如丰收后的农民曝晒他们的稻谷。这种立在阳光下炫耀收获的姿势每每让我受到感染。

李凤仙的另一块“庄稼地”就是她的写作。她写蔬菜、蜜蜂、花朵、虫儿，写雨写风，写她遇到的温暖和感动，写她的爱，语言灵动，常会有绝妙的比喻和独到的体悟。灵动，跟智性、有趣的灵魂有关，说到底，还是因为心中有爱。因为有爱，才会真切地捕捉到无处不在的美、无处不在的趣味，也才会让读者共鸣、共情。而最为宝贵的是，李凤仙笔下的题材虽然寻常，但却没有小女人式的矫情和琐碎、哀怨，她对一只蜜蜂、一株草的描摹和凝视，总是那么专注而深情，通过别致的细腻，呈现事物生动的面貌，让阅读者跟着晨露般熠熠生辉的字句，心动、沉静。在我看来，能让人心动，继而又沉静的文字总是有着不俗的品格。才华易得，品格的修炼却是十分艰难。

李凤仙似乎天生是做老师的人。她那么热爱孩子，把每个孩子的进步当成蒲公英的种子到处传播，也把这一份喜悦传给其他人。这是为师者发自肺腑的骄傲，纯粹又高贵。这种与生俱来的热情和热爱，也让李凤仙体验到真正的幸福。对于那些学童来说，遇到这样一位热爱写作、内心充盈着爱的人，该是多么幸运。

衷心祝愿李凤仙保持活力保持爱，祝有爱的她获得更多幸福！

是为序。

二〇二三年九月四日于安庆

目录

CONTENTS

秋天的河流 001

秋天的意思很明确 004

云朵扑向我的胸膛 007

不落花 009

吃苹果 021

糕来糕去 024

杏子一万年 028

白菊开 031

白鹭在河心里散步 033

百合与白玻花瓶 035

薄雾白蒲园 037

玻璃橙桂 039

不“潦草”地吃 042

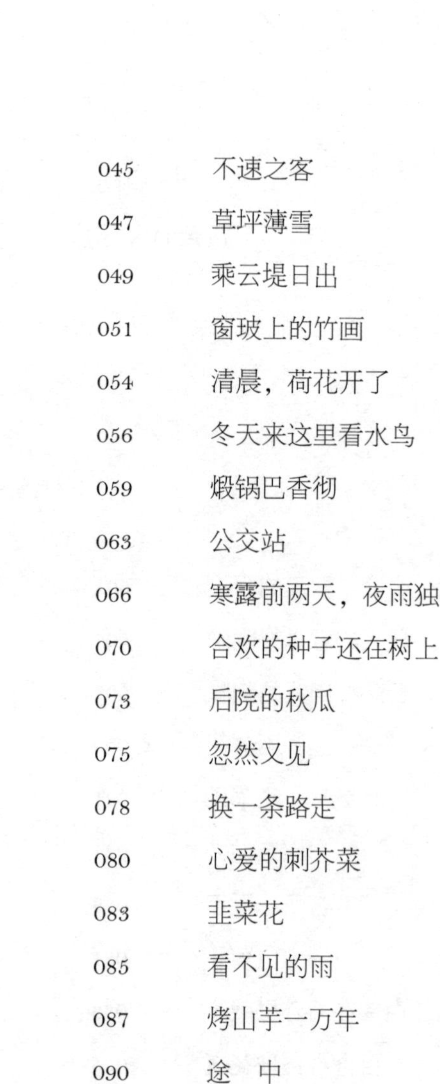

045 不速之客

047 草坪薄雪

049 乘云堤日出

051 窗玻上的竹画

054 清晨，荷花开了

056 冬天来这里看水鸟

059 煅锅巴香彻

063 公交站

066 寒露前两天，夜雨独行

070 合欢的种子还在树上

073 后院的秋瓜

075 忽然又见

078 换一条路走

080 心爱的刺芥菜

083 韭菜花

085 看不见的雨

087 烤山芋一万年

090 途　中

093 淋　雨

095 芦苇在河沿下雪了

097 路　考

落花拂过眉梢 100

梅花开在天上 103

你叫什么名字 105

鸟的游戏 107

鸟在表白 110

迁徙的蝴蝶 112

桥上舞 114

秋天的表情是慢慢酝酿的 118

日成一事 121

深秋晨趣 124

手　树 126

曙　色 130

丝瓜的诗和远方 132

松果与书及其他 135

藤菜的幸福生活 137

天亮前的一些事 139

我的花园 142

我的兄弟 145

握住握得着的真实 147

希望之声 149

香樟花的香 153

155　小飞的情人是黑鸟

158　小乐趣

160　小猫初长成

162　小猫的生存智慧

165　白脸鸟

167　邂　逅

173　幸福的源头

177　鸭子的江湖

180　岩上松

183　一根根雨丝

185　一回头

187　一树冬意

189　月下的水

192　种猫草

196　鸢尾花

198　昨夜下了霜

201　坐对一片地

205　温　三

208　春天的工作

210　脸皮上的视觉蛋白

213　梅上人家

鸟的叫声黏着蒲公英的花香 216

紫藤花漫记 219

致蜜蜂 222

新　树 225

夏　天 228

笋小谱 233

浅夏的河流想种月亮 236

田　螺 239

萝卜的光阴 242

淡淡日月 246

后　记 254

秋天的河流

晨昏都能见面的这条河流，在秋季依然丰腴饱满。它再稍微跑远点，就与江汇合了。

它诞生在深山老林，而后与小溪小河融在一起，逶迤到小城旁边时，体态丰满得近乎浩瀚。连绵起伏的山，郁郁葱葱的树，滴翠的草，星星一样的野花，都从河边蓬蓬勃勃地长出来，衬托着河流的面容鲜活生动、眉眼如画。

晴日，当太阳才在东边山岗露出香蕉似的额头时，河流从饱睡中醒来，披着轻纱袍，白皙中透着桃花粉，鲜亮得如小乔初嫁。天空和云朵是天生的画家，它们在河水中泼墨，河流就成了一幅山水画。无风时，河流像青烟色的冰，飞鸟在冰面的影子滑得那么快。落叶或鸟羽跌在河面，河面宛如小姑娘俏皮的眼波。风是河的忠实追逐者，喜欢拂水弄波，载着一河的笑窝欢乐往前奔。

河流不停地奔跑，离家乡越来越远，消失在天际。

“呀！那些是家鸭吧？”总有跑步的人问河流，河流兀自叠细波，不作答。一只只鸭子或在河流中泊成一堆小小的黑浮草，或

蹲在岸边，把嘴巴插在翅花里睡觉。

“是野鸭。”有擦身而过的跑者代河流回答。

“那么多，那么肥，又不怕人，肯定是家鸭。”

“这么大的河，你会把鸭子放来？”

“呼啦啦，呼啦啦……”数条黑色抛物线落在远方。鸭子“嘎嘎”欢呼，翅膀张开如风筝。

“乖乖！是野鸭！”多个声音同时响起。野鸭用自己的飞翔，让停下脚步的人确认了它们的身份。河流连打几声“啪啪”，响亮而急促，白银样的水花泼起来，又“哗”地落下，把跑步者的心脏吓得荡秋千。“啊？大鱼！”他们的眼睛在河流上搜寻。黑黑的鱼脊在波纹里沉浮，原来是鱼在做早操，也许是在为野鸭雀跃。河流像慈祥的母亲，任由怀里的小儿任性顽劣。

黄昏来临，太阳迷恋河流的表情，坐在山顶舍不得滑下，它将全部的深情委托西天表达。西天还未开口，自己的脸倒红得像泼了水蜜桃汁。河流心明眼亮，早知夕阳之意，脸也腾起一片羞色。渐渐地，河流的脸由赤红到橙黄，仿佛喷发着金红的火焰。几只水鸟披着爱情羽衣，飞向碧翠的树林。夕阳终于恋恋不舍地辞别了河流，西天平静了七分。河流醉了，脸像“三杯竹叶穿心过，两朵桃花上脸来”。

秋天总是能给河流更多的打扮。秋月丰满时，牛乳一样的月光洗啊濯啊，河流的脸蛋比新开的梨花还白。月下的河流，肤如凝脂，光洁如玉，它在月下慢慢睡着了。月亮还醒着，它在天空看河流，像是看玩累了的孩子。

秋天的雨不像春天的雨爱织丝网，不像夏天的雨喜欢掷大珠小珠，它总喜欢隐形。烟色的天空下，道路潮了，花草树木的叶子润亮。河流像母亲的眼波，坚毅宽厚，深邃幽远，像心中藏着巨大的喜悦，却流得庄严，表情温婉。河流把看不见的雨揽入胸怀，运到种子等待的地方。

河流明白自己的使命，它们要滋养山川大地，滋养五谷蔬菜，也滋养人的心灵。在秋天，河流尤其快乐，安恬，满足，豁达。河面上有稻谷香，有红薯香，有板栗、桂子的香，那是母亲一样的体香。

秋天的意思很明确

秋天不喜欢玩迷登，也不喜欢搞暧昧。秋天的意思非常明确。大自然把秋天的意思悟得透透的，活着，不要因为潮流裹挟而迷失自己，要丢掉愚蠢的倔强。

太阳的红额伏在青山顶上时，是秋天一天中最妩媚的光阴。太阳周边的天空，气色最好，似水蜜桃七分熟。秋天的意思是，秋天的个性比较冷静，沉着，内敛，太直白的鲜艳，容易燃烧出浮躁，于是嘱咐山峦，河流湖泊腾起炊烟色的雾，雾要薄得像月光下的树影，不能厚得像墨云。雾厚得像墨云，这是春天和隆冬常有的意思。秋天似乎没干过让天地间不清不楚的事。月下树影般的雾在天地间游，游得像摄影师慢镜头下花开。秋天善于调和，妩媚但不妖媚，所以薄雾敷天空的脸蛋达到了效果。

天空在上，万物在它的眉眼下。天空的表率，万物看得清楚明白。葱兰聪慧得很。今年的天历把节令没安排妥当，寒露前三天还似酷暑。从立秋到寒露前三天期间，葱兰的二度花必须开，但是因为高温干旱，葱兰都在努力地设法活命，没体力孕蕾，都沮丧地垂着头，憔悴着脸。秋天力挺葱兰：你们坚持下去，只要雨下一场，你们照样开花，记住人类一句话：“留得青山在，不怕没柴烧。”果然，寒露前两天，气温降，秋天的本色——秋高气爽恢复。秋风紧锣密鼓地组织了三天细雨，土地被润透，葱兰迅速恢复元气，加紧孕蕾，花开了！花期只比往年迟了一周左右。葱兰花写秋意，韭菜似的叶子青玉一样，一茎花蕾就是一支白蚕茧色的小毛笔，这毛笔适合李清照写“生当作人杰，死亦为鬼雄”。我一看含苞待放的花，就激动得微微颤抖，因为这花苞让我想到烛火。烛的火焰饱满直立时，样子就像含苞的葱兰花。烛火驱散黑暗，送来光明甚至浪漫，葱兰的花苞让人觉得，它把秋天的洁净与清白全表达了出来。

葱兰花丛里站着一棵柏子树。柏子树叶子也因为前期干旱而提前褪了绿色，黄红了，落得很是疏朗，白色的柏子种子非常醒目。柏子果原本有厚厚的青皮，几颗簇在一块，像才生的山里红果子，等岁月磨砺黑了果皮，果皮就开始解怀，脱落，白云白的种子就赤身裸体地亮在枝头，一直到叶子落尽，种子还大部分不落。仿佛种子提前在枝头适应再生环境。柏子种子保持这样率性的个性，也是秋天的意思，不需要包装，磊落也是一种得体。柏子树大部分顶梢叶子都落尽了，秃枝遒劲墨黑，像倒过来的巨大扫帚。秋天天地更辽远，不知是不是如同柏子树一样的大扫帚扫拂的。

狗尾巴草又开花了，这不知是它们的第几度开花。这片狗尾巴草身材娇小，是人们种花，不断浇水，它不顾一切挤在花种堆里发芽了，谁知竟然逃过了园丁的法眼，顺利成才，也或者园丁觉得苦旱天，花草活着都是奇迹，手下留情。狗尾巴草花的绒毛沾了细密的露，远看如同一片薄霜。凛冽，倔强，这是秋天教化出来的理智的倔强，让肃杀的秋勃发新生命。不管是居庙堂之

高，还是处江湖之远，能诠释活着的真谛，就要力争活出应有的姿态。

桂子叶子已经占尽风骚，花朵就不必要再出风头，任何事都要适可而止，这也是秋天的意思。因此，桂子花开得不张扬，朵小，花隐在翠叶胳肢窝里。秋天素净，桂香馥郁活泼，常在鼻端袅袅，又飘远，香又溢来，且伏眉睫，钻头发，游衣袖。秋天的老气横秋中揉进儿童般的灵趣，秋意的独特之美一下子爆发出来。

今年，我乡的河仅在夏初胖过，余下时间到眼前，都瘦成了窄带子。因此岸边芦苇长得老气瘦削，开早花了。花穗清瘦，仰天批垂，像烟花绽放的瞬间。芦苇花用自己的风姿定格了烟花的辉煌时刻。芦苇花当然无法灿若霓虹，它们的花穗淡紫得如庐山云雾，让人想到清泉般的修为。

一个秋阳如流金的下午，我和几个年轻人驱车去一所乡村小学为孩子们进行作文指导。山里的路瘦且弯曲地匍匐向大山的腹地。忽然看到前方的半空有一群小鸟在翻飞，又极速落到路上，在坡顶快乐地蹦跳。车子驶近，年轻人惊呼：“呀！原来是落叶，以为一群小鸟。”我也对落叶佩服有加，生命终结，以这么活力四射的方式，哪些物种能做到？

秋天的意思非常明确，由天地阐述，由草木代言。

云朵扑向我的胸膛

我站在天柱山瀑布脚下仰头望，一练白水仿佛从天上来，剖开腾空而起的绿，像天上灰白的云朵开了闸。瀑布轰隆轰隆，把人声鸟语都吸走了。

忽然，云从山顶来，瀑布的顶端一下子钻到云里，不见踪影。我们通常认为地上的水蒸气凝聚成的漂浮物叫作“雾”，但我认为这里的“雾”，是有资格称作“云”的。一团团云像月的脸盘那么白，如大海涨潮一样滚滚而来。瀑布在震耳欲聋地轰鸣，云不断撵来。我突然发现，刚刚还在我前面的游客，一个个都不见了。云就像雪山发生雪崩，直扑大峡谷。我的衣角飘荡起来，除了凉汪汪的，我没有丝毫被碰触的感觉。

我突然激动万分，这么说，别人也觉得我是在云里，如果我迈步行走，岂不是腾云驾雾了？我在云中立成一棵树，不高大繁茂，但庄重如岩。那么，云朵是擦着我的发梢游弋的，是踏着我的肩膀而过的，是摸着我的胳膊赶路的，它还扑了我的胸膛、我的眼睫、我的鼻尖……可我感觉不到，它们不是风，它们是一滴滴水长了翅膀在飞翔。它们飞到天上，集结，撞击，凝聚，冷

却，又形成水，一滴滴跃下，织成壮美的瀑布。

渐渐地，云被风削薄了，薄得像淡蓝色的炊烟，于是，树丛里人家屋顶升起袅袅炊烟，云一下子有了人间烟火气。它们在林子里弥漫，拢着大峡谷，也拢着游人，像大峡谷是它们的故乡，久久不肯离去。这是人间的云，也是天上的云，来自大地深处，又回到大地的怀抱。

云和水就这样不断轮回，每朵云是古老的，又是新生的；每滴水是古老的，也是新生的。站在飞瀑面前，裹在云里头，发现人不如一滴水。

到了大峡谷底下，我昂首再望，云依旧在卷舒翻滚，扑向我胸膛的云还在不在那里呢？

不落花

院外的一颗桂树蕾已饱胀得吹弹即破，夏天还在装糊涂，不肯抽出尾巴。开学已经一周了，骑在车上，呼在耳边的风还那么火。四岁的女儿晴天，在车后座上跟雀儿一样话多。我又要把她送到她外婆家。一到开学，我的白天只属于我的三十多学生。

我的家乡属江南丘陵地貌，村里的一所完小在小上岗上，去学校的路扭着腰身跑过我妈家门前。

晴天两个月就由外婆带了，这么小的晴天如何与外婆一起度过一个个漫长的白天，我不得知，晴天自然也不记得。但四五岁的时光，晴天却记忆深刻，常常讲故事一样把她一日中的“大事”讲给我听。外婆也“回放”，于是，我也如亲眼所见了一般。

晴天在我自行车后架上，看到的东西她都有很多的“为什么”，我就不厌其烦地答。就在一问一答间，外婆家到了。

外婆常常算好了似的，我车刚停稳，她的一桶衣都洗好了，正好爬上小河沟的坡顶，上了门前水泥路。外婆忙不迭地放下桶，像几年没见面似的说：“哎呀！我小米来了。”外婆每一道纹路里都盛满了慈祥。晴天的“幼儿园”生活就在与我“再见”后

开始了。

外婆收拾楼上楼下，晴天必定拿个小抹布学着外婆一抹一擦，写字台，小椅子，楼梯扶手，她都要擦，绝不厚此薄彼。其实，多数时候，外婆都后来偷偷加工过，晴天“劳动的地方”才会纤尘不染。但，晴天不知道。晴天有时会告诉大舅，你房里茶几是我擦的，灰真多。大舅会夸张地对晴天扬眉，竖大拇指以示感谢，再真诚地夸赞几句。晴天就会雀跃得冲天辫上下腾跃。

外婆的菜园里有干不完的活，不是浇肥就是锄草，要不就是挖地，一年四季园里绿肥红瘦，实在繁华。晴天是外婆唯一的小朋友，却满园子喧闹。当然多数都是晴天在捣蛋。外婆在河沟下游舀水兑肥，晴天也用一个外婆舀猪食的长把儿瓢往桶里舀水，泼泼洒洒，进桶里常常只有蛤蟆喝的几口。外婆不恼，总是满眼笑意地“骂”：“什么人吗?”

晴天就咯咯地笑：“婆婆的小宝贝。”

外婆会补一句：“小害哦。”

外婆颤颤悠悠地担满满一担肥水，晴天总是和看不见的赛手赛跑似的，在前面飞跑。有时，会有一畦碧绿的菜挡在窄窄的沟垄前，晴天刹不住车，就在菜畦上跑过，常踩得菜苗断枝破叶。外婆放稳水桶会一迭连声吼，眼里闪着笑：

“哪哪，看看，我说是小害吧!”

晴天看着被自己摧毁的菜苗，没有一点负疚感地用小瓢浇肥补偿，学外婆“整地”。外婆很少制止，由着晴天用小栽锄这里挖挖，那里撅撅。很多时候，撅掉了席地而坐的韭菜，挖掉了才展蒲扇叶的南瓜，还挖出了蹦跶得老高的蚯蚓，有时还有胖胖的白蚁。地下住着许多邻居，晴天觉得不可思议。

外婆浇好肥，又拔苋菜里的杂草和马齿苋。晴天自然也拔，不过，晴天是“眉毛胡子一把抓”，苋菜被拔了，草也被带起来了，马齿苋很脆，都被扯断了。外婆说晴天是“鬼子进村”。晴天就问什么是鬼子进村。外婆说就鬼子来中国，烧杀抢，什么坏事都干。晴天听得眉头皱得紧紧的，手托着被太阳晒得像海棠花一样的脸，看着外婆。紫嘟嘟的茄子，青乎乎的辣椒，也在垂头听着。

菜园里四季都热闹。晴天会说出几乎园里所有菜的名字，外婆说我小米真用心，当老师的外公说我小米真了不起。这“用心”和“了不起”，把晴天喂得像阳光那么自信与明朗。

祖孙俩虽然一天中在菜园里待的时间不少，但是，大太阳天，外婆是不让孩子到外面晒的。这时，两人在房间里，或者树荫下，看外公带回来的《三毛流浪记》。这本没有文字，但胜似长篇小说的漫画，晴天不知看了多少遍，以至于看着图，都能和外婆一起把故事说个梗概了。

漫画看得不想看了，晴天会用一个写字板涂鸦。写字板长得有趣，两个小耳朵相当于两块橡皮，画满了，把两只耳朵往中间一拢，画板上就一点痕迹没有了。外婆和院子里树、鸡鸭猫狗，甚至虫子，都是晴天的模特。她不厌其烦地画，外婆看不懂，就一样一样问，晴天就认认真真地连说带比画。一幅幅画，几乎就是一个个幻想故事。晴天常说，自己写文章想象力丰富，是外婆培养的。

外婆门前有条四季长流的小河。外婆把河湾里淘得没有一点腐草垃圾，河水总是清亮亮的。河边两棵大垂柳，遮得洗衣的地方大上午都晒不到太阳，丝丝缕缕的柳枝，垂成柔软的绿伞，好看又干净。河里有米虾、洗碗痞、刺不撸，还有躲在洞里的黄鳝、石蟹和蛇。藏在水草里的鲫鱼，它们胆儿小，只偶尔露

个影。

米虾、洗碗痞虽小得不起眼，可相当胆大，只要有人洗衣洗菜，就成群结队地在洗衣位边穿梭。有时谁洗鸡鸭鱼肉，它们就强盗样，抢走一些碎肉或丁点内脏。外婆剪下的鸡屁股、鸭屁股、抠下来的鱼鳃、点点碎肉皮，都是好诱饵。这些丢塑料篮里，篮子静置水中，只要看准结队的鱼进篮子抢食，眼疾手快地猛然提起篮子，就会有鱼虾在篮里欢蹦乱跳。这时晴天也欢实地大呼小叫。外婆赶紧协助晴天，小心翼翼地把战利品倒进脸盆里，鱼虾在盆里就游得摇头摆尾。尽管长长的河换成了巴掌大的盆，晴天还是常常能看半天。

这些鱼土里吧唧，大人没谁稀罕，但晴天喜欢它们游来游去的活泼样。这山河里的土包子，晴天吃的，它们都吃，一个罐头瓶就是它们的新家。晴天不仅自己看鱼，还喊大舅小舅看，拉外公看，扯妈妈看，仿佛她的罐头瓶是水族馆。晴天发现从瓶口往里看，鱼虾和从河沟里捞来时一样大，可是隔着玻璃瓶身子看，它立即长大了好几倍。晴天坐小椅上，一会儿伸长脖子朝瓶口看，一会儿缩回脖子透过瓶身看，她觉得很有趣，又不知道原因。就问外婆，外婆说是玻璃瓶的缘故，晴天不懂，她热闹的小嘴就缠着问每个回来的人。

外公只要不在外吃饭，总第一个回来。她问外公，外公说是光的折射的缘故。她问两个舅舅，他们说是玻璃起了放大镜的作用。晴天一脸茫然。

第二天放学，大舅给她带回来了个小放大镜，圆圆的脸，还有一个长柄。晴天学大舅的样子照鱼，又从瓶口看，突然说："放大镜就是把东西变大了。"她每天拿着放大镜照桌子，照椅子，照小猫，照小鸡，也照外婆。那些瞬间变大的东西和人，无论是呆若木鸡的，还是动如脱兔的，让他们变大变小，都由这面镜子掌控。晴天玩得眼里波光闪闪。

每年春三月，外婆家的母鸡就又要孵小鸡了。

大黄鸡抱窝后有些日子了。一天，晴天趁母鸡吃食时跑去看。有两只蛋，溜光褐红的蛋壳，顶端裂出横七竖八的碎纹，像久不下雨的外婆门前的土地。蛋壳里还啄啄有声，晴天慌里慌张地拿出来给外婆看。外婆忙不迭地接过，又放进“产房”里，告诉晴天，里面小鸡马上要出来了。晴天看外婆走了，又看鸡蛋，晴天觉得这比看玻璃瓶里会变大变小的洗碗痞米虾还有趣。裂纹越来越大，然后碎了点蛋壳片，有小尖嘴啄破蛋衣。晴天常吃萝卜蛋，也会剥萝卜蛋，所以，对于鸡蛋的构造，她是再清楚不过了。被啄破的蛋衣洞里，露出尖尖黄黄的小嘴，笃笃声阵阵。晴天太着急了，伸出小手想帮忙，自己多会剥蛋哪，这小嘴力气那么小，该啄多久啊！可是，赶来的外婆捉住了晴天的小手儿。指着正努力打破壳的小鸡说：“不能剥呢！只有它自己出来才能活呢。瓜熟蒂落呦！”

“什么是瓜熟蒂落啊，婆婆?”晴天的“为什么”就是多。

“看南瓜呀，黄瓜呀，豆角呀，老透了，自己就从藤上掉下来了。小鸡也一样哦。”

晴天还是无法把瓜熟蒂落和鸡扯上关系。但她明白她剥出来的鸡活不了，就只看着小鸡自己奋斗了。说话间，蛋壳已被小鸡的翅膀撑碎得差不多了。晴天几乎是屏住呼吸地看。蛋壳里的小鸡“叽叽”地拼搏。晴天被这奇迹惊得目瞪口呆：小鸡的大半个身子出来了，它伸长脖子，张开湿漉漉的翅膀，扑腾几下，细细的小腿使劲一蹬，蛋壳晃荡几下，小鸡跌跌撞撞地来到了世上！小鸡就像没长几根毛似的，又像刚洗过澡样，不好看。

但是，晴天好喜欢它，觉得它太厉害了，自己把自己给生出来了！

晴天老是跑去看小鸡。可是每次去看，母鸡总抬高脖子，瞪着圆眼，急促地咯咯叫，叫得很不友好，仿佛不认识晴天一样。

外婆听到鸡的叫声，就快步过来牵走晴天，说老母鸡护犊子，会啄人，啄瞎了眼睛可不是闹着玩的。

晴天不知道什么是护犊子，就问外婆，外婆说，就是你妈你爸对你好的意思。晴天就说，那也不对，应该是外婆护犊子，因为晴天最喜欢的人是外婆，外婆也最疼晴天。外婆就说："小八怪。"晴天有点失落地问外婆，怎么让老母鸡不护犊子。外婆刮刮晴天的小鼻子："你经常喂母鸡小鸡吃食，母鸡就相信你是好人了。"

晴天就常常喂母鸡和小鸡吃芝麻，母鸡也就不戒备晴天了。这样，晴天的乐趣又多了无数。晴天和外婆一样更忙了。小鸡吃米，喝水，外婆忙，她也忙，还老把那毛茸茸的温暖的小鸡崽捧手里。小鸡在晴天一只手里吃另外一只小掌心里的米，啄得晴天小手心痒痒的。外婆每次都笑盈盈的，说晴天小手聪明，不捏小鸡，小鸡怪舒服。晴天就格外觉得自己比鸡妈妈还责任重大。

有一天，太阳格外温暖，照得晒床上亮堂堂的。新树叶子还没长大，但绿得比老树叶莹亮。外婆让小鸡在大茶叶烘做的"围墙"里吃喝，晒太阳。晴天看到挤来拥去的鸡群里有只小黑鸡，它的一只眼睛总是闭的，一只乌眼溜溜的，它刚准备试探着吃那粒米，就被有着两只乌溜溜眼的黄鸡、花鸡、白鸡给吃了。晴天指给外婆看，外婆说："哎哟！可怜！这是一只瞎子鸡呢！"遂把它捉到手里，给它开小灶。

小黑鸡着实可怜，不仅眼瞎一只，还背心上没有毛，青色的皮裸露着。可能它不好看，也可能它抢不过别的鸡，所以，老被其他鸡欺负。常常被挤得东倒西歪，吃不到米，还被啄，老是叽叽哭叫。

晴天问外婆它怎么瞎眼了，外婆说可能“胎里坏”。晴天问什么是胎里坏，外婆说就是在鸡蛋里长的时候就坏了。晴天又问，那我吃的蛋里没有鸡呀。外婆说那是还没有变成鸡，晴天晶亮亮的眼里水波闪闪，就开始单独喂瞎子鸡一只鸡。

瞎子鸡吃了不少晴天饭碗里拨下的饭，它越来越黏糊晴天，听到她声音，就偏着脑袋，拖腔拖调地唱着跟前跟后。它长得穿“马甲”了。虽然一只眼睛行走大埂、树底、草丛，但养得脸子鸡冠通红，它的伙伴们也因瞎子鸡有晴天这靠山而不再欺负它，瞎子鸡身残志坚，不卑不亢，让亮子鸡们不敢小觑于它。反正它和大伙儿一样玩耍、觅食，快乐得很。

外婆的老母鸡孵小鸡，还让晴天看到了“鸡蛋从里面打破是生命”的神奇过程，了解到什么是“娇儿不孝，盈田出瘪稻”。

小鸡长到半来斤时，刺槐花开了。一串一串，乳白色的，挤满枝头。外婆门前三棵大刺槐，波浪一样，甜甜的香味，引得胖胖的蜂子嘤嘤嗡嗡，蝴蝶也飞来飞去，有的蝴蝶和槐花的颜色差不多，落在花间，不是晴天眼尖，都不容易发现呢。

这时，天就格外暖了，穿单衣薄衫了。穿了单衣薄衫的晴天格外玩不累。菜园里的菜瓜、香瓜，晴天早尝鲜了。槐花像雨一样纷纷扬扬落了后，刺槐叶就成双成对在长长的叶柄儿上长茂了。外婆门前的大水杉也浓密了叶子。大水杉比楼房还高。门前的一丛桂竹不知什么时候，笋都长成了新竹子，都光秃着枝条，还没来得及长新叶呢。

刚从土里爬出来的蝉，身体还是淡绿色，蝉蜕还在树枝上摇

曳，居然也会“知知”唱得响亮了。晴天整天仰着脑袋在树上找，可那些聪明的小虫，老是趴在高高的水杉树上。刺槐树上也有，尽管趴得矮，但也不敢抓，刺槐上的刺戳手，比鸡妈妈啄人还痛呢。

一天，晴天睡午觉醒来，外婆说带她捉知了。晴天刚醒，力气还没上来，恹恹的。就臭着脸坐在门口，看外婆拿一根长桂竹竿子，一端穿过剪了瓶口的可乐瓶，瓶身连同瓶屁股深深的。听到知了在哪棵树上唱，就悄悄靠近树，举起竹竿，将瓶口快速按住知了，知了就在瓶里慌慌地扑腾惊叫了。然后，外婆把知了倒在手心里，捉住，掐掉翅膀尖，用长长的做鞋的白线拴住一侧翅膀，让晴天抓紧线玩。晴天的脸不臭了，笑得花枝乱颤。知了作势腾飞，怎么飞也飞不远。知了在晴天的记忆里尤其深，到现在，她暑假回家，还用外婆的法子捉知了。看她捉知了，仿佛晴天的童年又穿越回来了。

知了叫得欢的时节，栀子花开了，硕大，有晴天吃饭的碗大，香得好闻。外婆喜欢在发夹上别枝洁白的栀子花，隔壁小文奶奶也爱戴栀子花，晴天也要外婆给她的冲天辫上戴一朵。常在镜子前照啊照的晴天，很高兴。

栀子花开时，吃粽子。外婆会包粽子，粽子三只角很玲珑，有红枣红豆，还有肉。晴天爱吃，大舅小舅也爱吃，外公最怂，一个都吃不下。外婆边包粽子边说粽子、端午和屈原。外婆说外公知道得多，她是听外公说给小时候的儿女时，听到的。晴天从外婆嘴里听出屈原这个人很好，许多和外公外婆一样的人喜欢他，也有许多当大官的不喜欢他，所以，他跳进汨罗江了。人们找不到屈原，怕鱼虾吃他，就裹了许多粽子扔到江里，好让鱼虾吃粽子不吃屈原。晴天不明白，干吗要跳江，跳江后屈原又去哪里了？

粽子香还在晴天的舌尖萦绕，晴天就吃青豌豆和蚕豆了，在收大南瓜、大冬瓜了。然后，外婆就秧大蒜了。外婆的苗床整得平整，掏了条条密密的小细沟，晴天的小栽锄也在乱挖一气。外婆又重新整好，就往小沟里排大蒜种子。晴天自然也排的，可是，她的种子老站不稳，晴天不管，躺就躺着吧，像白菜种子一样，撒到土里就长啊。外婆检查晴天的“帮忙”，就说：“这小害，种子都屁股朝上，长什么呢?”然后就教晴天。晴天咯咯笑着，学外婆把种倒了的再翻过来。

大蒜容易出苗。晴天忽然有天就发现，大蒜畦里都钻出了白生生胖乎乎的白芽头，像无数的茅草根精神抖擞地立正着。然后，晴天再注意到，地里青乎乎一片了，阳光下溢出浓烈的蒜香。晴天伸手就拔，外婆接过，又说：“这小害，等不到红锅焙旱菜，还长呢。”

晴天就问：“什么是‘等不到红锅焙旱菜’?”

外婆想想说：“就是桃儿还豌豆大，晴天就摘嘴里吃。”

晴天就抗议：“没有没有，小米都吃大红桃的。”

外婆就说：“下面条吃，就把这做香料了呵。”晴天当然高兴。

大蒜可劲地长，秋天就到了。

晴天不知道伤秋。于她而言，秋天是彩色的季节，也是叶子会飞翔的季节。黄了红了的树叶，在树上艳艳地摇曳，然后就渐渐飞舞了。有时，风儿大，飞落得迅猛，飒飒作响，有时丽日风和，飘飘忽忽，像有看不见的线儿系着，慢慢从枝头滑到地上，像怕摔疼了似的。

秋天，是吃的东西都往家收的季节，是晴天小嘴儿吃累了的

季节。晴天像爱外婆一样爱秋天。

外婆大水缸里的荷叶沧桑地默立在缸里时，星子似的桂花挤得叶缝里待不住，落了。荷叶枯萎凋零，菊花就在冷露里勇敢地开放了。外婆爱把花圃里自由生长得高高的菊花用彩带拦腰扎束起来，然后用小竹棍撑起来，这样，黄亮的，红火的，雪白的，紫透的，无论朵儿有多大，都不会趴下。阳光里，它们开得精神，白霜里，它们开得神气。晴天就常常摘一些，插在外婆的发夹上，然后，拍手叫好。外婆也笑，说晴天把外婆变成老妖精了。晴天说，不是，是花仙子。

“花仙子”和“小害”的秋天暖心暖意，日子就过得格外快，快得晴天觉得吃桃吃黄瓜还是昨天的事，冬天就跑步到来了。

冬天来了，外婆就要准备晴天的零食了。

晴天在院子里跑，不能特别撒欢了，因为，外婆院子里搭了三四个团箕，两个晒萝卜干，一个晒冻米，还有一个或者晒米虾，或者晒山芋干子。除了萝卜干，其余的晴天都爱吃。外婆总用米虾炖鸡蛋给晴天吃，山芋格子是晴天的搭嘴食，冻米炒胖了，也是晴天的“下午茶”。跑来跑去的晴天歪打正着立了功，因为麻雀不敢来偷吃冻米。

天很够意思，知道晴天爱堆雪人，知道大舅小舅爱和晴天堆雪人，常常在梅花“凌寒独自开”时，刮够了北风，把低得快挨到屋顶的灰云都变成雪，落下来。先是沙沙作响的雪子，盐粒样，白糖样，落在晒床上，跳个不停，惹得鸡飞奔而来啄食。然后，柳絮般的雪花纷纷扬扬，静悄悄地落白了草垛、鸡棚顶。晴天这时就不愿进屋了，喜欢用小手抓雪花。可是，雪明明飘到她的小手心里，却是粒粒小露珠。晴天很扫兴，就拉外婆抓。外婆的大手心里接住的，也是粒粒露珠。晴天懊丧极了。还是外婆有办法，弄一个脸盆接，不一会儿，脸盆就白乎乎的了，还是脸盆会抓雪。下雪，晴天就顺理成章在外婆家睡了。

第二天一早，晴天就看不到水泥晒床了，厚厚的白雪已将晒床盖得严严实实，草垛顶像戴着巨大的蘑菇草帽，鸡棚顶上的雪被外公给扫下来了，他怕压坏了鸡棚。雪还在稀稀落落地飞扬。晴天在雪地里踩出许多小脚印。鸡也在雪地里踩出许多小竹叶，狗的脚印最好看，和外公院墙拐的一株蜡梅开的花一样好看。外公的大脚印，晴天放两只脚都装不满，深深的，把雪踩得好结实。大舅小舅雪天并不着急起床。晴天却好新鲜，睡不着。

外公拿着大锹铲门前的雪，大舅小舅就起床了。晴天的小栽锄也忙活了一早上，大家都说晴天比大舅小舅勤快。俩舅朝晴天龇牙咧嘴做鬼脸，漱洗完毕，就加入了铲雪。

可是，他俩铲着铲着，团起了硕大的雪球，又团起了小一点的雪球。晴天扔掉小栽锄，开始黏着舅舅们。堆雪人，晴天小时候就玩过（她常称五岁前的记忆为小时候）。雪人身体脑袋都长全了，就剩五官了。于是，晴天的一顶毛线帽子戴到了雪人头上，外婆洗好的红萝卜被晴天拿来做了雪人的鼻子，大舅用毛笔蘸墨汁给画了个大嘴巴，两个玻璃球按进去，雪人就有眼睛了。它憨态可掬地在晒床上望着晴天，晴天喜笑颜开地朝它拍手。大舅小舅的眼里也开花一样。外婆进进出出，夸晴天把雪人鼻子做得好。晴天的脸红扑扑的，像雪人的鼻子。

太阳一出来，雪就化成了水，门前河沟里的水更清更亮，流淌得更欢畅。梅花被阳光烘得香香的，晴天耸耸鼻子，朝院外张望。要过年啦！

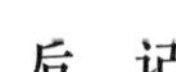

后　记

晴天渐渐长大了，出落得像外婆菜园子里的菜一样明媚鲜活，是一枚坚强的大蒜种子。

晴天上大学时，许多室友不会收拾房间，衣服也不会洗，更不注意公共卫生。晴天就常常洗刷卫生间，打扫寝室，把她自己的小天地收拾得井井有条，清清爽爽。一些室友也有了很大改变。晴天还悄悄用奖学金资助困难的同学。

外婆生了大病后，两个月内动了两次大手术，健康都被掏空了。但外婆从没说过丧气话，总是顽强地复健，努力地吃饭。晴天常目光灼灼地说外婆是世界上最了不起的人。她常说，自己成长的路上，总是鲜花盛开，那些花都是外婆种的。她还在一篇文中写道：“外婆种的花已开在我的心田，我要让这花种传承下去，外婆的花是不落花。”

吃苹果

一日一个苹果，雪天也不例外。

水果篮里仅剩四个苹果。“今天吃掉一个，四减一，只有三了，三再减一，剩二……”我在苹果前慌慌地算账。他举着哑铃说：“你照常吃，篮里空了，新冠肺炎病毒就清零了。”人在踌躇不前时，一句激励的话，往往起推波助澜的作用。吃吧，也许就是这么回事呢。

苹果圆润饱满，粉白底，枚红条纹，妩媚动人，一看就是水水脆脆的款。我用水果刀“嗞嗞”转着削皮，苹果香爆发，扑鼻子。突然想到了一句话：“我梅村老家苹果树上的。”

教孩子们写作文之余，常常和他们一同玩耍、聊天、吃小吃。一次，一个孩子带来红艳的柑橘放在讲台，说爸爸从浙江寄回来的，非常好吃，请老师尝尝。恰好几个老师找我有事，他们剥开后，都说确实与门口买的不一样，正正的甜而鲜。

有次下课，又有孩子带来几个大橙子，说是爸爸从福建带回来的。呀，不说吃了，看着都觉得美味。与几个后走的孩子分而

食之，几个孩子都陶醉地赞好吃。后来，常有孩子带来吃的与我分享，有面包，有饭团，有饼干，有果汁。

我觉得不对劲了，一定是这些孩子觉得自己没和老师分享吃的，很开心，但如果大家特意花钱买，我吃就有心理负担，一点也不快活了。孩子们说，一点小零食花多少钱呢？我说钱再少，也是父母挣的。孩子们安静地看着我，小脸都很严肃。我知道，他们懂了我的意思。

那天黄昏，一个瘦瘦小小的男孩子递给我一个苹果，小声说，老师，这是我家树上的苹果。我大大羡慕，啊？你家还有苹果树呀？孩子看着自己的座位，嗯了几个“嗯”。我乡水土气候皆无法种植苹果，原来，男孩老家在苹果之乡啊，我十分向往。“你家在哪里呀？”“梅村啊。老师……你吃吧。我梅村老家苹果树上的。”孩子从我身后走过。

我看着苹果，粉白剔透，是水水脆脆的那款。多熟悉的颜值与质地，我买苹果基本只钟情这款。我明白了，这个渐渐喜欢写作文的孩子，想向我表达谢意，又怕我因他苹果是花钱买的而不开心，就撒了个温暖的谎。

我嚼着苹果，孩子的那句话不停弹着耳膜，弹出了《梦溪笔谈》中的故事。沈括被罢官退居山林后，讲了很多传闻里巷的故事，读来十分有趣。

其中有一个关于钱塘堤的故事我记得很全，话说钱塘江在五代吴越时修筑了石堤，石堤外面又埋了十几排大木桩，称之为“滉柱”。宝元、康定年间，有人建议把“滉柱”拔出来，认为这样可以得到良材数十万。杭州府大长官认为可行，遂令人拔。但从水中取出这些木材后，发现都已朽败不可用了。而滉柱一经取空，石堤被江水的洪涛所冲击，年年决口。原来前人埋设滉柱是为了减轻浪涛对大堤的冲击，所以洪涛不能泛滥引发危害。杜杞担任转运使时，有人献计说，从浙江盐税场以东，退后数里修筑月堤，也能避免水浪的冲击。众多的水工匠都认为可以，独一个老水工匠认为不好，暗中告诉同伙说："移堤则岁无水患，若曹何所衣食？"用现代文说是这样的："把月堤后移，每年就没有水灾了，没有水灾了，你们靠什么吃饭？"众人也乐意从这行得到利益，于是都附和老水工的说法。杜长官也没有觉察其中的阴谋，结果花费巨大，而江堤的水害仍然每年都有。近些年来的地方长官才认识到月堤的好处，洪涝灾害稍稍好些，但仍不如当初滉柱的作用大，可惜筑造滉柱的开销太大，已经不能重建了。

因为回顾故事，吃苹果速度就慢了，还有大半边苹果，我觉得怪富有的。于是边翻朋友圈边吃。朋友圈里也有许多故事，以故事下苹果，和以花生米下酒有异曲同工之妙。还有一个故事也很好玩，是说印度一度蛇患严重，于是政府就命老百姓捉蛇，且每户都布置了任务。大家都捉蛇，老百姓难以完成任务，就在家里养蛇交差。人人养，任务圆满完成。然，蛇患更严重。看到这里，我仿佛看到许多蛇高昂着头，吐着红信子，随处游弋。

蛇可怕，促织殇离别。《促织》才想起开头，苹果只剩核了。我望望苹果核，很不舍地扔到垃圾桶里，苹果的核心，是繁衍生息的，不能吃掉。都把苹果核吃了，苹果岂不绝代了？

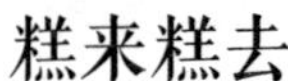

糕来糕去

镰刀一样的弯月仿佛在收割朦胧的暮色，由于天还没怎么黑，月亮显得分外白皙，比杏仁还白，斜钗在天空。院子里的树像黑黑的影子站着，它们的真身碳一样黑，它们的影子淡淡黑，贴在晒床上，像晒床开了一大朵一大朵如烟的花。银杏树仿佛能摸到月亮的脸蛋，它静静地等着晒月光。晒月光的万物，都显得文质彬彬。我独自坐在走廊的藤椅里，也等月光晒我。我脑海中翻腾着许多事情，多数都是以前的事，忽然，一条方片糕的事清晰地从我的记忆库中显影出来。

那时我是猪狗都嫌的三年级年纪。端午节前夕，乡村特别忙，拿奶奶话就是“棒槌都要忙得滚三滚”。但是为一些长辈看节是一定要看的。父亲的时间基本付于他的学生，母亲要忙于栽插，爷奶是祖辈了，都是晚辈看他们节的，两个弟弟小，于是看一位老舅爷的重任就落到了我身上。

我那时顽劣，大胆，会喊人，鬼点子也多，亲戚们喊我“外交部长”。村里一个腿有“流火”（腿长年肿胀得仿佛要爆破皮）的老伯，每次看到我都笑得和弥勒佛一样说：“老北上，红军呢？”

尽管我有这些响当当的名号，奶奶把放好节礼的竹篮，盖上体面的毛巾，挎到我胳膊上后，还是对我嘱咐了一遍又一遍：“走路不要沾水。”“人家再三留吃饭才吃，吃菜要斯文，不要尽把筷子往荤菜里伸……”

老舅是年已六十多岁，他家做主的是他大儿子，我叫大表哥。大表哥比我妈还大好几岁，通红的娃娃脸，他不笑的时候，许多小孩怕他，我却不怕。

我到了老舅家晒床上，舅家的黑狗冲我抱歉地耸耸鼻子，晃晃尾巴，因为它家门是关的。我推了推，一扇木门“吱呀”一声开了。屋子里有点黑，我扬声喊几声：“表嫂，表嫂。”没人应答。

我拎着篮子又出来了，阳光照得到处金光闪闪，晒床前沿蓬着几棵栀子花。月白色的栀子花开满树，像丰茂的树戴着一头花。花朵有小碗大，馥郁的香不停抚摸我的鼻子。晒床东头一棵大皂角树，枝丫繁茂，遮掉了半边晒床。我看看空无一人的屋里，又看看我的篮子，怎么办？不能完不成任务回家吧？

我进了大门，又进了表嫂房间，箱子静静横在架子上，大衣橱敦厚老实地站着，食品橱相相比大衣橱来说，清秀多了，也沉默不语地站在一角。我忽然有了主意。

我想了想，郑重地掀开篮子的盖头，把一盒油光满面的绿豆糕拿起来，在鼻端闻闻，甜香立即袅进鼻腔。我咽咽口水，拉开食品橱玻璃门，把它放进去，又把一斤糖放进去。顿了顿，我把一瓶酒也放进去了。

我把一个用白纸包的方片糕拿起来，在放进去一刹那，我忽然想起来，以前去外婆家看节，外婆都要我把糕带回来。我不好意思带回去，外婆虎着脸说："一定要带回去，糕来糕去，这是规矩。"那些去了亲戚家又随篮子回来的糕，往往又去了另一个亲戚家，如此，来来去去，等某个节过去，糕才算圆满完成它的使命。糕最后落哪家，哪家小孩就分而食之，这就是"糕来糕去"。奶奶一直教我们做人要守规矩，既然是规矩，当然不能破。那今天这糕放在这里，不就破了规矩？怎么办，家里没人，没人给我来"糕来糕去"的仪式，糕怎么回去呢？我自己把糕带回去，大表哥肯定认为我的节礼里没有糕。

我环顾四周，眼珠睃来睃去，看到箱子上有一个书包。我心中激起几朵欢喜的小浪花。慌忙打开书包，哈哈，是三子的，三子比我高一年级。我拿出铅笔，在草稿纸上撕下一张白纸，我决定写留言条。我把纸铺在窗前桌上的玻璃板上，一笔一画写起来：

尊敬的大表哥：

您好！

我今天来送节，家里没人，我把礼包放在食品橱（橱用拼音代替的）了。因为有个规矩叫"糕来糕去"，所以，我不能破了规矩，把糕带回去了。

祝您全家端午快乐！

您的表妹：李凤仙

写好后，我读了两遍，很满意。准备拿篮子打道回府，发现肉还在篮里。这可让我发愁了，肉放食品橱里，闷臭了，就不行了，等于送节少了一个礼。桌上通风，但不能放，猫会拖走，狗更是见肉如同狼虎见兔子。我不自觉地扭身看门外，黑狗正温情脉脉地坐在门口看着我。我像侦察兵一样四处看能放肉的地方。我仰头扫描时，看到楼板梁上垂下一个大铁钩，这个钩，我家也有，是挂腊鱼腊肉的，挂那么高，既可让猫狗望肉兴叹，又让老鼠无法作案。我觉得铁钩是这刀肉的大救星。

我风车一样转身，从堂屋端来一张大椅子，再架上小椅子，爬上去，举高肉，肉上的稻草环离钩还有一拳远。我小心地下来，又放个小马凳在小椅子上，哈哈，这简直是搭宝塔，我站在高高的塔顶，这下，肉就挂上铁钩了。我下来，站在地上，还原椅子和小马凳，看看那些礼品应该都平安无事，放心地挎着篮子回家了。

那条糕就跟着我回家了。

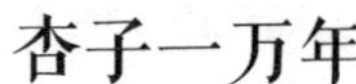

杏子一万年

太阳晒着我的后脑勺，我感到维生素 D 汩汩地在血脉间流淌，被我的骨肉吸收，也感到我的羽绒服在蓬蓬变松变胖，暖，在羽绒间像小鱼在穿梭。冬天遇到倾心倾情的太阳，实在是大福气。

一路上，会相逢许多老朋友：香樟敦厚老实地站在路边，叶子在冬天有点疲惫，幸福地任由阳光的羽毛在它们身上飞舞跳跃。樱花灰白着秃枝，像无数珊瑚钗在树干上。这种樱的花丰腴硕大，粉里含白，是花中胖美人。花开时，树干总是小心翼翼地驮着那些娇娇的胖美人。风雨偶来，樱花淋了雨，重了，“啪”的一声，坠落枝头，明媚鲜妍在湿地上，皱绸一样的花瓣颤巍巍的，看得人十分心疼。一路想树想花，突然，一团火焰在我前方树上跳动。真红啊，如同一枚枚年华正好的圣女果。

近前，不禁咧嘴大乐，是你呀，杏叶！原来你和这些樱花做了邻居呀。杏子是急性子，每年都计划好好看看杏花，可几个工作日一溜走，杏花已是迟暮之时，嫩叶芽间点着零星的粉白，一副盛宴散后的寂清。秋风才掀动嘴唇，杏叶又纷落如雨。因此，我的印象中，杏树是赤膊从秋到冬的。这棵杏树的几片叶子怎么忘了落呢？都快跨年了，居然娉婷枝头，在阳光的金丝线中轻摇，如一片片红唇，在轻吻我的目光。

这几枚杏叶让我想到一篇文言文，翻译为现代文为：三国时期，吴国有一位医生，名叫董奉，家住庐山。他常年为人治病，却不接受别人的报酬。得重病的人他给治好了，就让病人种植五棵杏树，病情不重的人，他给治好了，就要病人种植一棵杏树。这样十几年以后，杏树就有十多万棵。董奉在林中修了一间草房，住在里面。待到杏子熟了的时候，他对人们说："谁要买杏子，不必告诉我，只要带一筐米倒入我的米仓，便可以装一筐杏子走。"董奉又把用杏子换来的米，救济贫苦的人。后来人们在董奉隐居处修建了杏坛、真人坛、报仙坛，以纪念董奉。草房子在深秋会掩映在无边的红叶中，那些杏树叶子年华老去时，红艳如丹，片片红叶暖如春阳。

这几枚杏叶像几千年前庐山杏叶一样红艳欲滴。我忽然想到，这片杏林一定是那座山上杏的嫡亲血脉，因此，叶红如出一辙。凝望着这几片杏叶，不由想到了为妈妈治病的一位医生。

近几年，妈妈都是一年有半年生病住院，自七年前她连做两个大手术后，免疫力就极差了，身体仿佛是病毒窝，这里好了，那里又被病毒侵袭。去年腊月，妈妈再次因肺部感染住进医院时，几度濒临病危。爸爸和我及弟弟们心都快滴血了，信心已丧失殆尽。但是，一直给妈妈治疗的白克林主任却异常镇定，果断确定治疗方案。他深邃的眼神和坚定的语气，让我们跌进冰窟窿的心稍稍回暖。两天后，妈妈病情逐渐稳定，进而日渐好转。

几年来，我们没有见过白主任脱下白大褂、摘掉口罩的样子。如果他不挂胸牌，不穿天使白，不开口说话，就是与我们擦肩而过，我们也不会知道他就是几次把妈妈从死神手里拉回来的恩人。但是，他的医者仁心却让我们深深铭记。

妈妈的病，要常年吃药，白主任每次开好药，怕爸爸不记得剂量，就将一种种药，一天吃几次，一次多少粒（袋），写得清清楚楚，用微信发给爸爸。爸爸常常翻开微信给我们看，一条条，不同的日子，翻得老长老长。爸爸说有这样医德的医生，他活七十多岁才见到。今年十月，妈妈因肺部感染和疱疹脑炎住院，病情重得让我们几近崩溃。我和弟弟因为工作丢不开，等妈妈病情稍好转，照顾妈妈的重担就落到爸爸和护工大姐身上。有次，妈妈要做核磁共振，护工大姐家中有事，爸爸无法将神志不清的妈妈弄到轮椅上。恰好，白主任从隔壁病房出来，看到这情况，二话没说，将妈妈抱到轮椅上，和爸爸一起将妈妈推到检查室。晚上，爸爸跟我说起白主任抱妈妈时，眼睛湿了又湿，因为妈妈体重不轻，而白主任却非常清瘦。爸爸说了好几遍，说这只有儿女做得到。我心里热热的，望着熟睡的妈妈，觉得妈妈真是非常幸运，遇到了这么好的医生。

那晚，我和爸爸轮流守着妈妈，但谁也没有睡意，病房里安静温暖。我把董奉与杏林的故事说给爸爸听，爸爸不断感叹，说好人朝朝代代有，说这白主任也是杏林春暖。

仰望眼前杏林，我觉得，明年叶子会红如丹霞，再明年，也会这么红，也许一万年，都不会变色。

白菊开

花开草长，看似沉默不语，实际上都在唱进行曲。

头天，白菊的蕾还青得像盛夏时的樟树果子。第二天清晨，粒粒“樟树果子”破裂了，白中含青的菊苞在晓风里摇摇晃晃，一样的眉眼，仿佛夜里，苗杆或叶子一声命令：“胖！白！”枝头就尽是待放的苞了。花苞被鲜嫩的阳光摸着，被欢乐的风拂着，被孩子们的目光暖着，被“哈哈”的童声激荡着，慢慢发育，耐心地等“开怀”的号令。菊苞发育好了，外围的青完全褪去，鸟舌般的花瓣层层搂着，像在叮嘱怎么守护天大的秘密。

这个工作必须提前做好，许多秘密都是因为舌头过长泄露出去的，许多谣言也是舌头过长编造的。白菊瓣如鸟舌，那么多，有的还长盈半尺，甚至还卷若弹簧，如果不是家风好，所有的菊瓣一起嚼起舌根，世界估计都要乱套。菊苞修炼好了心性，昨天，我耳畔仿佛传来一声清脆的命令：“开花！”然后，晨风中还在含着苞的花蕾们，不约而同地弹开了白净的花瓣，白得像白云裁成的，闪耀着月光一样的荧光。它们清瘦，玉润，俏丽，令人倾慕。

我特别崇拜花的品行，一院子花，从来不惹是生非，从来不挑拨离间，即使再小的花朵，也有大格局，魅力四射。先开的花总是真诚地鼓励后开的，别害羞，绽放吧，你最香；来来来，抱抱，风头上有点冷；喂喂！那一朵，别睡啦，一起开花，才满园芬芳。那！号角吧？甚至还有管弦乐队、锣鼓队呢。

草木德馨，人常在花前草木间，会染及花草树木的体香，更有德香。

白鹭在河心里散步

太阳滑下蛇形山顶，挂在离秋浦河一丈高的天空，蛇形山仿佛经历了一场大火才被扑灭，薄如蝉翼的青烟在山上凝聚着。天地间澎湃着看不见的滔滔热浪。远方的秋浦河像乡间小路一般苗条，太阳仿佛要在那里煮干秋浦河。暮影稀薄，一寸一寸流向西边。

乌亮亮的柏油路像九曲黄河，峰回路转，车行路上，像与人捉迷藏。利剑出鞘似的阳光被黑漆漆的柏油路撞回，路上如撒着白金，晃眼。

郁郁葱葱的山上总有一棵或数棵棕黄色的树十分耀眼，先以为是什么花树，即至那些棕色拉近到视野里，不禁心里拧得慌，原来是松树干死了。山脚下的草甸像过了霜，芦苇只有顶梢几片叶子憔悴地绿着，余下部分焦黄，似乎一捏就粉碎，一些草枯萎得一点火星就能燃着。原来泱泱的八百亩河，是秋浦河身上很丰腴的一部分，现在把宽阔的河床裸在猛烈的阳光下，瘦削的秋浦河惆怅地从我眼前闪过。

忽然，我的视线里悠进一汪池塘，它是八百亩的一个深宕，

一片片碎白云浮在深宕里，难道热浪把白云熏掉下来了？我不觉睁大眼睛，“减速！减速！”我大喊。父女俩都惊问怎么了，我尖利地问：“是不是白云落到河里了？”我话音才落，车已驶近那“白云”。

“啊！好多白鹭！”女儿欢呼起来。

我看清了，天！这么多白鹭！一汪池塘都是白鹭！

我们下车。

白鹭们或站在水中央，定定地仰望碧蓝的天空，或抬起大长腿，在天空一样碧蓝的水里踱来踱去，也有的白鹭把翅膀微张，翅尖无力地搭在背上，像老母鸡过酷暑。水边也一圈白，那也是白鹭。岸在远方悲切地望着河水和那些白鹭。白鹭的身上堆着忧愁。动物特有灵性，昔日浩浩荡荡的八百亩，眼前河心里都可以散步了。老天再不降雨，它们也许就饿死在这里，有些小白鹭还没有去过它们远方的另一个家。我仿佛浸在蒸汽里的热包子，一下子就汗珠滚滚。那一朵朵白，灼痛了我的眼睛，也灼痛了我的心。

满目青山，河湖汤汤，原野滴翠，白鹭翔集，这是多么迷人的图画。可现在，旱灾燎原，好多生灵都在夭亡或奄奄一息。大自然发这么大火，发谁的火，大约不清楚的人不多吧？

百合与白玻花瓶

路边的银杏树叶落得真是毅然决然，一片都不留，冷硬的枝在冰寒的空气里纹丝不动，像冻僵的手臂。太阳太爱耍性子，说不上岗就不上岗。天空似乎怨气很大，脸阴成铅灰色，拉得很低，远处银杏的高枝都快刺破天的脸皮了。我看到路边的花店门口一片春色。

我走进花店，屋里真是春潮涌动。绿翠间，红果像熟透的杨梅一样饱满润泽；红花好似簇簇火焰在跳动；玫瑰色彩丰富——但是，最抢眼的还是红玫瑰，玫瑰开花极其有个性，总是花开半朵，极少有开得像蔷薇那么袒胸露怀的，这让人觉得藏了很多的情意在花瓣间，在花心里头。郁金香总是透着母性的光辉，让人想到梁实秋《槐园梦忆》中的季淑。一屋子姹紫嫣红中，一束百合让我一见钟情。

百合在高高的玻璃花瓶里，清水就可以滋养那一枚枚青辣椒样的花骨朵盛开。粉红的含苞欲放，白的已敞开了梨花一样白的花瓣，像一口喇叭一样，真真是白得灵动，挺得秀颀。我已经挪不开步子了，站在百合面前，把花骨朵看了又看，将花朵端详又

端详，总觉得它们来自林清玄笔下的百合谷地。百合谷地的百合祖先面对杂草蜂蝶的嘲笑，呐喊出了它的宣言：我要开花，是因为开花是一朵花的神圣使命，我要开花，是因为我要证明我的价值，因为我是一朵花，因此不管有没有人欣赏，我都要开花！它开花了，结籽了，风将花子吹到了山谷，吹到了山坡，年复一年，整片山都长满了百合。每年百合开花时，城市与乡村的人都千里迢迢去看百合，小孩跪下闻香，情侣立下爱的誓言，甚至许多人眼看着海洋一样的百合流下了热泪。

我毫不犹豫地买了三枝，两枝白的，一枝粉的。我把它们养在教室里，插它们的花瓶是一位学生在教师节送给我的。当时这晶莹剔透的玻璃瓶里插的是相思梅，相思梅在我办公室里开了很多天。百合在讲桌上，整个讲桌立即有了百合的深意——总觉得它们开在心田上。

我曾经带领孩子们学习过《开在心田上的百合》这篇文章，不知孩子们明天来学校，看到这束百合会不会想起断崖上的百合说的话——我是花，就要开。

晴天小时候在山上挖了一棵野百合苗，她独自用小栽锄挖了个坑，把百合苗栽在院子里。小小的人常常照顾它，百合长得高高瘦瘦，一副营养不良的样子。可是，居然当年就开了花。晴天欢喜得天天看，写了百合从幼苗到开花的观察日记。第二年，枯萎的百合茎下，又发了缨，晴天像所有亲人迎接她诞生一样高兴，更加努力地照顾新苗。这年，百合开了四朵花。晴天又写了百合开花的故事。我至今还常常回想她站在百合前，笑盈盈的脸像百合一样清雅恬静。

父亲和母亲在乡下独居，在菜园一角种了百合，每年百合盛开时，一个个喇叭望着桥头，仿佛随时预备大声报告我们回家了。百合在那个角落里，年年生。

薄雾白蒲园

凉爽了一些，但是天空却不明不白起来，像蒙着厚重的灰白幕帐。幕帐仿佛陈年旧灰吃到了布纹里，使人担心大风吹，就有尘埃落下来。白蒲园里溢流着雾气，朦胧如薄暮初降，远山影淡，如同漂浮在白蒲河上。白蒲河就像巨大的章鱼舒展着腕足趴在大地的胸怀里，那些线条流畅，弧度潇洒的“腕足”，让湖多了几分“山重水复疑无路，柳暗花明又一村”的韵味。灰扑扑的天空映在水里，被湖水揉洗得洁净如玉，鲜翠明朗，任何历史的风尘在江河湖海的冲洗下，都不会再留下痕迹。湖里像酝酿的马奶酒出窖了。晓风轻拂，湖面白白的波纹，细若蚌痕，漾向各个湖汊，湖面仿佛在长大，越发深邃，清幽，辽远。

“嘎——嘎，嘎嘎嘎……”“扑啦啦……”几只野鸭忽然从一个湖汊里窜出，高歌着在湖面扑腾起来，湖面溅起晶亮的水花，水花又落回湖中，令人想到叶落归根。鸭子兴奋地用长脖子撩水擦背心，擦尾巴，拍翅膀，喋喋不休地交谈，湖面如同开着一大朵一大朵麻栗色的花。花朵周围涟漪前赴后继地扩散，荡远，归于平静。突然，两只野鸭收回翅膀，脖子一伸，钻进水里，在湖心冒出来，谈笑风生地游向一片孤岛。它们尾巴后的水面，一条扇形水路越铺越远，越铺越远。野鸭和轮船一样，能在水上开辟道路。

湖心岛虽也雾气缭绕，但清朗多了，绿的层次非常清晰，新绿如柳芽，苍绿如黛玉，让人心里一下子敞亮起来。

一个湖汊里的栈桥上，有晨跑的人在桥栏上压腿，在桥面拉伸，计时鼓劲的音乐隐隐飞桥越野。桥九曲回廊，人生机盎然。有一个着运动服的女子，拉伸完毕疾走在栈桥上，看得人心里有花朵朵开。她轻盈的背影，多像凌波仙子在清波上款款微步。

玻璃橙桂

低头改本子时，孩子们陆陆续续来了教室，他们轻轻地从我身边走过，绕到教室后面看书柜上的书。

忽然，几枝桂花斜悬在我的本子上。我顺着桂花望过去，桂花由一只细细的胳膊伸过来，手腕上戴着一个黛绿的腕带，和桂子的叶子一样绿得实在、沉静。麦色的小胳膊血气元满，军绿的外套袖子高高挽着，敞着蒜子白的马甲，像赶了很多路的样子。她和小臂一样血气元满的脸闪着一朵涟漪。哦，是楠楠。

“呀！桂花！今年桂花开得辛苦！”我欣喜地接过桂花。讲桌上的一个玻璃花瓶正好空着。我站起身，准备去茶水间弄水，突然接到一束热烈的目光。楠楠正羞怯地看着我。我心里一动，又坐下，朝楠楠招招手。

楠楠脸上的笑容收起来，眼神暗了暗，脚擦脚走向讲桌。我指着花瓶说：“这么好的花，我很希望你亲手养。”我的话音才落，楠楠就羞涩地笑了，眼睛在大大的眼镜片后快乐地眯成一条缝。她捧着花瓶，轻盈地走出了教室。

我素来喜欢金桂，花朵如阳光一样黄得纯粹，不妖娆，即使

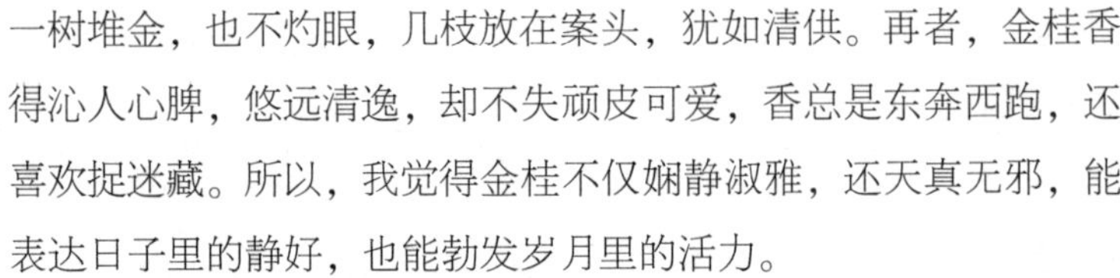

一树堆金，也不灼眼，几枝放在案头，犹如清供。再者，金桂香得沁人心脾，悠远清逸，却不失顽皮可爱，香总是东奔西跑，还喜欢捉迷藏。所以，我觉得金桂不仅娴静淑雅，还天真无邪，能表达日子里的静好，也能勃发岁月里的活力。

现在，我握着这几枝橙桂，居然觉得眼前很亮。簇在一起的小舌头一样的绿叶，让我想到小时候吃春风里抽出的酸木苔。酸木苔是春天送给我童年舌尖上的第一份爱。被咸菜哄了一个冬天的味蕾，被酸木苔激活了，狂欢在鲜活的野菜的玉液里。数根粗壮生嫩的酸木苔嚼完，舌头就染上绿汁了，就像眼前的桂树叶子。耀眼的橙色花朵，一朵朵齐心协力在“舌根”部，仿佛五六条舌头都在吻花朵，搂抱花朵。橙桂的香比金桂淡些，合着草木的体香。这几枝桂花令人想到汪曾祺先生回忆他的幼儿园老师时写的：师恩难忘，母爱伟大。

楠楠打来水，将花瓶放在讲桌上。我笑着把花递给她。她小心地把花插在瓶里，又把高一点的花枝朝下压压，把短点的向上提提，再伸头看看瓶口。看清水都养着每枝花，朝我笑笑。我们的目光犹如击了“啪啪”的脆掌。楠楠回位了，高束的马尾在脑后摇晃得非常有劲，跳到太阳穴那么高。

这几枝由一只稚嫩的手采来的桂花就与孤独了不少日子的花瓶相依相偎了。我觉得它们的邂逅奇妙又感人。我喜欢玻璃，玻璃古老又年轻，闪着四千多年前的光芒，又泛着现代的光华。玻璃装窗户上，阳光透进来，室内明亮又温暖。玻璃做酒杯，使酒更清冽，仿佛看到了五谷杂粮的灵魂，玻璃茶杯泡茶，茶在沸水中舒展，沉浮，翻转，洇汁，看得清楚明白。讲台上的花瓶色如青烟，丰满圆润的肚子，充满母性。瓶口如喇叭花绽放，颈上系着月白色的蝴蝶结。花瓶古朴大度，见过大世面，却纯洁衿美。

它怜惜地拥抱着桂花。桂花洋溢着幸福，静静送香。

我凝视它们片刻，继续改本子，觉得它们在讲台，任何对讲台的溢美之词与装饰都是多余的。

桂花香袅袅娜娜送向鼻端。我又想到老家一个齐大伯，他喜欢栽桂花，屋后房前很多桂树。他还会育桂树苗，每年岁末，他就把桂树扫脚的桂枝压一截在土里，春天成了小树苗。谁向他讨，他都亲自挖苗，用稻草裹好根和土，用红塑料袋装好，嘱咐讨苗的人怎么挖坑，怎么落苗，怎么下肥，怎么掩土，像嫁女儿那样放不下。他喜赠人桂树苗，方圆几里乡亲都知道了，有远路来讨要，他不仅茶水相待，还留吃饭。有人要给钱，他胡子翘老高："卖什么？栽着开花，香到屋里屋外，不怪好的？"我有次到路七扭八弯的狮子龙村，看到一家大别墅周围葱绿着一排排桂花树，花开满树，都一色金桂。其时正值花期旺盛时，不仅他家浸在桂花香里，一个田畈都弥漫着桂花香。我去拍照，主人笑得无比骄傲。我说金桂香得好闻，他说："香好闻！苗是马路边上老齐家的。"

老齐，八十又几也。

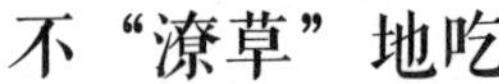

不“潦草”地吃

我的生活很潦草，当然，这“潦草”，指的是吃。平时恪守一个活着的法则：生命在于运动！于是，没有大片时间精致吃，就缩短晨睡时间挥汗，比如把黑黑的黎明跑白，比如把瑜伽中的猫弓背、狗跳爬、马跨步、骆驼后跪折腾个遍，比如将卷腹搏击打得气势汹汹……想象如此会立如松，行如风，会面若桃花，会仙风道骨……连续这么生活近十年，真得到过这样的艳羡，而且有时扫视镜子，镜子也鼓舞人心地说了许多表扬的话。

昨日因为放假，有暇凝视镜子几分钟，真是不看不知道，一看扁桃体腺快炸掉：单面皮，就一下子让人的意气一泻千里，还面若桃花，简直就是贴着黄表纸！晴天在我惊呼后曰：你吃得太糊弄！

坐下想想，的确如此，又不如此。我没饿肚子呀，也不会吃啥如嚼蜡呀！即使一碗蛋炒饭，一碗泡面，我的口感也如同暴发户，又怎么叫没吃好呢？那么，就是多数是清欢之味？好！那就是说，该让舌尖狂欢起来。好，心动不如行动。

昨晚，已有了新动作。做鲫鱼，于我，绝对新创意：大拇指和中指往极限里张——这么长的鲫鱼，若干条，葱段，姜片，黄酒，生抽，盐，花椒腌制十几分钟。滚油煎至两面蟹壳黄，再淋醋，滴红烧酱油，嗤水。色匀后，热水深淹鱼的胴体，旺火煮开，转中火炖至水收三分之一，再小火炆……

晚餐时，此菜最受欢迎，汤被沥尽，鱼骨被嚼吃掉。评价词为：此大补胶原蛋白和钙，明早一定都肌肤 Q 弹，健步如飞。

大受鼓舞，今天半大早跑到菜市场。乖乖，人比菜还多，各色人头，各种口音。怕挤不过人家，便去人相对少些的牛肉摊。牛肉已卖光，十几条连着屁股梢的粗壮的纤细的牛尾挂得一溜，几大筐下水在闪光，一副宽牛排在木架上悠悠晃荡。牛排不仅"排骨"，还有红艳艳的肉富态着牛排。于是，决定，要三根排骨。牛眼老板大刀一挥，"咔嚓，嚓嚓……"我要的在他手上了。他拿到里间，我远远站着，怕他大斧子砍得骨肉横飞嘛。谁知，我太落伍了，也难怪，差不多一年没来菜市场了，这个啥事都日新月异的年代，剁牛排改革了也是理所当然的事——"嗡嗡……"一把小电锯瓮声瓮气地走几趟，排骨成段了。拎着牛排，拿几样小菜，走出顶尖大厨的雄才伟略步伐，打道回府。

我要如何将这血淋淋的牛骨和肉进行绝妙处理，是可吃出富二代口感的牛排创新火锅，还是可享受草原风味的牛肉拉面呢？对我这个蹩脚厨艺大师来说，是极大的挑战。

有句话太经典，当你想到某种美味，不仅仅是口水汹涌，还伴有默默流泪时，一定会穷追猛打地学，并且一定会躺在床上也会一个鲤鱼打挺起来行动。人的潜能是无限的，正如同生命的顽强是超过人的预估的。

我把牛排焯水，不知是骨髓熟了，还是注水原因，黑黑的浮沫被泡泡推来推去。差不多了，捞排骨，冲洗，入汤锅。水满牛排骨，佐以花椒、姜块、白萝卜瓣、八角、料酒、茴香、桂皮、红干尖椒，差不多齐了，煮，再炖。

看了几回，尽管白气袅袅，但是牛排的光辉已照亮了我的眼眸。

不速之客

连下几天雨，燠热缓了些。坐在房间看书，有在荷塘看荷花的清爽。

“噗!”突然，一个麻栗色影子落在我脚边。

我差点瞪出眼珠子，天哪！一只麻栗色的小松鼠！它伏在我脚边，小巧玲珑的脑袋扭向我，黑豆子样的眼睛与我对视，眼里闪烁着珠露般的光泽，湿润，明澈。尾毛蓬松，像我洗过被吹干的发。

它直愣愣地看着我，看样子有点慌张，有点腼腆。但转瞬之间又突然醒悟过来，眨眨眼，正正脑袋，跳到桌子侧面。我怕惊扰它，没敢动，眼睛的余光扫了它一下，它居然坐下了。我像看到粉嘟嘟的婴儿一样，心里漾起喜悦的波澜。

看到那扇窗户开着，我才明白了。窗外的翠竹从院墙外头将窈窕的身子斜探至窗边，成了窗户的盆景。一棵枯树顺山坡倒下，搭在院墙头，虬硬的枝一直抵向窗框。松鼠一定是沿着树枝散步，忘情了，跳进了窗内，劲用大了，就落在了我脚边。

它估摸着周遭并无不安全因素，迈开步，摇动着长长的尾巴，走到电脑桌下，把鼻子朝电脑桌子耸耸，仿佛在闻香。那里有什么香？是不是打印机的墨香？然后，它一仰脖，抱住桌子腿，旋转一圈，螺旋而上，又溜下，像跳钢管舞。再落下地，松鼠坐在自己的后大腿上，把顺滑的背对着我。

我心里在偷偷笑，这家伙真会玩。

稍坐片刻，它又开始踱步了。它要上哪去？它转动着小脑袋，踱了几步，上了屋角的电子秤，把秤抓得咣啷咣啷响。可能从来没听到这玩意和声响，它先是懵懵的，但很快又镇定下来，干脆坐在秤盘上。

它优雅地坐在那里，抬起一只后腿梳理脖子的毛，慢慢地，细细地，一下一下，极为认真，极为严谨，像是即将登台的名角在郑重其事地打扮自己。我又有些想笑，是笑它，也笑自己——我平时对自己从来没它这么上心，我下回出门时也该好好捯饬一下自己。

窗外的天像蓝莓汁，几朵雪云在移动。这位不速之客还在优雅地梳理自己的绒毛，似乎并不着急走。我当然不能赶走它，更不敢吓着它，只好一动不动地坐着，任自己心动。

草坪薄雪

学校三面环山。山慈眉善目地坐着，东边的山高高朗朗，太阳还在山那边攀登。

校园里，初冬的身影比较清爽，也非常薄暖。香樟的体香在夜里被低温冷回枝叶，现在又慢慢释放出来。冬天的香樟香和初夏不同，闻之，像看着没有一点浮渣的清澈河流，像看着泊在蓝汪汪的天空中的雪白云朵。鸟把歌声四处洒落，像要把歌声种在每一寸土地里，使我有那么一会儿恍惚，认为花草树木都是由鸟的歌声出苗的。

我任由微寒的乡野风抚摸着我的鼻端与额头，这风摸得鼻头有点僵，一个喷嚏，气壮山河，惊飞草坪上好几只白脸鸟。它们哔哩哔哩慌乱地叫。这几只鸟一下子把我四处闲游的目光固定在草坪上。我投向草坪的目光瞬间被冻住：昨夜下雪了？满草坪薄雪块！我怔住了，心里突然寒风呼啸，白雪纷飞，风抽打着我的心房四壁，像闪电猛烈地抽打天空。雪花如蝴蝶破碎的翅膀，翻滚，跌撞，飘舞。我打了一个寒战，擦擦眼睛，把目光收回到脚尖，不禁跟白脸鸟一样惊讶："这些白雪原来是蜘蛛丝啊！"

我清清楚楚看到，一张张小网，纵横织得非常密集，多层交错。平时树上的蜘蛛网像一张拆了伞骨铺开的伞布，这小小的网像给它身下的草戴了一顶蛋筒一样的小白帽。“白帽”上密集着盐粒那么大的露珠，远看，真像薄薄的雪粒。这可是见所未见。我吸吸鼻子，抽出纸巾，擦去又出来的鼻涕，蹲下来。

一蹲下来，又看到网的中部都有个漏斗状的小孔。我趴下，对着网吹，我的肺活量很大，网荡漾起来。天，一只蚂蚁大的蜘蛛探出头来。我不禁惊得一屁股坐在草坪上，压坏了很多蜘蛛的捕食工具！这么满草坪的网，该有多少蜘蛛？也即这片草坪上，有多少虫子吸引了蜘蛛来这里守候猎物？

乘云提日出

我眺望着大海，海岸线苍茫朦胧。草像墨色的影子在舞蹈。渐渐地，一缕暗红的窄带子从海平线上织起来，亮得人心怦怦跳。

风拂着海面，海水轻轻汩荡，似平铺的彩色丝绸在抖动。橙红恬静安宁，烫金兴高采烈，紫色迷情，墨色淡然，菊花黄怡然，雪白冷冽……海面几乎囊括了天下所有的表情。风刮起来，大嗓门呼呼，浪涛颠簸，如大朵大朵火焰在跳跃、在喷涌、在纠缠、在冲撞、在揪打，熊熊的火苗呼呼舔舐着远方的天际。风的呐喊声、浪涛撞击破碎声、海鸟的欢呼声，拍灌着我的耳膜，耳朵仿佛置身于铁骑飞驰，金戈铿锵的沙场。又一阵狂飙飕飕逼向海面，海水被狂飙恶狠狠地卷裹而起，粗暴地掀翻过来，高高地抛出。“轰——哗——”声声不绝。风把混沌的彩浪“噼噼啪啪”撕裂分层，墨浪怒吼着像排山纷纷倒塌，形成万里平畴。须臾，“万里平畴”又被飓风猛力抓起，倒立，翻卷，推涌，揉捏，堆积，造了一座座平坝一样的高丘。高丘忽然长出水墨画似的峰谷，又忽然，山峰雪白，如同卷起千堆雪。赤红的烈焰在千堆雪

上燃烧，火焰腾空。海狂暴了，颠覆了黑色巨浪，黑色巨浪又薄成紫色拔丝般的紫云，在火焰山脚围起来。红浪腾飞，喷射火舌，大大小小的黑浪、白浪、紫浪、黄浪、玫红浪被撞开，击碎，融化。说时迟那时快，一个小红球在海平线浮出了鲜红饱满的额头。所有的海浪立马成了锣鼓队，热情奔放地穿红着黄，前呼后拥来欢迎这个亮丽的绝无仅有的额头。渐渐地，海面静静地流光溢彩。红额转眼成了半个圆，灼得人睁不开眼。我揉揉眼睛，再睁开，一个小红球已被海水托举出了海面，光芒四射。

太阳完全升起。我站在高高的乘云堤看日出，以上是日出时东方天空的万千气象。

太阳高高悬于隐隐青山顶上，人间金光闪闪。湖上抛金滚玉，富丽堂皇。秋风送爽，湖面荡漾着金波银浪，如同天上。天地旷远辽阔起来。鸟出山林，高飞低旋，翅尖镶着金色的细边，它们用身体在空中写的“十”字，千姿百态。它们欢歌着，“唧呦唧呦”“丢丢……”“哔哩哔哩”，鸟的叫声都溜滑，不知叫声毛躁的喜鹊怎么没开口。鸟们的鸣啼或娇声娇气，或含露滴翠，或飙高音，或浅吟。静谧渐渐被击破。几只野鸭拍扇着大翅膀，向彩霞深处飞去。

山峦溢流出清雾，清雾是为太阳的隆重出场渲染效果的，如同舞台上的干冰造出的滚滚白雾。白雾悠悠盛开。再向天地行注目礼，已分不清哪里是天，哪里是湖了。

阳光越来越澄澈，看不到飞舞的轻尘。乘云堤上的木芙蓉花开数朵，像蔷薇粉的小碟子，盛阳光，盛秋风，盛鸟声。“草骄傲地挺直着腰杆，把孩童破涕而笑时睫毛上般的露戴在身上，傲慢又美丽。”

窗玻上的竹画

窗外的竹仿佛成了窗框镶嵌的图画。竹竿把脑袋靠在窗玻上，身子弯得像彩虹，尽管它们努力了一年多，但它们仍在窗外。竹子离窗户比较远时，刚由笋子出落成枝叶婆娑的竹子，它们身材都高挑柔韧，风将它们推来搡去，它们就荡漾成绿色的波浪。风出差去了，它们又俏立窗前。自从目睹小松鼠在屋里潇洒走一回，小竹子似乎就有了一个愿望，也想进屋去走走，看看，玩玩。于是，它们一起朝窗户探过身子，朝朝暮暮地长。小竹子身体渐渐弯曲，向着窗户深深鞠躬。白天黑夜，人看得见看不见，小竹子都保持这样的身姿。竹子务实，不搞人前一套，背后一套。

竹子所在的青山，坡度和缓，岩石遍地，长着灌木、刺荆、芭茅。青松往天空长，它们喜欢与天空和云朵对话。灌木表情沉郁地站着，一味地肥胖。刺荆平时比较自卑地委身于灌木丛脚边，开打碗碗花时，白亮一片山，荆棘才自信起来。芭茅叶子常常飒飒作响，好像借风试剑锋。它们都不解，小竹子为什么不愿意向上生长，而要那么艰辛地靠近窗户，即使风把它们扶起来，

还是执着地倾向窗户。竹子想进屋，和松鼠一样这里看看，那里摸摸，青松和灌木不理解，动物和植物哪能一样。它们没说，但表情说了。

小竹子一直初心不变，日复一日地弯腰驼背地长，触到窗棂了，竹子兴冲冲地准备进去，但是，玻璃挡住了。竹子顿了顿，望着透明的玻璃，它们当然不知道玻璃叫玻璃，仍然好脾气地透过窗玻朝室内张望。

小竹子一小团一小团的枝叶静静地趴在窗玻上时，就做了窗子的画。它们似乎很乐意作画，春风浩荡时，小竹子起伏跌宕，沙沙歌唱，和春雨润土地一样唱得绵柔。映山红吹着喇叭，吹着吹着，纷纷零落，像撕碎的红盖头。仍有料峭的风，但翠竹的歌声含着“红了樱桃，绿了芭蕉”的春心。夏日暑气蒸腾，窗户半开，小竹子把清风舞进窗，摊在桌子上的书本被翻得“哗啦哗啦”响。秋风刮去了刺荆的叶子，芭茅也苍白无力，小竹子在细雨里碧绿着全身，甩着雨珠，猫舌头一样的叶子粘在玻璃上，让人想到《最后一片绿叶》的故事。冬天飘雪时，小竹子戴着大朵白花，在玻璃外做阳春白雪的画。

小竹子在阳光、风雨里历练，越来越风度翩翩。晴天，朝阳从对面窗户射进来，桌子上如铺着金丝绒桌布。小竹子高兴得一个劲起伏。百鸟鸣唱，仿佛小鸟的歌声弹动了小竹子琴弦。有暴雨天，雨水落在竹子上，成了蝌蚪大的雨滴，滴答滴答落打在地上，雨滴扫在窗玻上，“啪啪”，立即像流泪一样往下淌。窗户被关得严密无缝，小竹子在雨里被洗刷，它们抖落风尘，明亮舒展。暴雨倾盆，闪电炸雷，鸟躲在树叶里，蚂蚁回家了，蜜蜂也躲在窝里，竹子伸开臂膀，把雨滴搂到怀里，让它们顺着自己的根流到土里。土地是很多东西最好的归宿。

竹子天天想进去的屋子，没看到第二个人，只有一个女子，她不是翻书，就是写字，她面前的书跟晒秋一样，摊开的，趴着的，喝酒闲遛狗打麻将都和她无关。她浑身裹着寂寞，眉宇间却仿佛在带领千军万马。她面前一摞摞的本子上的姓名，就是她的千军万马。

竹子是看了近一年才知道屋里的人心有那么大。它们进不了屋里，但小竹子越来越喜欢往屋里看。一簇簇翠叶，如团团绿云，趴在窗玻上。

清晨，荷花开了

栈桥曲曲折折，在水上逶迤，但水面阔亮，不像深宅大院里的回廊。栈桥上可以凭栏远眺，做做凌波仙子。栈桥把浩荡的湖分成两部分，靠岸的水域成为荷花塘了。

荷花才试探着开，水把一盏盏莲花灯举得喜气洋洋。荷叶挤着挨着，侧着大脑袋，像在听水的清歌，看鱼虾嬉戏，看柳丝在不远的湖面练书法、画画。它们还在听蝈蝈鸣，听鸟的口哨千腔万调。知了的歌喉还没练就，调子也没摸准，荷叶听着听着，摇头晃脑起来，荷花也掩嘴窃笑。惊得蜻蜓翩然而起，飞翔得像一架架直升机。蜻蜓真值得骄傲骄傲，荷叶做升降场地，人类可以吗？荷叶翠色逼人眼目。荷香被露滤过，由风送至鼻端，清朗悠久，绕鼻不去。人的呼吸中也都是莲香了。

一个中年妇女和一个半大男孩，显然和我一样，长跑后来栈桥吹风，压腿。遗传密码告诉我，这是妈妈和儿子。妈妈的短发被汗湿得一缕一缕的，莲花粉的运动服贴在背上，显出后背十分青春、板实、薄挺。她正扭头对孩子说话，虫鸣掩盖了她的话，尽管我与他们相距不足五十米，也听不出她的具体内容。孩子往后小步缓退，低着头盯着手，他的健美的胳膊曲在胸前。

我突然好奇他在练什么功，假装去看柳树下的一朵葱兰花，路过他们。原来妈妈在说为什么要学习的道理，传授学习的方法。孩子在研究一根蜘蛛丝。那根蛛丝一头扎在桥栏，一头粘在孩子手上，是一张破蛛网上的。孩子眉头深皱，像思考蛛丝上的奥秘。

“你可在听？”妈妈突然厉喝一声。等我回来，孩子已在压腿。高抬着大大的脑袋，久没剃的发，像炸开的刺猬刺，黑亮，稚嫩在毛尖上冒。他肉嘟嘟的脸向着荷塘，仿佛在想哪一枝荷叶是自己，或者在想着那朵莲花谢后，莲子一定白如凝脂，甜脆清凉。

妈妈与孩子并肩压腿，还在连续不断地说话，向儿子偏着头，一脸凝重。

突然，孩子伸长臂膀指向湖心：“野鸭！野鸭！”野鸭像故意秀技，一会儿水上漂，漂得像静泊的小船，一会儿嘎嘎高歌，拍翅，溅起白晶晶的水珠，大珠小珠又落入湖中。突然，两只鸭子钻入水中，等露出水面，已在远处芦苇湾。孩子张着嘴，目光被鸭子牵在芦苇湾。

“你怎么就这么听不进去呢？”妈妈放下腿，疾风一样呼过我身边。孩子收回目光，噘着嘴，脸儿立即黯淡，垂着眼皮，跟在妈妈身后。

“咚咚”的脚步声重重地被桥板传送，坠落湖中，桥底有回音。

荷花、荷叶默默地注视着栈桥，没有谁摇曳，曼舞。虫鸣依然抬得起人，知了不知啥时叫得格外齐整，一律在呐喊“知了知了”。

冬天来这里看水鸟

“哗”地拉开窗帘，白玉兰花一样的晨光就扑进了房间。外面连一勺动静都没有。我决定去郊外跑步去。

郊外，宽阔平坦的柏油路黑乌乌的，后面没人，前面也没人。鸟像热闹了很一会儿的样子，有种鸟嘴巴里宛若含着哨子，“句——句——”清澈，有力，果断，脆亮，让人很想看看它是不是长得特别好看。鸟一波吹着笛子飞向山，又一波谈笑着飞去河那边。鸟的歌声笑声话语洒落到草丛里，激得人心里“啵啵啵”。

草喝了几顿冬雨甘露，都养好了身体和精神。狗尾巴草挺挺的，绿莹莹的，胖根草嫩生生的，坡上的竹子绿到天边的云头上。我看得乐出了声。

“啊——呀”“啊——呀”……七嘴八舌的声音从湖汊响过来。听起来，一大群，语调深沉，苍劲，严肃，辽远。我马上明白，这是小天鹅的声音，它们在这里过冬，一定是商量去哪里觅食，去哪里健身。想想真欢喜，小时候，天鹅是住在童话故事里的，它们凌波于湖上的俊俏身姿，只在故事书中的插图里见过。

现在，天鹅居然住在我生活的地方。天鹅喜欢清幽幽的水，水域要和它们的叫声一样辽远。天鹅还喜欢丰茂的水草，芦苇和荻长得和城墙一样，在天鹅眼里是草最好的样子。天鹅还喜欢山林繁盛，这么挑剔的水鸟，与我同呼吸共度日，真让人自豪。

好久没自豪了，天鹅的声音让我一个人咧着嘴自豪了好几把。呀！一队天鹅飞过来了，修长的脖子伸得远远的，一路上还喁喁细语，天哪！是黑天鹅！我发足力，追它们，看它们张着翅膀不扇，却很快远成黑点。天空仿佛被谁突然拉宽拉长了，旷远得不可思议。

我仰首看天，又一队黑点越来越大，天鹅又回来了？“嘎——啊，嘎——啊……”声音浑厚，矜持。哈哈，不是天鹅，是鱼鹰。瞧它们那雄壮的身姿，不用说，伙食不错。鱼鹰常住我隔壁的郊外，家在哪片林子或芦苇荡我不知道，但它们在秋浦河吃饭，湖上吃饭，我只要跑步都看得到。

乘云堤遇到某人，这家伙喜欢赖床，健走很多时候像小孩子做作业。遇到我，他的路程就缩短成了我的三分之一，嘿！他也返回了。

两个人拐进栈桥，荷塘越来越近了。远远看，一片灰白，水灰白，老荷灰白，湖面仿佛被扩大了，像收割过的田野，空旷得意味深长。荷老透了，不仅青色褪尽，还皱缩枯萎，盛年时亭立的茎，朽败得力气竭尽，连干荷也举不动了。

老荷垂首，像我念小学时学校里的大钟。钟在校长办公室前，高高倒挂在走廊大梁上，垂下一根细麻绳。“当当当当”，下课了，空荡荡的操场上忽然沸腾起来。“当当当当”，一操场的孩子又雀儿样飞进各个教室。小学校里的钟敲啊敲，一茬一茬的孩子就长大了，有的出了村子，像迁徙的鸟，有的留守村子，就像

喜鹊和画眉。老荷的钟也敲吗？一定敲的，不然泥土里的莲藕睡着了，怎么知道什么时候出新荷呢？人的耳朵敏锐，但很多声音，根本听不见，所以，老荷的“钟声”人听不见。莲藕听见了，开动，发新芽，尖角幼荷“啵啵”钻出水。人的嗓门大，但很多生物的枯荣，人无法发号施令。

某人“唉呦”了一声，我听得出来，他是惋惜荷老成这样。“这也好看呀！跟参禅一样……”我话还没讲完，“扑啦啦”一阵巨响，同时铿锵的“嘎嘎嘎……”划破了空，震得我闭了嘴。“野鸭！乖乖！真肥！”他惊得手机差点掉水里，他正在拍老荷。一群野鸭从荷塘中央突然起飞，像受到了极大惊骇，白亮亮的水花和水珠纷纷落。我吓得心跳如擂鼓。俄而，某人又喜滋滋“一二三四五六七八”数起来，我这才反应过来，掏出手机欲拍这八只野性勃勃的野鸭，可它们翅膀风车般旋几轮，舒展开来，斜斜掠过树林，一飞冲天了。它们起飞的水面涟漪还在迅速扩散。一圈一圈，像年轮。

老荷在动荡的“年轮”里不动不摇，如老僧入定。

我们盯着湖面，忽然沉默，像在历史烟尘里才穿越过来，走过栈桥。

“我们这里水鸟真好。”我一个人想想还挺欢喜，说了好几遍。他笑我没见过世面，说，哪天开车去八百亩（一个野生湖），那里的野鸭和天鹅多得乌泱泱的，叫起来，人肩并肩说话，都听不清。

呀！那么多好好的水鸟？哪天，一定去会会那些凌波仙子。

煅锅巴香彻

我说的锅巴，是几千年的煅锅巴传承，柴火饭贴锅的那层米粒，再加火煅淬。现在市面上卖的，全是赝品。即使是传统煅锅巴，但薄厚、色泽、脆度、香味又千差万别。我父亲煅锅巴，分寸拿捏得相当有准头。

父亲做饭，假如有人给他添柴火，从焖饭汤后，他就亲自搁火了，退掉硬火柴，添加茅柴，茅柴多少也要会估摸。老坐在锅灶间也不会出上乘锅巴，父亲隔会儿起身到锅边，扇扇气闻闻。等他平静地退出灶间，好锅巴已有一半把握。开饭了，大家吃着喝着。到锅里饭尽，父亲又到灶间点火，烧把草把。这么细工出慢活，一锅锅巴真是锅巴中的精品，色重的金黄含白，白白净净的，脆得装瓶时要轻拿轻放，薄得比灯影牛肉厚点点。一揭锅盖，香气就喷一个厨房。送一片到齿间，牙齿咬得嘎嘣嘎嘣，爽得每个毛孔都仿佛在腾云驾雾。

我估计我长牙后就爱吃煅锅巴了，因为习惯养成了，这爱好才根深蒂固嘛。小时候，我的牙就十分钟爱嚼硬食。红锅炒蚕豆、豌豆爱吃，但不能尽兴吃，原因有二，一是，田埂地头都要

栽种能当饭吃的瓜菜，蚕豆的主要任务也是做菜，留点种子也是必需的。吃东西不留种，乡下人会耻笑这种人，说这是只顾眼前。大人从种子里抓几把，炒回把给孩子们解尝。再者，大人说豆子吃多了放屁，惹老虎。这话虽然没有充足的蚕豆豌豆给我们实践，但大人们在小孩眼里都是专家，专家的话小孩都是深信不疑的。炒老玉米我也爱吃，嚼时那是手由口袋里运送得有多快，牙嚼得就有多勤奋。但有一回，一边听奶奶和隔壁温奶奶聊天，一边吃炒玉米，吃着吃着，我就“呸呸”吐起来，飞跑到水缸边舀半瓢冷水漱了口才消停。怎么着？我把一个粉笔头当玉米嚼了。所以，后来我含糊上炒玉米，成惊弓之鸟了。只有这煅锅巴，吃了幼年，嚼过童年，以及之后的年轮，都没有节外生枝过。且每次嚼，真是香彻肺腑和岁月。

父亲的煅锅巴，在我的少年时代，还做了一回亲情黏合剂。我四年级那年五月，家乡发大水，我家大部分早稻田都被淹得颗粒无收，这意味着下半年和来年上半年都要饿肚子。爷爷从江北弄来季早斯（不知是不是这么写）种子，此稻介于晚稻和中稻间熟，那时算高产稻。水退，爷爷就和父母插秧。我那时就知道，农民遇到灾年，都是积极面对未来，想办法应对灾难的，他们不等，不靠。退水后的田格外肥，稻子破天荒的好，一个村里人都要爷爷多留些种。稻子快熟了，勾着沉甸甸的头，比阳光还黄，人喜爱，鸡更喜爱。爷爷天天去田边看鸡。但爷爷要干农活，母亲一个人忙不过来许多活。

有天，学校组织四年级学生栽树，这是孩子们特喜欢的课。可是父亲竟然给我请假，让我下午看鸡。我非常气愤，觉得父亲用校长特权让自己孩子不参加劳动，这是官风败坏，再者，我是三道杠的大队长，不参加劳动，同学们不说我躲避劳动，德不配位（那时的大致意思）？因此，下午我在稻田边略站站，毅然决然去了学校。

栽树时，父亲带领。他用目光剜了我几次，眉头拧成一个鸽子蛋大的疙瘩。我装没看见，和大家一起，栽了一行树，十几棵，心中的愉悦和我吃煅锅巴一样。

放学后路过稻田，我的心不禁咯噔一下，一块一亩四分田稻子，被鸡连吃带拽，糟蹋了半边田。我心情很是复杂，多了个擅自离岗在其中纠结。我平时放学跑得脚不沾灰，那个黄昏离开田埂后，我几乎是后脚踩着前脚脚印回家的。

到家时，都开灯了。一家人都沉着脸，在桌边等我吃饭。我径直进了房里，再不出来。父亲气呼呼地喊我洗手吃饭，我不吭声，也不动。父亲气不过，拿了根小棍子抽了几下我的小腿。我从小到那么大，父亲的巴掌没有上过我的头，我不仅晚饭没吃，睡在床上后，眼泪还把枕巾淌湿了半条。父亲看了我几次，替我掖被子，轻言细语要我起来吃饭，但我把脸别到床里边不理他。

夜很静了，狗叫声都像在空山里叫了，我听到厨房有柴草响。过一会儿，父亲啪嗒啪嗒的脚步声响过来，一阵洒了菜汤的煅锅巴香游进我的鼻子，我的肚子一阵咕噜。但我快快把脸又转到床里边。父亲站在床前，弯着腰，用和我们捞鱼时的语气说："乖乖，这锅巴加了菜汤，香掉了鼻子！不晓得多脆！你吃吃。"我不理。父亲又说了几遍，我还是不动。然后他把锅巴装在铁瓶里，走了。

夜里，我虽然没有吃煅锅巴，但第二天早上上学，我装了两口袋煅锅巴，我一路嚼，一路香。我和父亲又和好了。

后来我有回边嚼煅锅巴边对父亲说当官不能以权谋私。父亲哈哈大笑，说我批评得对。我年少不知灾难和煅锅巴有着怎样的

联系，父亲一生清廉，不晓得和那回煅锅巴可有关系。

成家后，住得离父亲近时，他估摸着我的牙把一铁瓶煅锅巴磨掉了，又骑自行车送来。后来，离他远了，他就坐公交车送来。每回闲暇，别人嗑瓜子、剥花生，我都是嚼锅巴嚼得嘎嘣嘎嘣的。我喜欢那干净利落的嘎嘣声，喜欢那来自稻米灵魂的香气。疲惫时，嚼嚼，又很快恢复元气，心情沉郁时嚼嚼，心渐渐明朗起来，因为很容易想起永远面向未来的爷爷，以及和爷爷一样的人，当然，还有爸爸煅锅巴时哼的歌，还有稻苗青了田野，稻花香满田畈，还有，与煅锅巴有关的一寸寸时光。

今天清晨，父亲打电话，说等下有个某某号码打电话，我们就到某地拿东西。十点钟后，东西拿回来，是两只现杀的老鸡，父亲说，听说“阳过”的人喝鸡汤容易恢复抵抗力。此外还有一铁瓶锅巴。因为我们都“阳”了，父母在人口稀少的乡村，目前还平安，妈妈体弱多病，怕她感染，我们一直不敢回去。爸爸积了一大瓶锅巴，竟然雇出租车送来。

我打开瓶盖，多熟悉的锅巴香，嚼一片，香，香得眼泪直淌。

公交站

六路车底站有一块空地，黄土里滚石子。一位司机趁歇车的十五分钟，挖了块竹榻长宽的地。

我常坐六路车，与司机熟了，他是这路车司机中最帅气的，安庆人，据说是富二代。他和所有公交司机一样，面庞属于光老化，黝黑发亮，但身材却匀称挺拔。

他看到我，直起腰，骄傲地一手撑着锹柄，一手指着菜地，说："看！我挖了块菜地，我要种菜了。"我看他那样子，仿佛小孩子搭好一个积木宝塔，骄傲地和老师说："老师！看我的宝塔。"我笑："哈！你这一屁股坐的菜地，种什么菜呢？"他边用铁锹戳碎土块，边蹲下捡掉石子。然后用锹在菜地里规划布局：这里种芫荽，中间种菠菜，那头种茼蒿。我一看，虽然每种菜的疆土只有老母猪的屁股大，但脑海里出现他说的菜苗青青绿绿挤着挨着，戴着露珠笑模笑样时，连夸他的规划英明。

他越发笑得响阔，说，别看这么一块小地，收获大着呢：可以锻炼身体，看菜长也有意思。

"相当有意思。"他怕我不信，又强调一遍。

“你不会每趟车来，都看看吧？”

“一下车，就看。”

“就像孩子出世，回家第一件事跑屋里看孩子？”

“对。”

我俩都笑起来。

他又说，找点有意思的事做，干吗把日子过得愁眉苦脸的？

我朝他竖竖大拇指，他笑，铲得地里干灰起雾，天太旱。

一个老太太也来了，径直走到院墙边水龙头那。水龙头水在“哗哗”流，她先把水放小：“啊哟，水淌掉了！”再洗手。洗好，关上水龙头。

老太太主动教司机：用油菜饼拌土，种菜好吃。司机说我买化肥嘛。老太太高瘦的个子，走路带着风，双手直摆，说话又响又快，像放鞭炮：“那不好吃，用饼兴菜才好吃。”老太太把“菜籽饼种菜好吃”重复了三四遍，又到地边，双手一划拉，一块地仿佛都在她怀里了。她还用刚才的语速和声调说：“你这自来水就在边上，发狠把这块地挖出来（她指的是自己刚刚用双手划拉的地），种菜吃不掉。”“那确实吃不掉。”司机笑着说。老太太弯腰捡几块石头，“啪啪……”扔到院墙根：“种菜要勤快，懒不行。懒，地就糊你。”

老太太边说边从旁边的海桐上摘一粒青果，摊手心里看看，又捏到嘴里，咬一块皮，“噗”，吐出来，看着海桐树，慈眉善目地说：“不好吃，但肯定没有毒。”这话像是对我和司机说，又像对海桐树说。

司机像小学生看老师那么看着老太太，我也这么看着老太太，我觉得她是把土地盘得熟如自己的手心手背的土地精。

“哎！老太太，你把水关了？”另一辆车里走出一位司机问。

“关了！我才关的。”老太太擦擦手，侧着耳朵答话。

我这才想起那水龙头是另一个司机开着放水拖车上地板的，忙说：“他叫你不要关，他放水到池子里，擦车。”

种菜司机笑了，补一句：“水是他特意放的。”

老太太这才明白，急忙把水龙头把手掰到侧面，说：“哦。我怕水淌掉了，就关了。”

她看着水哗啦哗啦哗啦淌，脸上表情就像是看自来水往自己的米盆里淌。

种菜司机笑着放好锹，说：“老太太，上车，走嘞。”

老太太上车，放好包，去投币箱丢硬币，还嘱咐司机用菜饼种菜。司机说回头买饼，连说好几个谢谢。

老太太坐下后，问我干啥去，我说上课去。她连忙欠过干练的身子说：“哦！老师呀？好！好！”我问她进城是不是陪读。她说她照顾一个瘫痪的老太太。说照顾这个老太太十年了，那个人家之前找了几个都不满意，就自己待了这么多年。今天下午和那个老太太说好，回家种菜的。

她又说到种菜了，说种了萝卜、白菜、菠菜、莴苣……老太太说自己村里有个种菜卖的，头天弄毒药把菜一打，第二天就搞到市场上卖。她说得鼻子眼睛都愤怒。又说，人心不能坏，心坏了，家里人就会不顺泰。“这个种菜的人，后来家里生了个小孩没屁眼。”她说完，自己不断摇头。

车子在绿荫里向前，车上人都安静地听老太太讲种菜。

寒露前两天，夜雨独行

一辆车迎面缓缓而来，这个司机严格遵守在乡间路上行驶的车速，不超过四十码。橘黄的近光柔软着暖意，灯光里的雨丝，牵着一匹布宽的线，斜斜的，密密的，白亮晶莹。车轮驶过路面，滚得汪集的薄水“喳喳”响。我在路边等这辆车过去。

乡野的路，是宽阔的水泥路，雨丝已飘了一个白天，久旱后下这样的雨真好，这样才利于慢慢滋润万物，就像久饿的人，不能胡吃海喝，否则容易撑坏胃，甚至因暴饮暴食而丢掉性命。测路面平坦与否，雨水能耐不亚于水平仪，月光似的路灯光，白净温婉。路上一块块亮堂的不规则镜子，就是雨丝集成的天水。天水汪着的，是路在晴日肉眼看不出来的凹洼处。天水把路灯光反射回来，使路面成了黑白版画。踩在水上，“噗呲噗呲”，水如同镜子碎裂，声音却好像扯布料。

乡下的路灯光比城里的娴静，灯边的树比白天嫩绿，叶子洇着水光。远处的树像浓黑的树影站立着，树的影子贴在路上，延到田畴和菜地里。路灯光非常顽劣，把有的树影弄得很长很壮，如果这样的影子站起来，一定可以摸摸云朵的脸蛋。有的树影又被夸张得像细竹子，叶子黑成团团的暗影，如地面开着朵朵淡墨色的花。花摇曳呼应，那是起风了。

菜地里的菜看不出叫什么名字。稻子归仓了，田野在路灯光里那么干净，但不显荒凉，因为田里躺着树和草的影子。路灯会为田畴作画，还会留白，是和太阳一样的大画家，不同的是，太阳作画浓墨重彩，栩栩如生，乡村路灯的作品是黑白写意，漫画多。

有丝瓜绕在路旁的桑树上，几朵秋花快乐地吹着喇叭。丝瓜花的黄，一看就喜庆，像梵高笔下的向日葵那么亮黄。丝瓜勤奋，从初夏到现在，都在垂挂果实。它们还有一阵子挂果，迎接萝卜白菜。

虫子的叫声很零落，且含着水意，不知是什么虫子，喝着水也不忘歌唱。过两天就寒露了，虫子是得抓紧谱曲，否则就要到明年惊蛰后才能开口了。虫子非常遵循大自然的法则。尊重大自然，虫子和鸟做得比人好。

鸟睡去了，很多鸟下雨也不怕，在枝叶间睡觉，人家的毛防水好，淋不湿，小雨如同轻音乐，助眠。鸟毛不用贴防伪标识，鸟毛都是百分百真毛，搞防伪标志这一套，是人干的，但往往贴了防伪标志，也不代表就是真货。人活得比鸟纠结，因为交易的存在，人老被同类愚弄、宰割。

乡野静安，除了雨丝在树叶上聚成雨滴滴落到路面的“啪啪”声，虫子的试曲声，草拉琴弦的“嘁嘁噗噗”声，我单调的脚步声，没有汽车喇叭声，没有高谈阔论声。如果耳朵功能特异，应该还有草木喝水的咕嘟咕嘟声。风吹在脸上，有种寒秋已站稳江山的意思。江南的秋与夏没有多大差别，除了红枫蜡染般

红艳，金桂馥郁送香，菊花都四季盛开了。

我上一天课，再来陪爸爸妈妈。爸爸说，我从出嫁，几十年没在家里歇一晚，除了妈妈病了的时候。对，是这样。一是自己的家离父母家不远，二是以前孩子小要上学，三是已习惯爸爸妈妈不在一起的生活方式。爸爸独自照顾生病的妈妈已有六年，越来越胆小，越来越力不从心。近些日子妈妈不认得人了，日夜不睡，我和弟弟轮流和爸爸照顾妈妈。妈妈胡言乱语，双目失明，却鬼神都看得见，深夜老是捉猫狗，晒稻，栽菜，还说鸟叫得吵死人，又说谁家孩子在她边上要吃要喝。妈妈躺在自己床上，说要回家，并一骨碌坐起来，抬脚就走，遇墙爬墙。到了凌晨，我已累得走路像腾云驾雾，但妈妈依然兴致勃勃。爸爸无助地看我哄妈妈，牵她走路。

妈妈折腾了几夜，我很绝望地大声说："妈妈，你这样会把我磨死!""你说什么话？小人说什么死？"妈妈看不见的眼瞪着我，接着我的话音吼。我的心里仿佛冲进了醋，酸溜溜的——妈妈这么糊涂，但儿女在她心里却是清晰的。

爸爸擦擦眼睛，像他当年夸他的学生点滴进步一样夸妈妈，妈妈走对了我们牵的路线，他夸她；妈妈吃一小碗稀饭，爸爸夸她；妈妈安静了五分钟，爸爸夸她……我觉得我和爸爸在带一个老是无理取闹、任性妄为的孩子。求医问药，妈妈总算可以零碎睡觉，昨晚竟然睡了一个通宵，因此，我今夜走在雨丝斜飞的路上，心很宁静。

这条路，从尘土飞扬到石子铺得凹凸不平，到如今的水泥路，有我童年看火烧云的一幕幕，有我少年晨跑的身影，有我出嫁落的泪，有我带着孩子回家、爸爸妈妈远接远送的留影，有我今夜踩碎雨的"镜子"的记忆……这条路，是我一生的日记。

转过小桥，我家门头的灯光芒四射，像一轮白日挂在门头。雨丝在我家门头的灯光里，像在舞台上表演节目，它们穿着莹白的舞衣，以琴弦的身姿，舞着，以“噼噼啪啪”的音符，歌唱着。

合欢的种子还在树上

一棵合欢树站在山坡上，和桂花树、香樟树是一个村落里的。但是，去凝望合欢的，估计只有我一个人。

合欢是初霜后开始落叶的，像小梳子一样的叶子整小枝地落。几天后再看见合欢，枝丫上只举着一簇簇的种子荚了。寒风刺骨，种子荚在枝头打着哆嗦。我想，种子荚一定死了。我沿坡而上，停在树下，仰头望。荚子没有枯黑，阳光照着，泛着青黄，一颗颗种子在皮里鼓凸着，不用剥开，就能数出有几粒种子。大风大雨没有使荚子掉落，那细细的柄和小小的蒂还真有力。我看过学校的合欢，它们都把种子荚举到春暖的时候，新叶苞一个一个绽开时，荚子才在人不经意间离落枝头，又让人在不经意间，看到花圃里的小幼苗颤动着鸟羽一样的枝叶，在合欢树的膝下乐。合欢的种子荚真有耐性，真能吃苦！我回了两次头，佩服地说。

阳光好得让人不好意思在原野闲逛。

环卫工人依然在扫落叶，也还是那个她。

栾树一带垃圾应该是她的卫生区，两年来，她几乎天天扫这一段路。我对她印象深，是因为她的额头和眼周以及腰身显示她才四十出头。有一次，她扫落叶，哗哗……一下一下，像细浪拍打海边礁石。我为了让她，踩山坡上的叶子跑。她大概太投入了，叶子碎裂的声音惊得她猛一回头，口罩外的额头与眼睛亮在了我的眼里。从此记住她，觉得她该是最年轻的环卫工人。昨夜的栾树谢了很多叶子，柏油路边黄乎乎的，踩上去，叶子就骨头碎裂般发出“咔嚓”脆响，让踏上去的脚很有负罪感。她把扫把的弧度往山坡边移移，这回没有受惊，扫把来来去去依然不紧不慢，轻重有度。金丝绒样的阳光披在她身上，她似乎不知道所有人都在“等阳”，或者在分享“阳阳”的应对妙招。

给树施冬肥的人在树林里一边挥着锄头大锹一边谈笑，他们都是五十岁朝上的人，有男有女，不戴口罩。七八个人施一片林子，完成了好几片树林。有几张面孔我也熟悉，他们松弛的下巴各有特色，我便记住了他们。阳光在树网里很有趣，光与影处理得非常感人。他们弯着腰，岔着腿，说着话，还飞出阵阵笑。他们都好好的吧？不然怎么笑得和淌泉水一样？

一路上，我也开了笑脸。谁是遇事不慌、不等、不靠、不怨、不怒的人？我归纳的人物中加上了今天的他们。想到很多这样的人，莫名想到合欢的种子荚。

这几天，我们家猫太担忧了。家里三个人，近期睡三个房间，吃饭也一人割据一方。因为两个“阳”。小猫夜间在三个房间巡视，跳到床头柜上，拍拍熟睡中或迷糊的人的脸，听到哼哼，小猫才跳走，去了别的房间。小猫平时常常以此法确定我们是不是活着，现在拍的频率非常高。看着它焦虑的眼神，很令人动容。现在谁在卫生间洗澡，它拍门，抓门，进去后，便端坐洗

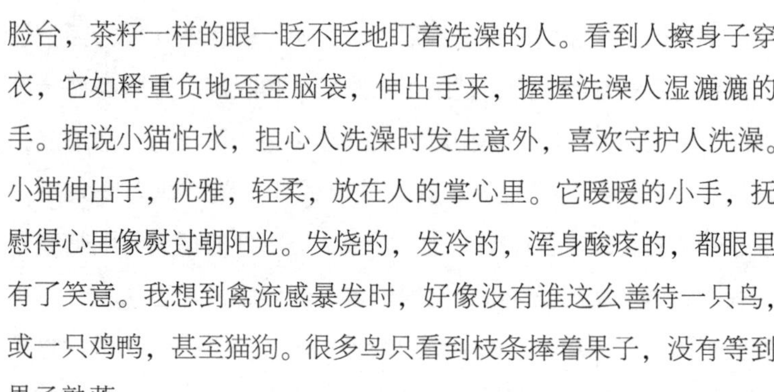

脸台，茶籽一样的眼一眨不眨地盯着洗澡的人。看到人擦身子穿衣，它如释重负地歪歪脑袋，伸出手来，握握洗澡人湿漉漉的手。据说小猫怕水，担心人洗澡时发生意外，喜欢守护人洗澡。小猫伸出手，优雅，轻柔，放在人的掌心里。它暖暖的小手，抚慰得心里像熨过朝阳光。发烧的，发冷的，浑身酸疼的，都眼里有了笑意。我想到禽流感暴发时，好像没有谁这么善待一只鸟，或一只鸡鸭，甚至猫狗。很多鸟只看到枝条捧着果子，没有等到果子熟落。

我回头时，合欢的果子不哆嗦了，裹着阳光，暖意喷出来，温暖了路过的我。

后院的秋瓜

伏旱，继而秋旱。早晚虽凉凉的，但日中依旧热得像在火炉里。秋天的风催老，秋风收水分像风扫落叶一样毫不留情，所到之处，草木的汁水就失去几分。没有雨水滋养，园里的菜都像人失去胶原蛋白，干瘪皱缩。

后院两棵南瓜藤熬过酷热的暑假，奉献了五六个老南瓜。秋来，南瓜藤却依然青乎乎的。匍匐在地的老藤子，墨绿苍健，像老农胳膊腿上暴起的筋脉。经历过炎夏的叶子现在都小了，现着斑，破着洞。老藤子的节处新生了不少秋藤，秋藤摸索着上了树，爬到草丛。秋藤没有春天那么虎气，像要跃起来扑人，秋藤有点“出世老”的模样，爬得很抱歉的样子。看树仿佛没意见，草也没甩脸色，就一心一意地开花结瓜了。

一个没腰身的胖长瓜，风吹弹破的，舒服地枕在树枝上，一个葫芦样的瓜吊在悬空的藤上，还有的瓜纽子还戴着花。放眼一望，树枝缝里两个，弯腰看，草丛里三个，转到树后，耶，还有四个！且饱蘸了青颜料的毛笔似的花骨朵儿还有不少。也许是在后院，太阳暴晒时间少些，南瓜藤才这么经事。不过这么旱的

天，这南瓜也真是硬气，垂暮之年，却老蚌怀珠，而且生育事态盛过黄金期。

一日，和厨师张大姐说到后院的瓜长得好。憨厚的张大姐笑呵呵地说：“是的呢。下个礼拜，把大的摘下来，清炒南瓜丝吃。”

“秋南瓜丝好吃。”我说。

“嗯。那些小的，我再搞些化粪池水泼泼，肯定都会长大了还很嫩。”

“你经常用化粪池水浇瓜？”我连忙睁大眼睛问她。

她仍笑呵呵地说是的。

我不禁沉默了。化粪池在院子外，要攀上院墙，跳下去，搬开大水泥盖，再上院墙头，骑在院墙上，用长柄子粪瓢舀。这本不是她的工作。后院栽南瓜，往年也就栽时下点化肥，然后靠天收，和养花岔不多。张大姐忙完炊事，觉得这南瓜藤长势还不错，就隔三岔五这么为它们浇水施肥，而且是“农家肥”，难怪结了许多秋瓜。

我忽然想到了很多事，当它以光鲜亮丽面世时，背后都会有数不清的付出，有的付出来自本体，有的付出来自他人。那些付出者，或见过月上东山的样子，或顶着启明星出发，或一次次跌倒，一次次爬起来，拍拍衣服上的尘土，擦干泪再出发。他们熟悉露水什么时候凝结，他们熟悉曙色多么华美。

我和张大姐谈秋瓜，就在南瓜附近。我们都望向南瓜，南瓜叶在风里摇蒲扇，喇叭筒似的黄花仿佛在宣讲，在讲什么呢？人类的耳朵听不到。

忽然又见

我一拐进那廊木曲桥，鼻子就被一捧香给簇拥了。不是梅香，不是菊香，不是茶花香，相思草花已枝上老，山茶花的花骨朵才鼓凸，和初长成的孩子脸上的青春痘似的。园子里冬天开的基本就是这些花，谁在香呢？我放慢脚步，耸耸鼻子辨别，突然脑子里跳出“枇杷”来，对，是枇杷开花了？我睁大眼睛四下看，晓色正在分娩，还没脱胎黑暗，我周围尽是黑影子一样的树，看不出有没有枇杷。

我忽然想起两棵枇杷树，它们安家在乘云堤东头山坡的毛竹林里。约一个月前，因为周末，不急着回家，我弯了几弯路，去拜访枇杷。看宽厚老实的枇杷叶捧出了花骨朵儿，每一捧，像数枚盘结的布扣扎在一起。当时，心里很感动枇杷有心，离吃果还有半年之久，这么早就辛苦孕蕾了。枇杷花蕾还没长出来，又不显眼，很少引人注意。妈妈生病，整个十月都在住院，我也没跑步，更无暇顾及枇杷开花的事。

等我汗流满面地站在枇杷前，浑身都被恬柔啄了一口又一口，枇杷已花开满树。真是抬头是枇杷花，低头是枇杷花，如同

昨夜飘扬了清雪，苍翠的枇杷叶把雪挽留了。香袅来了，往鼻腔里扑，瞬间悠到肺腑，是盛夏烈日蒸出的草木香被风吹稀薄了的味，属“一缕荒烟，几点残红”的气质。我看着枇杷，想笑，枇杷树和叶都归五大三粗型，开的花却那么小儿女样，簇簇成团，然朵朵清秀，五瓣娇柔，薄软洁白，呵护着蜜团一样的蕊。蕊若才破土、还顶着种子皮的白菜芽，顽皮得让人恨不得学蝴蝶吻吻。这么多蕊，得结多少枇杷果呀！枇杷树敦厚老实，枇杷叶沉默寡言，不是大风，它们都不开口，但是结果时却轰轰烈烈，枇杷熟时，树树堆金。

我看看这朵，天真无邪，看看那朵，清丽温婉，忽然朵朵白璧无瑕，都成了颗颗金色玛瑙。枇杷果的甜酸水盈，在我的舌尖上爆发出来。这是去年四月吃的枇杷。

其时，参加安庆晚报的骨干作者笔会。会后，一个女孩分享了粒粒枇杷。女孩是晚报编辑，是唯一一个带着孩子工作的年轻妈妈。我们吃枇杷，她的女儿就和我混熟了。但是，她和我还只是停留在生分的客气上。那天加了微信，一直也没联络，只在朋友圈见面，见字如面。我在与她共食枇杷前，对她略知一二，文笔是我很喜欢的乡野味和草药味。做女人，她把日子里的一地鸡毛处理得服服帖帖。她知道我，是我在晚报发过几篇稿子。

我喜欢把朋友圈当日记，日子里的琐事碎事，大自然中的花开花落，叶枯叶萌，都和着真情记录。她忙着工作，忙着生孩子，忙着理顺一地鸡毛，但我的“日记”她几乎都看，偶尔说说她的看法。我们几乎没有私聊过一次。但她的事我都知道。记得看到她的同事发布她生二宝的圈时，我流泪了。那天傍晚，她把工作安排好，从幼儿园接回女儿，打车到医院。把儿子生下来了，同事才下班。也是那天，我觉得她是现代女孩中的铁人。这次我因工作忙，安庆晚报组织的作家联谊会无缘参加。她去了，但，是以作者身份去的，因为她已在国税局供职。这是她有天看我朋友圈发的《幸福的源头》找了我说的。她的微信头像跳出来，我还纳闷，会是什么事呢？只见一段话："李老师，凤仙姐喂，朋友圈小文每次都写得好好，希望凤仙姐姐永远不要对我关闭朋友圈，不要对我设置不可见。"后边接着几条，是说上次在联谊会上没见到我，好可惜，又说，不知道什么时候能见面。

这真是我没料到的，但我又丝毫不怀疑她的期待相见。因为我也觉得尽管没有和她有任何形式上的深交，但是，文字是最好的连心桥。我认为要了解一个人，莫过于读他（她）的文，一个人的文章，总是蕴着他的心性，品质与人格。我很想告诉她，因为看到她的话，已有忽然见面的感觉，眼里心里都是"忽然"的欢喜。

枇杷开花很有情怀，早花基本是来温柔芬芳冬天的，到开年，花落结果。也即，当春风浩荡大地时，离吃枇杷果就越来越近了。吃枇杷果，是与她的又一次"忽然见面"。其实，人在旅途中，只要心在，总会"忽然见面"，能执手是一种好，见字，也可如面。

换一条路走

乡下自来水突然断供，暴风雨时“啪”一声停电，都是不太稀有的事。

所以，这几天学校水龙头里连一滴眼泪那样的水都没有，我仅是恼火了撒泡尿的时间。为什么？学校有水井，水井配了手压泵。手压泵长着粗身子细尾巴，尾巴和臀部相连处可以上下动。一个粗茶杯状的铁皮管子趴在井盖上，长长的抽水管通过铁皮管子空空的肚子，一直下到水井，水井因此让人觉得异常神秘。铁皮管子侧生出一个小孩手腕粗的铁管，此管螺纹嘴处套着一根弹簧一样的软塑料管，水从这里出来。用桶接水，把软管牵到桶里，用大盆接水，软管搭在盆沿上，按着手压泵标志的尾巴尖一上一下，一阵“急啊急啊”，深井里水就从蛇蜕一样的健美白塑管中汩汩流出。冬天水冒气，夏天水便透心凉。常有领导来检查工作时，先惊问：“还有手压井？”再“急啊急啊”压几捧水上来搓搓手，在裤腿上擦干手，用手机拍一拍手压井。如同我去哪里看到斗笠、水车一般，仿佛一段旧时光嗖嗖穿越到眼前。

开年以来，自来水只停过三回。我的恼火烟消云散后，悠悠地压压水，渐渐觉得好玩。泵尾巴“急啊急啊”声里，我仿佛穿越到诗经里汲水。我一边当音乐听，一边凝视着井台。这时我看到了它。

它是一只壮硕的蚂蚁，通体乌黑，比乌鸦羽毛还亮。蚂蚁腰细，膀拃，腹部丰满。在蚁界绝对不是最靓的仔就是最美的女。它在水泥井台一会儿左，一会儿右，身体仿佛不挨地，轻盈得像在空气中滑行。它来回几趟，匆匆忙忙前进，慌慌张张掉头，像要办什么特别急的大事。蚂蚁再次向右行到一半路时，突然直冲我的脚而来。我先百思不得其解——它干吗这么慌不择路？再看看它，我明白了：它上了井台，行了这么久后，发现此路难以到达目的地，决定改道了。

我穿着白色厚底运动鞋的脚成了它的“珠穆朗玛”。这下好了，又“一座山”挡住去路。我觉得很有趣，看看它现在怎么办。只见它到了“珠峰”脚下，仰头望，爬到了我鞋底上，又停下，触角一会儿靠拢，一会儿分成到“八”，就像愤怒的人竖眉。我停止打水，蹲下，看它怎么“翻山越岭”。大约我吞两口口水的功夫，蚂蚁斜下身体，绕过我脚尖，从我的脚和井沿间一条缝里慢慢蹚过。这条路大概对了，它仍然爬得很快，但明显不焦虑了，因为它的蛛丝般的触角向头两侧分开，这是蚂蚁愉快的意思。嘿！蚂蚁也知道当哪条路不通时，就换一条路走。

蚂蚁爬到了一条水泥路上，路尽头有院墙，常有小孩在院墙边看蚂蚁把食物往高高的院墙缝里抬。小孩们说，许多蚂蚁住在院墙缝里。这只蚂蚁应该也是回家去。

我突然想起来，我是来打水的，自来水停了，我必须要解决所有师生吃饭喝水问题。我赶紧把压水泵的尾巴往下按，长尾巴“急啊急啊”几声，白亮亮的水哗哗冲到了桶里。

心爱的刺芥菜

刺芥菜，身份证上名为蓟，我乡人称其为刺芥菜。

对刺芥菜，我们没有叫过蓟，如果见着刺芥菜喊一声："乖乖，这蓟长得好。"听着的人会四处找，再问，蓟是什么东西？看看，叫得不好，刺芥菜就被骂了，"是什么东西？"不仅是我乡侮辱性极强的骂人话，还是国骂，无论大江南北，还是天涯海角，这句骂，搞不好会引起一场纷争，严重的，还会夺命。我乡就有一位妇女，老公在外打工，一年少有回家。"那狗日的不是东西"的村言村语传到该妇女耳朵里，她气血攻心，不治身亡。我乡人只要认得刺芥菜，一律呼刺芥菜。

不知别处有没有刺芥菜，我老家可是刺芥菜的广阔天地，山坡，山腰，山谷，沟渠河坝，田间地头，哪儿都有它们的身影。我年少时，刺芥菜可是乡人的香饽饽，大人小孩，看到刺芥菜，都会眼前一亮：呀，亲爱的刺芥菜，你在这里呀！刺芥菜，人不能当菜当零食，但是，是猪的粮食。

成年刺芥菜的棵丛盈泼泼的，叶子碎绒绒的，很像雪里蕻，差别是，刺芥菜叶片上布满刺，刺像板栗蒲上的刺那么强硬，不过，稀稀拉拉着。顺着刺芥菜的刺撸握，用小铲子铲根部，手受伤极少。逆着刺捉的话，肯定被刺戳得龇牙咧嘴。这如同很多事，逆乎天意民意，一定会受到上天惩罚。如果有时在山脚的茅草里，一丛深绿扑进视野，心都“怦怦”跳。一大棵啊，嫩得脆，碧得淌汁，鞋一碰，“嚓”，叶茎就断了。铲子铲起整棵，往篮里一放，大竹篮底就铺满了。打猪草，小孩最喜欢铲刺芥菜，完成任务快呀，回家被大人夸，那才春风得意呢。刺芥菜放大锅里煮熟，刺也软了，猪吃得“嗒嗒嗒嗒”，几丈远都听到，猪的大嘴巴在嗒，蒲扇耳朵也在搭。我们常看猪吃饭，觉得猪食是天下美味，猪尾巴甩得无比幸福。猪长得毛尖都发亮，不知那野菜怎么那么养猪。我们打猪草都很积极，看猪幸福地吃，看猪见风长，是很有成就感的事。

刺芥菜到夏天，头茬的就开花了，别看刺芥菜长得比较锋芒毕露，花可柔美呢。苔的顶端炸着一朵紫绒球，紫紫粉粉，像四朵合欢花围一圈，柔软得想用其拂拂脸。小雨后的刺芥菜花，丝瓣上钗着小小的雨珠，晶晶亮亮。拿雨滴当头钗，也只有草木做到，人神通广大，好像对此无能为力。花谢结果，果老籽落，刺芥菜前赴后继地生。嫩刺芥菜在冬茅草棵里、柴棵里，尽是呢。

刺芥菜和其他野菜养肥了猪，猪卖了，交学费读书，扯布做衣。年猪更是让过年添加十分喜气，因此，打小就觉得草木多么有爱心，滋养人，也滋养牲畜，还欢喜流光。很多草木，做了盘中餐的事，做了美化环境的事，还净化灵魂。比如莲，出淤泥而不染。比如梅，留清气满乾坤。比如菊，宁可抱香枝上老，不随黄叶舞秋风。

《梦溪笔谈》有录：“岭南深山中有大竹，有水甚清澈。溪涧中水皆有毒，唯此水无毒，土人陆行多饮之。”皆曰“一方水土

养一方人”，这似乎不合草木心性，岭南深山大竹有爱心，心性笃定，没有被毒水毒坏心性，还将水在体内进行解毒，以惠民。多想结识这大竹，喝口它体内的水，一定含着竹子的清香，就像竹筒饭、粽子，五谷香里含着竹子香，食之，觉得是驱俗气的。常觉得竹子香和梅花香，都是清逸之香，能稀释体内浊气。像大竹这样的草木很多。草木几乎都没有坏心眼，被草木所伤，或误了卿卿性命，那也是人的贪欲和无知造成的。我从小在草木间长大，现在依然承蒙草木厚爱，发现即使是猪笼草，也可清肺润燥，利水消肿，消炎解毒。

现在没有人用刺芥菜喂猪了，但刺芥菜依然在乡野四处为家。我那天回家，就发现爸爸的茶叶地里生着许多刺芥菜，与茶叶一样黛绿，闪着慈祥的光。无论世事怎么变，刺芥菜依然守护着那片土地，承载着很多人对往昔岁月的怀想。

韭菜花

我头顶天空如青玉，山顶上的天空渗出康乃馨粉，东方的红润渐渐浓烈，太阳即将喷薄而出。山色清幽，河水荡漾着彩波。

鸟在明朗的清晨抓紧练功，飞来翔去，翅膀扇得似乎空气都在欢快地流动，它们在追逐曙色。鸟活得明白，强健有力的翅膀是勤奋练出来的。爱歌唱的鸟除了练翅膀，还要练嗓子，“唧唧复唧唧”“喳喳复喳喳”“丢丢……”“哔哩哔哩……”唱得黎明的薄暗融化了。

几只白鹭翩然飞落在一棵挺拔的香樟树梢头，像一片片小白帆晾晒在青天下。霞光映得树叶鲜亮如初生，白鹭的羽毛如新雪，应该才沐浴完毕。它们不交谈，不东张西望，脖子与玲珑的脑袋闲成柔婉的“S”，垂着白得耀眼的尾巴，如同定身。我忽然感觉这是鸟类中的静默训练。我边跑步边仰慕地由迎视到侧视到扭头看，它们依然纹丝不动，仿佛入了物我两忘的境界。

前几天洒了几场一把沙的雨，大地把雨守在土中，夜里凝成露珠，天干物燥时，让花草树木得到滋养。今晨的露珠格外圆溜，大如豌豆。露珠把天空映在怀里，露珠里一片春色。有的露珠悬在草尖，脚尖一碰，滴落于土，瞬间不见。它们又回到大地，浸润草根。露珠的光辉形象，也就朝颜开花那么短，但是，没见哪一颗露珠愁烦，叹“露生苦短”。

再往前，蓦然惊呆，那一小块菜畦遭霜了！翠绿里一片苍茫，分明是柏翠的叶子蒙着薄霜，有的霜仿佛凝结成冰花了。我睁大双眼，脚步加快，距离越来越近，不禁笑起来，原来是韭菜开花了！韭菜花白中隐若有若无的青，像缩小版红萝卜花。碎银似的露珠布满韭菜叶子，花朵上更是如下了微雨，每一颗珠露都如同浸着月光，难怪远看像下了白乎乎的浓霜。

此地在山谷，三面都巍峨着青山，所以，气温日差大，露水更重些。但是，真好，想到“竹露滴清响”，清风、净水、土地、梵音。阳光悠悠，秋意浅浅。薄凉，养心。

看不见的雨

昨天天空铺了一天灰云，夜里听到屋檐滴水般“叮叮当当”。秋天干事从不慌忙，总是悠着来，下雨也要酝酿又酝酿。风往天空铺灰白的云，铺得到边到拐，天空矮了，矮到抵山顶。清晨，我在滴水声中醒来。滴水声上一声与下一声间隔起码三秒，说明昨夜的雨不成点，不成线。

已是七点，天还仿佛夜色没有褪尽，一切都浸在淡黑里。人在淡黑里赶路，湿凉扑面，知有雨。鸟也噤声，大约觉得天还没亮，还在睡觉。

上午，天依然不清不白，山仿佛在放牧紫白的烟雾，山腰把烟雾往山顶和山脚驱赶。山脚的草木被裹在烟雾里，山顶的树木栽在烟雾里，把月光下的薄影似的树冠耸立着。旷野在晾晒轻纱。灰白的天空在下雨，但是看不见雨丝，听不到雨声，淋不到雨点。

谁告诉我们下雨了呢？

草坪湿漉漉的，晴日里枯白的草，现在都呈黄豆酱色，里面似乎在冒新草芽——有点“草色遥看近却无”的意思。

一棵拐枣落尽了叶子，树枝清瘦，尽染烟色，伸向寂空。一只黑鸟独立枝梢，昂首垂尾，宛若一枚黑色的花苞待放。

孩子们玩耍的长廊，一片片红瓦像一条条竹简紧密排列，“竹简”被看不见的雨浸润得鲜红洁净，雨昨晚熬夜擦去了“竹简”上的积尘。红瓦垂了印花檐，檐脚如同波浪起伏。一滴滴晶莹剔透的雨滴在瓦檐波峰凝聚，停留许久不落，如同感恩古意红瓦让自己成珠成玉。雨滴缠绵缱绻，终于“啪嗒啪嗒”落降，像钟的脚走路的声音，雨滴就这样慢节奏做降落体操。

菊花含着白苞，在廊下接如露珠般的雨滴。红瓦收集的雨滴，滴滴珍贵，菊花的苞昨天还是青叶色，喝了“玉露”，白白胖胖的，不日便该放开花丝了。一只白脸雀从桂树里飞出，仿佛桂树用弹弓射出它来。白脸雀白净着脸，骨碌着黑眼珠，在花盆间跳跃，从吊兰的丝绦里钻出，翅膀一张，飞到菊花盆沿上，“吉里吉里”唱歌，又跳到多肉丛里。

瓦檐峰上一滴雨滴坠下，不偏不倚落在白脸雀的天灵盖上，溅碎成针尖大的白珠子。它偏偏脑袋，用一只眼看天空。白脸雀忽然张开嘴，又一滴雨滴像一滴月光落在白脸雀的嘴里，白脸雀“吉里”一声，雨滴被它啄食了。

烤山芋一万年

烤山芋的香最会勾引人，如果说桂花的香味是小桥流水，那么烤山芋的香味就是大江东去。街头巷尾，但凡有烤山芋的摊子，我总觉得那小喇叭里的吆喝是多余的，等听到“烤山芋——烤山芋——”香味早就扑得人眼睛成了探照灯，嘴巴里口水前赴后继了。那香味成了导航，再路痴，也绝对能准确找到卖烤山芋的摊子。靠近摊子，烤山芋的香突然绿林起来，大喝一声：不来一个，休想从此路过！

我就这么被烤山芋香绑架了。变压器箱一样的烤炉立在一架三轮车上——这是流动的摊子。柴火的烟从一扇红砖大的门洞里袅袅旋出，又粗壮地升到树底下，仿佛村里的炊烟。烟旋出的样子、淡蓝色、柴火香都和炊烟一模一样。艳艳的火苗不时窜出来，舔着“锅洞门”。烤山芋香把柴火的烟香挤得支离破碎，它完全霸占了我的鼻子。我的鼻翼微微一动，烤山芋的浓香拍打着我鼻子的每个细胞，我又鲸吸几口。

我让山芋主人给我称两个。他应该有七十多岁吧，高原红的脸庞，显得硬而倔强。额上的深纹，就像风在河面上赶出来的波

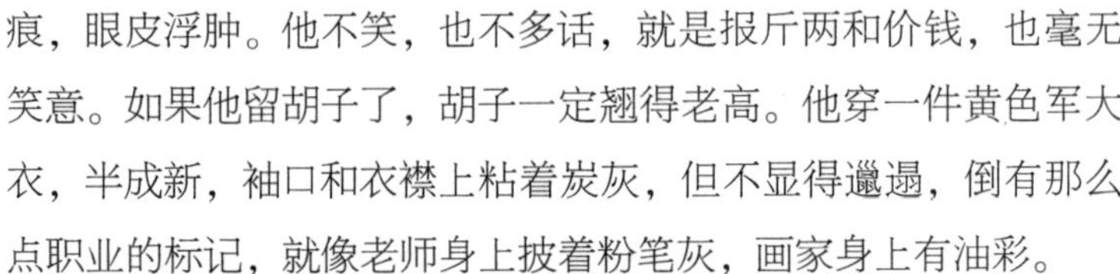

痕，眼皮浮肿。他不笑，也不多话，就是报斤两和价钱，也毫无笑意。如果他留胡子了，胡子一定翘得老高。他穿一件黄色军大衣，半成新，袖口和衣襟上粘着炭灰，但不显得邋遢，倒有那么点职业的标记，就像老师身上披着粉笔灰，画家身上有油彩。

我买了两个大大的烤山芋，准备和我妈一块儿吃。我不知道我妈爱不爱吃。但我小时候，她老在锅洞的灰烬里煨山芋给我和弟弟吃，也在烧火粪时煨给我们吃（火粪是土经柴烧后的土，跟粪毫无瓜葛，为什么取了这名，我至今不明白），才掏出来的烤山芋香得让喉咙里长出了许多小手。于是，我们就嘶嘶地一边嗦气，一边左右手来回换。稍微不烫了，剥开皮，往往第一口烫得直拍胸口，像小狗玩自己尾巴样不停跳圈。烤山芋吃完，我们的脸也是黑印一道道，妈妈就笑得撇着嘴，横斜眼看我们，却把乌亮亮的眼珠笑藏起来了，还一边用也有黑灰的手擦我们的脸："看，这么大的花猫。"我们自己看不见自己脸上多了猫胡子，看着被妈妈擦的人会笑出鼻涕眼泪。妈妈就很抱歉地安抚："哎哟，妈妈真呆，小脸邋遢了。"然后翻起衣襟，把一个个花脸猫擦呀擦。

我在护士站就看墙上的床号，雪白走廊尽头，妈妈趴在窗户前看大街。我妈不太独立，但是我妈能动，就绝不躺着，她一定是中午走走，再看看外面了。

我突然想吓唬吓唬妈妈，于是，踮起脚尖向前挪，高跟鞋很坏事，老有轻微的"笃笃"声，但妈妈现在有点聋了，肯定听不见。快了，妈妈侧头往左。嗯？听见了？那不就败露了？她又侧头向右，看来没有听见，她只是活动脖颈。我太高兴了，预备大声"忒"，谁知，我妈突然回头，眼睛瞬间闪亮，笑得像责我们吃烤山芋吃成花脸猫一样："咦？你来了？"

“是呀，来了！没吓到你，太可惜。妈妈，猜猜什么?”

“山芋呗，当我鼻子坏了哇!”是的，这谜语有什么难度，不等于送答案给妈妈。

妈妈扒开方便袋，又扑哧笑起来：“你个呆丫头，我俩哪吃掉这么大两个？买一个就够了嘛。”我也笑，是的，烤山芋对我来说，就是好闻，吃，我真吃不了多少，吃几口，胃里泛酸水。妈妈又能吃多少呢?“没事，吃不掉，我带走。”我很有“让山芋发挥大作用”地说。

妈妈和我就站在走廊窗前，分吃着一个山芋，我们用小勺子挖，脸上当然没有花猫胡子啦。

这么个吃法，让妈妈成了孩子。

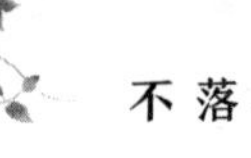

途中

在白白净净的晨曦中，遇到了一树苦楝果，土黄，憨厚，繁密，鲜活。停下来，看得欢喜一串串冒。

苦楝花盛开时，碎碎绒绒，叶子都沦陷了，像树冠裹着淡紫的烟云。艳阳灼灼时，常觉得一团紫烟会突然飘飞而去。我看苦楝花不敢大声喘气，不敢放肆说话，怕朵朵花嫌我粗俗。小巧的苦楝花，结的果很帅气，粒粒饱满，相貌端正，周正的圆柱体戴着放大镜看也找不到歪瓜裂枣样的。隆冬，叶子落尽，簇簇苦楝果挂满枝，苦楝树像卖风铃的、卖糖葫芦的、卖气球的走贩，扛着一树红彤彤的糖葫芦，一树五彩缤纷的气球，让村野街巷流淌着欢乐与升平。

我跳几跳，摘了一串苦楝果，我要带给我家小猫玩。我家小猫不喜欢逗猫棒之类玩具，但是一粒瓜子、一根鸟毛，它能玩得忘了睡觉。小猫喜欢玩爪子一拨就滚几滚，拍拍、抛抛能弹跳、飞飘的东西。上回我捡了个大松果，松果盈饱饱的，像小菠萝似的，贝壳样的鳞片还会随天气张合。我对松果一见钟情，但爱屋及乌，我给小猫玩。小猫一看到松果，歪着脑袋研究一番，伸出手拍拍，松果像不倒翁，摇摇晃晃，又端坐如初。小猫玩了几次，就把松果冷落在了茶几底盘上。小猫大约觉得松果太老成持重，无趣得很。我觉得自己石榴花般的爱心遭到了冷雨浇，但很快理解了小猫，我自己也不喜欢和端架子、摆脸谱的人打交道。

我一路想着我一进家门，把苦楝果放一颗到地板上，小猫腾跃过来，梅花手一拨，果子骨碌碌滚得生龙活虎，小猫玩得兴致勃勃。果然，小猫自创了多种玩苦楝果的花样，追逐，抓抛，推送，捉迷藏，我也看得兴味不减。小猫玩得嗨，但不以伤人取乐。我读小学时，男孩子们也喜欢玩苦楝果，他们把苦楝果当弹弓子弹射，常常有孩子在操场玩着玩着，“哎呦”叫，也常听猪栏里的猪“嗷嗷”嚎，也会有麻雀应声一头栽下来，扑扑翅膀，不动了。苦楝果黄时，没有女生不讨厌那几个淘气包。校长听了投诉后，明察暗访几回，将几个男生逮个正着，往往收走一大把弹弓。小猫比我的小学男同学文明懂事。

苦楝果代代生，光阴中的那一寸，年年捡晒捡晒，那一个个“神射手”，成了永远的少年了。

途中，又遇到小蒜，细如松毛，绿似新韭，凌乱地躺在路边。显然是昨天被剔剩的。小蒜是春天的野菜，春风拂几回，春阳熏几轮，小蒜就浩荡在原野了。一些喜欢采摘的，或夫与妇结伴，或全家总动员，或知己相携，铲些小蒜，做小蒜粑吃。很有野趣。小蒜纤秀，香味却奔放，香揉到米粉里，经火淬炼，咬一口，“红了樱桃，绿了芭蕉”，尽在唇齿间。

每年三月三，一个闺蜜都会做小蒜粑，她会送一些过来。她静静地看我吃，我知道她想她妈妈了。她说妈妈去世时，觉得天塌了，海枯了。那段时间，她动辄泪水不止。三月三那天，女儿说想吃外婆的小蒜粑了。她突然惊醒了，她是女儿的天，她是女

儿的海。她立即骑车到郊外，铲了半篮子小蒜，回家和粉，剁蒜，揉面。小蒜粑在锅里煎时，女儿就在灶台边，雀儿一样叽叽喳喳。“呀！香味一点没区别，就是外婆的粑呀。”女儿的叽喳，让她扑簌簌流泪，但心里却有一朵朵阳光在跳跃。她其实不太会做粑，做前回想妈妈之前怎么做，又查了小红书，居然粑也有模有样有香。后来，她脸上的笑多了起来。年年三月三，她都不忘记做小蒜粑，小蒜粑的香日夜袅在她的骨头里。

这是谁，真可爱，等不及要春天马上来。冬天，小蒜在田间地头，即使钻出土了，也长得慢，这些不要的蒜还娇嫩，鲜润，绿莹莹，她或他昨天的小蒜一定是从荻丛里，从芦苇荡里寻来的。她或他，是做小蒜粑吧？咬一口，你用眼睛问我，可好吃？嗯，好吃。我用眼睛问你，可香？真香。他们一定都觉得日子是春暖花开吧？

淋 雨

飘雨星了。

昨晚下班后，清水一样澄澈的天上，养着梅花一样的星星。头顶三五颗，远处一两颗，硕大，白而浅黄，一闪一闪，像梅花在开花瓣。依我几十年的经验，这样的夜，在天气比较稳重的冬天，基本预示第二天晴好。

清晨照旧跑步，到问天阁时，竟然有雨星敷面，凉飕飕的，没有冬雨的寒心。心下觉得天在耍雾露。望天，也不着慌，灰白的天空透亮着块块粉蓝，像围坝着一汪汪海水。这样娇滴滴的天下不了什么雨。雨星敷面舒服，有贴面膜的润软。

然，我的老皇历不准了，雨星壮大成雨滴了，雨滴胖而重，柏油路上印着一个个漆黑的圆，有小荸荠大。还好雨滴稀疏，我的脑袋似乎都在雨滴的空网里，脸上也就鼻尖上被扑砸几次。感激这雨有情有义。这样的雨滴湿不了头发和衣裳，淋淋，不妨事。“窸窸窣窣”，松鼠窜过落叶，又“窸窸”爬上树，坐在树杈间，“咕咕，吱吱”叫，仿佛在呼唤同伴，又似乎在警告我离它远点。我对它笑笑，雨看来大不起来，松鼠先知先觉，怎会让自

己淋成落水狗?

到了牧之楼，雨成线了，打得枯草沙沙叫。天上麻黑了，看来，不仅我的老皇历不准了，连松鼠也误判了天气。时代发展到今朝，天的阴阳，摸不透了。

没地方躲雨，只有像骆驼祥子那样奔跑。“布谷谷——布谷谷——”布谷密密地叫，音浪像风中的绸带在抖。麻雀碎步跳到木棉棵里，贴着树根站着，嘴巴尖指天，尾巴垂向地面。木棉叶子愁眉苦脸，零落大半，这能避雨吗?牛背鸟在樟树枝头哑着嗓子叫，四处飞，身影像逃难。我抹抹脸上的水，觉得鸟在冬天很可怜，像阿勒泰冬天的牛和羊。

雨丝乱了，风搅的。

芦苇在河沿下雪了

天连续沉了几天脸，风像放羊人的鞭子不痛不痒地打在青烟色的云朵上，雨就飘飞到人间。雨下得不太干脆，迟迟疑疑的，有时近乎隐形。路潮了，树叶草叶润了，花湿了，才知道飘雨灰了。有时雨斜斜地飞来千万条线，仿佛天空是巨大的缫丝厂，雨丝里出门，要带伞，披雨衣。偶尔也有大雨点，但跳得不虎气，萧萧瑟瑟的，仿佛还不适应温度突降。今年温度上没有秋天，国庆节那几天还是三十多度，天空犹豫不决地下几场规模多变的雨，天气就直接从夏天弹到了初冬。

天空明朗后，温度依然是初冬的温度。扎进清晨跑步，手指笨了，缩皱了，冰得刺人。冬天开始给万物下马威了。远远望见河沿白白的，河边冷，难道下雪了？天气反常，也不至于把漠河以北的物候迁来了吧？风扑打着面颊，脸硬邦邦的，嘴唇麻麻的，眼睛不怕冷，专心致志地看一直铺到天际的白。耶嗬！原来是芦苇开花了。

仅几天不见，芦苇像通通接到开花的红头文件一样，齐刷刷开放了，开得一刀切。整个河沿，像铺着陈旧的雪，白得泛灰。

芦苇身材清瘦，但是比较火辣。由于万众一心，团结成绿色的围墙。芦苇又刚柔并济，所以没有谁倒伏折断，一杆杆挺拔劲道，它们一起在风里高歌，“沙沙——呼呼，呼呼——沙沙”。一枝枝花朵在风里起伏，像翘得高高的公鸡尾巴，“尾巴”上的每一根“羽毛”都被风这把大梳子梳得顺顺溜溜，即使轻舞飞扬，也不凌乱。芦花在风里猎猎的，像小孩子舞动的欢迎什么大人物莅临时的旗帜。芦花也在欢迎，它们不欢迎人，欢迎的是喜欢修炼功课的鸟——黄莺喜欢抓着芦花的萼部，亮亮的喉里一个音符接一个音符地袅出来。芦苇摇摇晃晃，黄莺钉在“公鸡尾巴”下，精致的脑袋左转，顿顿，右转，偏着一只眼，无邪地看拂来拂去的芦花，斜斜地扫一眼路人，歌唱不止。人只会笨笨地跑，像我这样在芦苇上荡秋千，可以吗？

芦苇开花就老了，它们就举着如白发一样的花，一直站到它们的新一代诞生。期间，老芦苇经霜冻，受风雪，当然，也有冬阳暖暖。小草枯了，萎了，倒了，化为尘土了，芦苇的叶子破得像荆条，杆子像一点火星就烧得着，但它们不倒。破棉絮一样的花依然顶在头上。“破棉絮”被风掠走，剩下像扫帚的残枝，还在风里悠来悠去。

芦苇老时，仍然肩并肩站在河沿，野鸭把家安在里边。野鸭有时蹲在像扇贝一样的河心洲，河心洲坝被河水刻出一道道贝壳身上的弧纹，有着沧桑的浪漫，自由和野味。野鸭就在这些弧纹上睡觉，谈天，晾晒翅膀。这些野鸭的双翅上都有几管白羽，像芦花一样显眼。鸭子话多，野鸭好点，但群群畅游时，飞翔时，也喜欢“嘎嘎”不歇，毫无顾忌。野鸭在这里过冬，安逸悠闲，有家园谁不安心呢？

河水摸摸芦苇根，嘱咐一些话，又漾着鱼背脊一样的青纹，继续赶路。河水对芦苇根说了什么呢？

路　考

跑道一侧的黄花菜已开成了一练黄绸带，花期近二十多天了，野栀子花一样的青蕾还在一波一波地冒出来。

我顶喜欢这亮得像新绽放的向日葵花瓣般的黄，向日葵花开得像孩子的笑容，不像黄玫瑰，黄得抑郁、多愁，像在唉声叹气。盛开的黄花菜坦率洒脱，半开的似乎在伙伴耳边说笑话，说着说着，一起笑得合不拢嘴。我站在坡顶，看黄花菜颀长的身材在微风里矜持地摇曳，心里在比较黄花菜花和美人蕉谁更风流，谁更格局强大，甚至谁更有大情怀。这是一件比较得罪花的事，好在我不大喜欢公开评头论足，但自己和自己做这件事，很有趣。

“妈妈，好多漂亮的花。”我一回头，路腰上，一个小女孩用黄花菜花蕾一样的食指指着花。

“是呀！宝宝，这叫黄花菜花，做菜特别好吃。”妈妈弯下腰，伸长胳膊要摘花。妈妈是色泽正艳的年纪，像汁饱的水蜜桃。运动服紧，仿佛她的每个细胞都在喷薄着旺盛的荷尔蒙和多巴胺。那条伸出的胳膊没有变换姿势，妈妈就像在花丛中练习

瑜伽。

“我们的花园多么美，草儿绿，花儿美，不摘花，不踏草。爱护草木做得好。妈妈摘花，就做得不好。”小女孩着急得双手摇摆。

妈妈直起腰，收回手，竖起两根大拇指，用力点头，脑后马尾欢快地随她脑袋跳跃。妈妈咯咯笑，笑得像小鸟吹口哨：“这‘不踏草，不摘花’歌好！妈妈要立即——马上——现在向宝宝学习。”

女孩看看花，仰头看向山坡，拍着手说：“妈妈，狗尾巴草开花了，狗尾草非常非常多，可以摘的。”

妈妈也看向山坡说：“对！对！狗尾巴草也可以插瓶，漫山遍野都有，摘点没关系。”

一大一小两个身影，在草丛中，像跳着小河里的鹅卵石过河。

我忽然觉得这两个身影有点熟悉，我在脑海里迅速回忆。哦，想起来了，有天清晨，也是她们，不过穿着不同于今天。那时，我在路这边，她们在路那边。只听“啪啪”声不断，我扭头，瞬间眼珠撑得眼睑合不拢：只见妈妈（女孩叫了好几声妈妈）的上衣卷起，白得耀眼的肚皮丰满细腻。她用一只手窝着拍打肚皮，还一边唱：“拍肚皮呀拍肚皮……”

女孩一个箭步撵上，大声说：“我们老师说，汗衫短裤遮起来的地方是身体的秘密，不要随便给人看。妈妈真不会保护自己。”

妈妈侧过头，拉下汗衫，笑得像小鸟吹口哨：“宝宝说得对！妈妈拜你为师。”妈妈果然双手抱拳，朝女孩弯弯腰。女孩像蜻蜓一样“飞”到妈妈前头，单脚铲锅巴跑起来。妈妈在后边，看着小身影，嘴角扬着，像小孩子画出的笑脸。我与其擦身而过时，发现她与我匆匆对视的目光，促狭又神秘。

妈妈手上狗尾巴草已经有一大束，绿得像英气勃勃的香樟树叶。“小狗尾”一律垂挂，像碧绿的喷泉。

“够了！够了！宝宝，可以插两瓶了。”

“好嘞！妈妈！回去插两瓶，客厅一瓶，我书桌上一瓶吧？”女孩把自己的“喷泉”举得高高的。

“听宝宝的！”

两个人一下子跑到我前面，两朵绿喷泉一直在她们身前身后交替。

一串串笑声里，我忽然明白过来，那个妈妈是在对孩子进行路考。

落花拂过眉梢

花朵是可以点亮黎明的，尤其是白玉兰花。

当我顶着满天空星星跑至秋浦河畔时，星星被鸟的歌声擦白了许多。这时，我的视野里闯进一片洁白，那片洁白从薄薄的黑幕中突然跳出来，就像按打火机时，火苗应声而起。一朵朵清清楚楚，但看不清花瓣。

我有几天没跑这条路了，前几天跑没有看到这一树白，是什么花呢？不是木棉，木棉香得浓烈，香跑得远远地接人送人。我跑步时喜欢东张西望，喜欢想着怎样把看到的东西和文字结缘，但我的思路常常被木棉香打断。而眼前白棉朵似的花，香味还没有送到我的鼻端。或许是不香的花，不对，素色的花基本香，这香一定性子拘谨，悠悠送。不管它姓甚名谁，我都像喜欢向日葵一样崇敬它，因为它把晨曦擦薄了。

越跑越近，我的鼻子先告诉我，那一树月光凝成的花是白玉兰。我的脚下突然发出许多力，跑得轻快有弹性。白玉兰在黛墨的树丛里，犹如白鹤置身于鹦鹉洲。我一直认为白玉兰花是白莲开到了树上，因此，看白玉兰花，我的眸子是异常干净明朗的，我甚至认为白玉兰花的香可以洗去人身上的浊气，还能祛除染上的人类顽疾。

这一棵白玉兰站立的位置比较险峻，加上天空还在挽留星星，夜色还舍不得褪淡，我又胆小，不敢爬上山坡，就边跑边扭脖子看。

一路上，有鸟在此起彼伏地唱。我快乐地听。鸟把东方叫红了，太阳终于醒来。露珠在草的脖颈里，像人脖子上的白金项链一闪一闪。河流披上了红披风，波纹系上了玫瑰色的纱巾。几只鸬鹚谈笑风生地飞向东方的天际，它们的翅尖擦着那片绯红，它们要和一带烈焰样的彩云一起牵出太阳——初升的太阳是新娘，鸟和云彩做伴娘，最喜庆。

天光让黎明回去睡觉了，我又遇到了数棵白玉兰。

一棵端庄大气的白玉兰盛开在路边。我像蜜蜂见到花朵一样，毫不迟疑地跑过去。我没有蜜蜂或鸟的翅膀，只好笨笨地跑。白玉兰花朵岂止是莲花开到树上，莲花开得贤淑，而玉兰却小儿女样顽劣，总有几片花瓣鸟儿展翅飞翔一样。像数不清的白雀儿静默在树上。

白玉兰和其他早春盛开的花一样，先开花后长叶，花又是洁白无瑕的，因此，纯粹空灵。枯草上落了一层白勺子样的花瓣，依然洁白如雪，仿佛这一片地昨夜降了一场薄雪。它们静悄悄地依偎着被晨露洗得一尘不染的枯草，像睡着了。枯草是它们的睫毛，密集修长。这些落花，包括所有的落花，都去了哪里呢？风会热情地送它们去一些地方，但是我想，有些地方未必是花愿意去的。因此，花瓣更有意飘落到水里，水会走很远的路，会走的水，干净有活力，不会腐臭。花瓣在活水里会去更远的地方仍有香。草地如果是流淌的河，花瓣乘坐自己的船，会飘向哪里呢？

旁边的灌木枝杈里戴着一瓣瓣玉兰落花，一辈子没开过花的灌木，也开了一回花。这让我十分羡慕。我仅仅是羡慕，不嫉妒。纵然嫉妒是不少生灵的通病，但我认为花不会嫉妒，水也不会嫉妒，鸟也不嫉妒。盛夏，水那么虔诚地托举着一朵朵莲，就是水不嫉妒的最有力证据。不管什么颜值的花开在一起都真诚地笑，也是花不嫉妒的最好例证。没有看到乌鸦和白鹭舌战或掐架，也是鸟有气度的例证。

我欲转身离去，一阵清风，几片白勺子样的花瓣斜飞，一片不偏不倚，掠过我的眉梢。

梅花开在天上

风已经被春收心很久了，但性子还那么冬，白天在大街小巷呼来啸去，扫过人的手脸，如用尖牙噬咬。风日夜刻薄地冷言冷语，还纠缠天亮的时间，导致天亮晚点。凌晨五点半，郊外的一切依然像影子一样站在那里。

那些影子让我的心渐渐越冬了。因为影子薄淡得很，像看朦胧光影中纬帐里的物什。实际上，那些影子的确在乳色的纱帐里，乳纱帐是天上的月光和星光织成的。地上不铺白纱，但像泼了水，初踏上，心不禁一提：怕水“噗哧噗哧”溅湿鞋子。月斜斜地看着我的额头，面若浅笑的唇，饱满丰腴。桂树的半边影子像“唇”上的胎记。一弯月，让人觉得天空在为什么事发笑。

东方山顶的一片腮，淡抹桃花粉，头顶的天脸呈野鸭蛋色，月滑落的方向像暮色中青黛的远山。这里一颗那里一颗的星星，宛若盛开的白梅花贴在天的巨额上。白光一闪，梅朵儿就长大，光芒一收，梅朵儿就小了，像顽皮的小孩比挤眉弄眼。星星是永远长不大的孩子，孩子就要有孩子的样子，淘气顽劣才应该是孩子的真性。

很多人评判一个好孩子的标准看起来像老道的大人，天真无邪的孩子为什么要活成老气横秋的样子呢？

你叫什么名字

这几日，这花就跟我较劲了，一天比一天明艳照人。

但是，我不知它姓甚名谁。

它们的茎叶酷似茼蒿。一朵两朵绽放时，远远灼热着我视线。我恨不得扑过去，就像蝶那么飞舞，蜂那么歌唱。及至茼蒿样的碎叶很清晰地映入我眼帘时，我的脚步被冻住了，因为那些才破苞的朵，半开的花，都伏着扁胖的毛辣子！毛辣子这玩意儿的威力，我小时候可没少领教！它们温吞吞地趴在花瓣上，鲜绿的嫩叶上，在你贪吃野果，迷恋美色时，就那么用力地贴住你裸在衣外的肌肤，你就会痛得哭天抢地！那种痛，和弯钉鱼的箭鳍戳了你有得一比。所以，连续几个晨曦里，见到这红灯笼一样的红朵儿，我还是有见到罂粟花的冷静。

今晨，再遇它们，已开得铺天盖地了，我心里嗡嗡嘤嘤唱。才发现——那让我血液瞬间凝固的毛辣子，原来……哦！这不搞清楚事实多误事！那些让我毛骨悚然的毛辣子，青皮的，身上布满突刺的东西，哎哟！是人家的花苞衣！

那点青碧，就是被我误以为在“茼蒿”的高茎干上叮着一只大胖青虫的，其实是正在铆劲孕育的花骨朵儿！旁边那朵，绽放了，撑破了青皮，青皮像小种子刚发芽时一样，舍不得它们的苞皮，把它们当作帽子，戴在新生命的脑袋上。这花太调皮，戴着两片毛辣子帽子，把我吓得不轻。

知道真相，自然不用远观啦。我可以弯腰和它们谈天说地，可以蹲在旁边，听它们花开有声。啊？这么厉害？谁绣的？那银边走得如行云流水。还有那边，咋有那么了不得的展示风采的能力，一根茎干上，居然有五瓣花，似牡丹的多瓣花！色彩也匠心独具，红黄白，这么彩着，是集中了一个春季的春色来激起夏季的斗志吗？哪有这么翩翩欲飞的花蕊嘛——像飞累了的黑蝶卧在花心里酣睡。我怎能不瞠目结舌？一根茎上，不仅花瓣不同，花蕊也有别！嘿！大黑蝶卧花心就得了，花蕊是六个大墨点的，六点连起来，是一个六边形托举着一圈雾凇似的种子。火辣辣的花瓣，冷霜雪样的蕊，这种格调，让我震颤。

我不知道这尤物姓甚名谁。如果百度识别应该很容易，可我不想知晓，就像不想弄清楚谁在灼灼其华的桃花下采薇，“在河之洲”的芳名是啥。但我知道，它们倾心盛开，蜂蝶自来。喏！那只白蝴蝶，别放肆！吻，不可以做鳄鱼、做虎狼！要学蜻蜓，轻轻一点。

鸟的游戏

我旋风样转过山嘴，扑入视野的是山洼里的一棵高挺的树，树上居然栖着数不清的白雀子，都把翅花支棱着，似乎预备随时起飞。我不由撑大眼眶，差点惊呼“耶嘿”。“耶嘿”将欲出唇，突然骂了自己两个字：“笨蛋!”那是一树的白玉兰嘛。我骂完自己，又听到一阵“啾！啾！啾啾!”的枪声，这阵枪声让我瞬间忘了那一树白雀子。

我彪悍地降下跑速，惯性一消失，便蹑手蹑脚靠近枪响处。这枪声干脆利落。不是影视片里“啾啾”得或令人义愤填膺，或叫人痛快淋漓，这枪声，让我吃惊不小——这么早，什么样的孩子在这郊外玩打仗呢?

我探着步，倾着上身，眼珠子尽量转出最大视野。没有孩子！但“啾啾”声依然此起彼伏，并伴有“扑棱扑棱”“嚓嚓”等声，天哪！一大群鸟在进行“激烈的战斗”！它们身披灰战袍，非常纯粹的铅灰色，如果它们立正站好，就是绝妙的素描画。它们的脸真黑，由喙跟直往耳际下黑，仿佛是谁模仿公鸡下巴上的附冠子给涂了块印记。眼珠子也黑，因为波光粼粼，所以格外

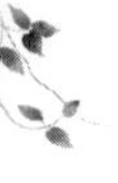

抢眼。

这里一大篷野蔷薇，野蔷薇才张开鸟嘴般的新芽，红艳艳的。旁边的茶叶树墨绿墨绿的。这野蔷薇和茶树就是黑脸雀的作战区。它们个个骁勇善战，当几张黑脸从蔷薇藤间冒出来，立即有灰色的影子扑去，同时“啾啾”如潮来。几张黑脸一起隐入红芽藤，灰影子斜斜折回，又在眨眼间掉头，一个斜上升，稳稳落在茶树伸出的粗枝上，旋即翘尾，高声花腔花调地“啾——啾——啾啾——”玲珑的脖颈弹收敏捷，转向自如，两片黑脸轮番亮相。蔷薇藤上的，枯草间的，茶树底下的，像谁在指挥一样，齐声昂然“啾啾”声像锣鼓喧天。难不成这高枝上的鸟夺得高地了？战友一起高唱凯歌？可是如果这样，就有趣了，谁是敌人？我忽然一拍脑门：真无趣！这是黑脸雀在玩打仗的游戏。

山洼里，一树白玉兰送来若隐若现的清香，我突然想起来，我还要上班呢。我辞别黑脸雀，跑下坡。一笼烟柳已在望。

那个柳条环在静垂着，这是旧年的柳环，不知谁编的。去年看到它时，一只红嘴雀正在环中独立，它左顾右盼地歌唱。柳环被晓风推得轻轻摇晃，红嘴雀在荡秋千。它真厉害，这么纤细的环，居然可以跳转自如。我这佩服的想法一出，立即笑自己——荡秋千，鸟自然不在话下，不是还有鸟一道弧线掠到芦苇梢上，还可以顾盼风流吗？不是有鸟把在风里“呜呜”的电线站成五线谱吗？柳环已经鹅黄，叶苞正在吐绿。

空空的柳环让我心里飞进许多鸟，它们是我熟悉的鸟，麻雀喜欢逗人，呼啦一大群来了，你高兴地未喊出声，又呼啦飞去，树枝在蓝天下久久摇曳。我还看过野鸽子学蜜蜂采蜜，它在结香花间昂头侧目，跳上跃下，猛然把喙啄入结香那深深的花管里……

据说鸟生活得非常艰苦，可是，鸟没有忘记游戏，而且玩法充满情趣。

鸟在表白

在郊外晨跑，鸟的歌声一路弹着我的耳膜。它们在幽深的树林里，看不到它们的倩影。

我一路以它们的曲调研究它们的个性，还试图翻译歌词。“哔叽哔叽”，这鸟吐字清晰，嗓音弹性十足，每个音符仿佛都沿着舌头滚出来，像小娃娃嚼脆梨，此鸟办事一定异常快捷。“啾——啾——”叫声像从山巅甩下来，裹着风，字字千钧，此鸟一定有侠士风范。我仿佛看到它披一帅气斗篷，腾空而起。“耶耶耶耶——耶耶耶耶——”这鸟在和人躲猫猫，一定童心不泯……

我的心里一路有花朵在噼噼啪啪绽放，我把晨曦跑得明晃晃的。露珠和太阳把山河打扮得鲜嫩明艳。忽然，我听到一声“爱——你!”我大吃一惊，这青天野地，谁这么大胆表白?我环顾四周，没人!“爱——你!”又一声，声音脆得像玻璃珠儿洒在玻璃板上。哈哈，我看到了一只鸟，它站在粉色的梅朵间，它面前的梅花枝弯成一扇彩虹门。那鸟探着脑袋，从门洞里看我。

我不认识它。它穿着黑白相间的大氅，脸庞白皙得像葱白，小黑豆眼天真无邪地往我身上溜。它保养得真好，毛发滑亮滑亮的。它的尾巴非常有文化，像画画的排笔，一翘一翘的。它站在梅花门旁。我惊喜地再次扫描了我的周围，除我之外，没有我的同类，没有它的同类，也没有猫狗，那么它是同我说话？也就是，它——说——爱我？

我弯下腰，像瑜伽卷腹那样优雅，在鸟的面前，身姿不能太粗俗，否则会让人家看不起。我与它在门洞里对视。它转转脑袋，快乐地在枝上跳起来，一会儿尾巴朝我，一会儿探出脑袋，不停地“爱——你——爱——你”地喊。这……这……我激动得恨不得也生出双翼，和它比肩。我忘形地向梅树靠近半步。

“嗖——”飞来一只鸟，落在“爱你”鸟的对面树上。它和它（或者应该是他和她）就像我家小猫照镜子一样，你探头，我也探头，你挺直脖子，我也挺直脖子，你翘尾巴，我也翘尾巴。它俩像接力一样高调宣布“爱——你”。嘿！声声“爱你”，嗓音不分伯仲。有时，它俩恰好一起探头，就一起挺直脖子齐声快节奏地叫，像小孩子欢呼。它俩在玩啥游戏呢？

我更加喜欢这黑白版画般的鸟。一定有人说我白高兴一场——刚才那只鸟是向它的对象表白的。但是，我特别快活，我看到了鸟类不仅只是疲于奔命地求生，它们还会做游戏，鸟不简单是捉虫找草籽嫩芽生存，它们的生活中还有艺术。鸟嘴里衔来了春天，鸟翅扇开了百花。冬天很少听到鸟的歌喉，很少看到它们翩飞的身影，所以冬天显得荒凉，冷寂了七分。

两只鸟还在玩简单而快乐的游戏。粉梅如霞，白梅似雪。新草在梅林里“遥看近却无”。沿河的柳枝软而鹅黄，怀着鼓胀的叶苞，在水面写字画画，有几枝柳条已张开琥珀色的叶芽，像许多小鸟嘴在歌唱。

迁徙的蝴蝶

亨利·贝斯顿在《遥远的房屋》中记录了蝴蝶迁徙的一幕。那是一个秋风“轻柔爽快”的上午，二十多只橘黄及黑色相间的大蝴蝶路过了他的住地——科德角海滩。它们如大雁一样，既是一个飞行群体，又保持一定距离，它们也朝南方迁徙，且飞得极快。蝴蝶会迁徙，我是首次看到记载，不由很震惊。

蝴蝶美丽，可是寿命最多时间一个月左右，一般蝴蝶常见的寿命只有一个星期，还要视情况而定。同一种蝴蝶的寿命受交配、季节、温度、天气情况等因素来决定。一般交配的雄性蝴蝶在交配后的三天内死亡，而雌蝶在产卵后也会在三天死亡。雄蝶未经交配可活20—30天。姑且不说独身主义者的蝴蝶寿命会长一些，但高寿也就一个月左右。先说蝴蝶长途迁徙，途径海洋，那对柔薄的翅膀怎么抵挡海风、骤雨？再者，以天计算生命长度的蝴蝶，居然心怀迁徙的壮志！我把那段文字看了又看，想找出这蝴蝶是不是有灵异之处，但没有找到。蝴蝶一生短暂，确定目标，不在乎生命长度，它们薄薄羽翼扇动的每一刹那，都是生命的亮丽光华。那一寸寸光华相连，生命的厚度该有多少啊。蝴蝶柔美，生命脆弱，翅尖却可以带走“夏日最后的回音”。

我乡已是初冬，大雁这几日迁徙得正忙，已看过几拨雁群飞过辽阔天空。枫叶醉红，桂花把秋天的最后一缕风韵高贵在枝头。草已做好迎接白霜的准备。果实基本熟了，松树储存的果实老被麻雀吃一部分，松树也不计较。一只鸟在高声叫，我没有看到它，因为树那么多，不知它栖在哪根枝上。

鸟叫让我想到一件事，亨利·贝斯顿看到的那些橘黄及黑色相间的大蝴蝶，有没有到达它们想去的南方？

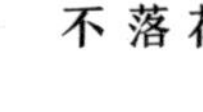

桥上舞

夜幕下，远远的，“池州市第二人民医院”极其灼眼，每个字都如同一簇艳红的火焰。字静静地在夜空中燃烧，整栋大厦由此扩散热力，大院里的一切也由此生出丝丝缕缕希望。

这是住院部。窗户里漫出月白色的灯光，房顶上火焰般的字使得灯光越发清明，仿佛每间房子里都住着一轮皓月。房间太小，载不了那么多月光，月光由窗户泼洒出来。每扇窗里的人就在月光里，或与疾病抗争，或抚慰照顾病痛的躯体和魂魄。生死，在这些窗户里实现了平等，无论富贵贫穷，在这里，与生与死的距离都无法让金钱操纵。由医院大门入，需走一段路才到住院部。门诊楼侧挡住了路灯光，浓黑的夜幕包裹着这段路，少有人走动。前面路灯下的垃圾桶边蹲坐着一只流浪猫，它仿佛在凝视住院部某扇窗。我越来越靠近它，它没有像其他的流浪猫那样惊慌失措地逃走，而是扭头，使劲地嗅空气。

我走得并不急，因为护工大姐与我通话时说妈妈已睡熟。路防滑，水泥和沙的配比使路毛糙，我的脚步“嚓嚓”。路旁一棵大香樟主干不足两米，但粗壮地散发出古意，像巨大的黑影站在那里。这个“黑影”起码有半亩田大。因为夜色，因为灯光，绿树成了浓墨一样的影子，而印在地上的树影却淡如水墨染，它们使水泥地成了黑白版画。香樟在夜晚香气四溢，医院里栽香樟好，很多虫子不怕针药，但怕香樟的香气。

这时，传来一阵音乐声，是我很陌生的歌。歌声仿佛穿过隧道，被微风吹送，又被清水荡涤。我站住脚，仔细辨别歌声来自哪里。

歌声来自河边。

医院里有条河，我不知它源头在哪里，也不知它流到哪里去。河依偎着医院停车棚外墙，因为停车棚，我匆忙来去了半个多月，都没有到河边去过一次。我拐过大香樟树，看到了夜色无边下的河，它不宽，也不蜿蜒曲折，而是，沿着医院地盘笔直开路，悠然远去。仿佛因为这里是医院，病人家属心路历程已够曲折，河不宜再拐弯抹角。

一桥由河岸走向河中央，阔出一席平台，又折回，靠近岸边，如同九曲长廊临水照影。桥栏杆是粗壮的不锈钢管，显出古风古韵，又洋溢现代气息。桥两侧的灯带五彩斑斓，有茄紫、玫红、橙红、菊黄、葱兰花白、樱桃红……一个女子在平台上跳舞。她高高盘着发髻，黑薄羊绒衫，红长裙。她或碎步侧移，或摆臂如风拂柳，或弓箭步腾跃。五彩缤纷的光浮托着她，仿佛是凌波仙子在轻盈弄波。我不觉一惊，在医院里跳舞，而且是独舞，会是什么人？

我沿阶而下，这才看到最后一级台阶的一角坐着一个男人。他看我下来，收了收脚。他的脚边一个小音响，只有一个巴掌大。我靠在栏杆上，看着那个独舞的身影。她在旋转时，明显跟不上节奏，似乎累了，或者身体比较虚脱。“慢点，跳得没有以

前好不要紧，你是锻炼。”男人站起来，哄孩子一样地柔声说。他的声音略显疲惫，但不乏温暖。

舞蹈没有停，又一曲特别舒缓的音乐，她像做操一样扬臂出腿。我脑子里一堆问号，便问男人：“她怎么在这里一个人跳舞？”男人抬起右手，在下巴上摸溜几趟，说：“锻炼身体。”

“哦。为什么在医院里锻炼？”

“她得了病。晚期了……”他顿了顿，又摸溜几趟下巴，他的长眉毛像小鲫鱼的背鳍，扬了几扬，说：“她一直跳舞锻炼身体。医生讲晚期了，动手术意义不大，就化疗。老伴还挺坚强的，晚上跳舞还要坚持。”

“啊……是的！好心态！”我的心像被刺条刮拉一下，除了这话，我不知道该怎么说。

“她心态确实好！她跟孩子们说，快七十了，也不亏了。大家该干嘛干嘛，又不要抱啊驮的。”

一曲未了，她还在舞动胳膊和腿。来取车停车的，都不由自主地朝她看看，再扭头走路。

河对岸的楼房耸在夜空下，一扇扇窗玻透过的光铺在河面，白晶晶的，闪动着鱼鳞片一样的荧光，像深黑的底色上布着白长方形的图案。光带的彩色拓印过的河水被河运输到远方，新来的水又浸染着彩虹一样的色彩，河日夜兼程，夜里也不会迷路，总是牢牢把握好方向。男人看着舞蹈的人，忽然沉默了，他仿佛沿着爱人的舞姿，回到了他们相识、相知、相守、生儿育女的时光里。

风拂来，河水抚摸着岸，“淅飒淅飒”。岸边的野菊花绽放了，小小的花盘子像我们站在大地上看到的天上的星星那么大。灯带的光映照得黄朵儿那么鲜活，仿佛栖息着成群的黄蝴蝶。

我朝跳舞的女子躬躬身，又对男人点点头，轻步离开。我朝病房走去，我的眼前总浮现那个舞动的影子，摆臂出腿，扭腰碎步。她的裙子那么红艳。

秋天的表情是慢慢酝酿的

大暑后，天就渐渐酝酿秋天的表情了。

清晨，天不急着亮，天空像张着白灰色帐子，矮了，混沌不清。太阳起床后，似乎要先运气才红脸膛子，如果有厚云挡着，也不心急火燎地拨开。秋已渐渐拉开“秋半天”的序幕。

置身野外，风憨憨的，推不动挺立的芦苇，连柳枝也静垂着，但裸着的胳膊被晓风抚摸着，胳膊像泼了深秋的露，刺刺的凉往肌肤深处渗。

柳已不再青葱，夹着早衰的黄叶。垂舞了春夏两季的柳枝似乎累了，疲惫地俯视着大地。

水蜡烛结的棒子一天天熟成了黑棕色，像一支支蜡烛点燃了，看不见烛火，但焚烧着秋的清逸。

不知从哪天开始，河流渐显秋态，如同人的白发不知从哪天开始生，皱纹不知从哪天开始密。夏季胖起来的河的腰身日渐消瘦，一寸一寸把河滩袒露出来。河滩被河水拍抚得坡度缓缓降落，因此水也缓缓清浅，白鹭或孤独地涉水觅食，或三两只临水照影。

早上，五六只小鱼鹰居然在一处河湾有说有笑地吃早饭。它们枯草色的羽毛不惹眼，“哒哒……”嘹亮地说话才引人注意，它们踩得水花四溅，有的伸长脖子在水里啄，有的脖子一伸一缩迈步，还有的，忽然啄隔壁的背，于是，一起大喊大叫起来，碎着脚步走来走去。我猜它们是在讨论现在吃饭没有夏天费劲。夏天河波澜壮阔，要捕食鱼虾，必须高空盘旋、侦查，再速降入水，现在，河水清浅，鱼虾喜欢靠岸戏水，捉鱼虾如同囊中探物。吃得愉快，河流仁慈，鱼鹰也顽劣起来，平时的严肃悍硬不自觉收起来了。河流在秋天，把自己的囤货都捧出来，真心实意地喂饱这些即将行脚远方的鸟，使它们长途跋涉的途中不至于体力不支。

河流如母亲，天下母亲心中都涌着对儿女的无尽牵挂，“慈母手中线，游子身上衣。临行密密缝，意恐迟迟归。”河流又何尝不是？河流喂养的儿女有多少啊，她的心该有多大，才牵挂得过来？因此，河流瘦了，憔悴了，河流一脸平静，一脸欣慰，哺育儿女的母亲就是这样的表情，是秋天河流的表情。

一身汗回家。

“呀！枫叶红了！”一个奶奶下楼丢垃圾，看着垃圾桶旁的一棵枫树自言自语。哪有这么早呢？我定睛一看，哪里是枫叶红了，是许多枫叶果子红了。枫果子长得别致，像红蜻蜓鼓翅，眼神不好的，真以为是枫叶红了边沿沿、鸭趾爪爪。我指着枫果子对她说：“是枫叶果子红了。”“哦，枫树果子打头阵红。”奶奶把垃圾“噗”地扔进垃圾桶，拍拍手，转身走了。“枫果子打头阵红”，这话颠覆了枫在我印象中在一个霜夜就满树红艳的印象，原来枫也是渐渐描绘秋态的。先是枫果子红火起来，再到叶子红，翠碧间的红蜻蜓，是秋色老梧桐的过渡。

一切事物有暗示，有预期，到了那天，接受起来，必然从容得多。节令从来不为难人，总提前给人以暗示、提醒，让你做好充分准备迎接。记得小时候参加“双抢”，爷爷总是看好日历，结合近期天象，算好时间，安排我们在立秋前将晚稻秧插下去，哪怕摸黑，空着肚子也要抢插，说是立秋前后几小时的秧长势大不同，稻子成熟期都相差很大。有那么玄乎？的确是的。有一年我妈妈的腿害了疮不能下田，妈妈是家中主要劳力，我们几个虾兵蟹将赶不上进度，一块秧苗田没赶在立秋前插，秧一直比一埂之隔的秧矮，别的稻黄爽爽了，这块稻还青黄斑驳，晚熟了好几天。只这一年因劳力不足误了节令。爷爷总说，天地养人。许多事都会有酝酿过程，不把酝酿过程的提醒当回事，就不能说天地无情。

天地间的事，如果把心放稳些，目光放低些，视线拉长远些，会发现都有准备的空间，如立秋，渐近不止半个月。

日成一事

烟花三月，太阳烘暖了土地，牛毛细雨把土融得粉软粉软的。胖胖的、穿浅红衣的花生米被种在了一个个土窝里。它们是一只只小手种的，这些小手把它们丢得仪态万千，有的靠在土窝帮上，愣愣地；有的躺平在土窝里，骄傲地挺着大肚子；有的被一个土疙瘩扛着，跟跷跷板一样……一只只小手又拂土盖上花生米，说是花生米也要盖被子。

几天后，土地仍不动声色，甚至荒凉着。太阳这几日血气方刚，土都被烤得白白的了，就像冬天枯萎的野草那么白，也硬，一个土疙瘩我都难以轻易碾碎。花生米能发芽？恐怕快熟了吧？我捡来一根小竹棍，翘起一块土疙瘩。顿时，我心里细浪扑腾，只见一粒花生米裂开两瓣，鹅黄的芽横卧着，水润润的。另一粒的两瓣米搂着黄花一样的芽，温婉慈爱，像母亲搂抱自己的新生儿。我很担心它们受不了阳光的炙烤，它们就像刚出壳的小鸡呀。我捏了些融土把它们盖好，又弯腰看看其他土窝，非常欢喜。那些土窝里一定也已经有了很多新生命。

日子在桃红柳绿中滑逝，当我又一天来看花生地，土窝里已绿意浅浅了。双对生的叶子，卵圆墨绿，显得很厚道，显得很有虎气。它们还太小，才打开它们的门，还趴在门槛上，所以它们还不可以在风里起伏，有点慌，有点羞，不谙世事，愣头愣脑。啊，已经不叫花生种了，该叫花生苗了。

花生苗在风里轻轻翻伏着小叶子，仿佛说："我一天天长，很快就会开花结果啦。"

是的，一天天，日积月累，许多事都是这么成的，比如水滴石穿，比如聚沙成塔。

有天跑步回来，在梅林边，看到一位陌生的老者健跑后，做了几十个俯卧撑，又连续多个空翻，再"嗖"一声，倒立。他不在草坪上练，就在麻石地上来。他的空翻快，像一个个月亮桥往前延展。他倒立能杵着不动好长时间。俯卧撑就像我练瑜伽时的平板那么标准，起伏时臀不翘，腿不弯，可见臂力特大。

他有一些白头发冒冒失失在黑发群里，头发长，汗湿了，贴在光大的额上。可是，白皙的面部却结实紧致，棱角分明。白背心裹着的胸腹，该健壮的健壮，该平坦的平坦。我有点"妒火中烧"：一个上好年纪的人，居然背影挺拔如小伙子，两胳膊上尽是一块块腱子肉。我看看自己快长出蝴蝶袖的胳膊，狠狠地剜了他背影一眼。那个人倒立后，又进行了第三个俯卧撑时，我突然明白，胳膊如此用力，当然没有脂肪的立身之地嘛。他起伏得轻松自如，就像我们走路、嚼饭菜那么自然。

我看得眼珠子都撑满了眼眶，不禁羡慕地问："你应该不比我小，怎么这么厉害?"

他脚板一落地，站起来，笑吟吟地说："退休后，整天候太阳下山，心慌气短，身体就出状况了。到医院查，又查不出病。后来，到公园遇到一些老头老太太，他们打太极、耍扇子，个个精神好。我就寻思着，我浑身这里不对，那里不是，是无所事事导致的。于是，我给自己也定了运动计划，从跑步开始，因为这个好管自己，跑出去了，总要回家吧？所以停不了。先两公里，再五公里，现在我还参加三十里跑马呢。”

跑步成了习惯，体质好了，头也不痛了，胃口大好。他又捡起几十年没搞的倒立、空翻。他说：“我身体好了，儿女省心，老伴也学我锻炼，日子过得真有意思。”他说他每天都运动，下雨就在家里练哑铃，俯卧撑，倒立。晴天跑步当然不落，也就是每天都做一件事。

是的，积跬步以致远，积小河成江海。日成一事，才可以实现大目标。

深秋晨趣

晨五点二十，我已跑到那个很自负的放牛娃与杜牧话酒的岭坡。这两个人在杏树下四目相对的轮廓尚不太清晰，但放牛娃的机灵与悠然自得从黎明的薄黑里强调出来。我似乎听到了那时雨声淅沥，行脚到这方热土的杜牧真想喝杯烈酒驱驱寒湿与疲乏，于是向那个骑在牛背上的孩子问酒。这一问就问了千年之久，今晨他们依然用诗歌催熟杏花村的晓色。

寒露前的雨丝让昨夜的月贪睡了，现在还扯过云被蒙头大睡。云的被像僧侣的百衲衣，但缝拼得太粗枝大叶，月光都露出来了。云被的图案比较写意，像小孩画的松树的枝塔，一朵朵松塔挨着，牵着，色彩晦暗，像月色撩人时的树影。鸟皆噤声，虫子像在遥远的地方叫，声音被风送来。路旁的矢车菊开得像小小的点心碟，这碟子装酱姜丝适宜。矢车菊比前朝皇宫里瓷器还白，矢车菊的碟子一律仰面朝天，装着云被漏下的月光、地气凝成的露珠，以及过来过去的清风，还有虫子的歌声。矢车菊开得疏朗，都独杆捧举一个素色的小碟子，伸向天空，别有一番风情。

矢车菊的白让天空不好意思再赖床了。天空渐渐睁开惺忪睡眼，目光晒得被子褪色了，淡黑的松塔灰白起来。太阳在东方打了个哈欠，一些光芒趁机飞出来，给灰白的云被缝滚金边。

等我跑到秋浦河畔，太阳的红额伏在了信号塔顶，仿佛太阳会漂白，灰白的云，高光橙的云，全部白了，天空一下子富贵无比，收割了满天空绵羊毛，就那么高调地晾晒。天空的运输船还在源源不断地运来羊毛，不知天空的绵羊放牧到了哪里，羊毛这么高产。秋浦河水落成了一条蜿蜒曲折、窄窄的水泥路。河床生出野菜和青草，有点“遥看草色入帘青”的春意。江南的秋本来就胜似春，百草久旱逢甘霖，钻出绿莹莹的嫩草。秋浦河水太瘦，云影卧不下，我替秋浦河可惜，可惜秋浦河接受不了多少天空馈赠的羊毛。但河水悠悠，一副并没有打算分割天空财产的表情。与这样的表情对视，我忽觉脸发烫，河流看过“古今多少事，都付笑谈中”，觊觎天空的财产做什么？

阳光普照，秋浦河的沙洲金灿灿，不知是阳光里有金沙，还是沙洲里藏着金沙，亮得金光四溅。草垫子绿油油，仿佛太阳光里浸着油，草浸在阳光的油里。

鸟梳洗打扮得或帅气风流，或楚楚动人。有的鸟飞出树林，用翅膀剪阳光，但怎么也剪不碎，就像人抽刀断水水更流，举杯消愁愁更愁。它们飞来飞去，或高或低，像落叶被风卷到空中抛下。清晨练嗓子的鸟更多，它们蹲在枝叶间“唧唧复唧唧”“喳喳复喳喳”“布谷——布谷”，没有谁布置任务，没有谁监督，它们练得如同潮起潮落，鸟儿自律。

晨跑的人或三三两两，或形单影只，擦身而过时，送一朵朵笑容，问一声好，又匆匆赶路。他们的脚步声有力有节奏。晨跑的脚步一震撼，鸟就跳到枝梢上叫了。

黄黄明日升，新一天的巨幕“哗——”，拉开啦。

手　树

与手树初见面真有戏剧性。

那天晨跑，忽然想看看古色古香的木廊通向哪里。跑到木廊尽头，发现长廊尽头被封了，我被圈起来了。出去，难不倒我，我蹬上笨笨的木栅栏，不费事地跨上一条腿，屁股坐上栏杆顶，一个纵跳，稳稳着陆。我感到非常好玩，觉得像孩童时期，翻人家的院墙偷蜡梅花。廊外路又瘦又长，黑亮如雏乌鸦毛，路扭着腰身奔跑，与我常跑的大道会师。就在这曲线玲珑的路边，我看到了一片我没见过的树。

我的目光被那一片片别致的叶子勾住了，于是，立定，欢喜地看。一丛丛矮灌木，给年轻力壮的香樟林围了一带矮篱笆，矮篱笆油绿油绿的。怎么那么绿呢？大冬天，草木少有那么鲜活的。一片片叶子，看得我心里细浪扑打，因为它们就是一只只蒲扇大的手掌，而且每只手掌都仿佛绿果冻一样的汁凝在皮下。它们手心都朝上，非常坦率地摊开，九个手指长长短短（也有七个指头的），仿佛在说："嘿！朋友，击个掌呗！"我不禁乐了，立即伸出手，把手指和它们一样张开，一连和几个大手掌相击，

“噗，噗……”我们每击掌一下，我都说一声：“耶！加油！”它们也愉快地起伏荡漾。我还一个劲地夸它们长得好。一只只绿巴掌，厚厚实实，被我夸得激动地摇摇摆摆。它们顶上的花束也摇铃铛一样，把寒冷的清晨摇得升温好几度。

这树还开花！刚只顾着和绿手掌玩，眼角的余光是瞟到了一束束青中含白，鼻端是袅游着淡淡香，以为是结香花呢。哈，原来那一束束花和层层叠叠的手掌是一家人啊。这花生在枝梢，一束插瓶花都丰硕，一朵就是一个大绒球。一个绒球由许多朵长柄小花团成，新糙米白。小花好有个性，长长的蕊在黄花芯四周愣头愣脑，活脱脱小猫咪的胡子一般。花蕊虎气，花瓣短细，一朵花，倒像蕊是名角，花瓣是配角了。花骨朵像胖胖的青莲子，“莲子”真讲究，穿着西瓜皮那样的高腰裙，腰身粗，上身白净，格外傻大姐样，让人看着忍不住发笑。多有情有义的树，冬天还这么春意盎然，还绽放花朵，播撒清香。这么多手，该不会叫手树吧？

我当然得弄准确这么友爱的树的大名，一查，原来，名字挺多，最名片的名是八角金盘，名字有一串，排最末的是“手树”。我觉得叫手树好，直白，亲切，树如其名。那一只只手掌都预备与邂逅的人击掌互勉，就像好朋友之间一样。这种礼遇，让遇到它们的人少了多少寒冷与寂清，少了多少失意与愁烦。好嘛，任你有多少名字，我只如《石头记》中那痴人——“只取一瓢饮”，只爱你“手树”这个名字。

让我对手树念念不忘的还有手树的另一面，手树不仅有观赏性，还可净化空气，且药食同源，能清润呼吸道，预防感冒，对抗顽固皮炎和湿疹等疾病，人家大有作为呢。手树的适应能力真强，故乡原是亚热带，现在各地城市随处可见。

我和杏花园里的手树自从那天清晨一别，妈妈就病倒了，住进了市第一人民医院。因为要照顾妈妈，就再没有晨跑，就再没见到园里手树了。

今天出住院部去做检测，竟然在一栋楼前又见手树。它们在绿化带里，绿化带在二楼阳台下。阳台宽得很，绿化带比一楼走廊高。这些手树站在绿化带里抬不起头，也不计较，好脾气地把脑袋往路边歪着，像伸长脖子看谁来了。一只只手掌真心实意绿着，摊着，仿佛随时预备着与人击掌，牵牵路人裤腿，拍拍路人肩膀。

我像赶路时突然遇见老朋友，真是“不亦乐乎”。它们的花还没开好，淡青的蕾一嘟噜一嘟噜，似乎有许多话要说。手树因为在阴处，所以开花迟些。但都叶子丰盈，花蕾密集，还萌了一些幼叶，色如新荷，也学它们父辈兄姐的样子，热情洋溢地摊着手掌，预备随时与人的掌心相印。掌心，掌心，与心灵相通的人体部位之一，掌掌相合，心也就相印了。

我看了它们很久，还数了一束上的绒球，六十个呢。它们几乎晒不到太阳，却把温暖和清香播撒给每个与它们擦身而过的人。在医院这个地方，人们几乎都脸上布满阴云，脚步匆匆，然视线与手树一碰，就让人忘了很多苦和累，希望与温暖在心里游丝一样旋啊旋。

我还记得一只手，它是一位中年女医生的手。女医生之前是该医院呼吸科主任，现已是全科主任。她每次查房，都会愉快地说：“我来啦！”每个字像小雀儿在欢跳，病房里的空气顿时流动得欢快起来。然后，她会握着患者的手问病情，问吃喝拉撒。她查房，就像和病人拉家常。刚刚还哼啊哈啊的病人，立马像换了一个人，笑容有了，治病的信心也有了，连说话声都响了不少。

临走，她还会掖掖病人的被。曾听一位医术非常高明的医生说过这么一番话：如果病人痊愈了，三分之一感谢医生的医术，三分之二感谢病人的心态。我不知道他是不是谦虚，但有一点一定不错，病人战胜疾病的信心非常重要，病人的心情对康复也非常重要，而来自医生的温暖一定更能点燃病人的信心，一定更能捂热病人冰寒的心。这位女医生的手掌，传递了多少热量和信心啊，我不清楚，也许手树最清楚。

曙　色

蔷薇粉的云霞飞上东边天际，黎明前的黑暗迅速稀薄，仿佛浓浓的黑暗突然融化了。天空由青白明朗为嫩蓝，碎豆腐似的白云满天空洒落。山缓缓脱下淡墨色的霓纱，黛玉一样的肌肤渐渐出落在我眼帘里。

河水醒来了，白净净的脸面，清波流转。沿河的柳静静地披垂着翠鲜鲜的枝条。

当我站在桥头时，太阳已跃出山岗，像一面古色古香的红铜镜，蔷薇粉的霞已换成了火焰红。鲜艳欲滴。红铜镜似的太阳用疏朗的柳条遮拂着脸，乍见时不由一怔，因为，以为是月上柳梢头。阳光还没有发力，很是薄透，但霞光万道，柳梢也被染成了樱桃红。白净净的河水像被泼洒了新榨的水蜜桃汁，荡漾着，奔流着，漩涡着。鼻尖若臮来甜蜜的桃香。桥头的石狮子也红了，似盛装出场的狮子灯。

河滩碧茵茵的，是河水落浅后新长的草。河水清浅如盘山公路，望不到尽头，新草也追着河水一直绿到碧空尽头。几只白鹭在绿草里吃早饭，它们不慌不忙地迈高抬腿的步子，脖子一伸一缩，啄个不停，仿佛草里尽是美味佳肴。吃饱了的，挺着鼓鼓的嗉囊。“哒哒……哒哒……”一只鱼鹰高唱着，从树林里飞出，它的翅膀扇得像孩子们迎风跑时的风车。鱼鹰掠过我头顶时，翅膀张开，翩翩滑翔，越滑越低，越滑越低，低到水边，它仿佛“嗖”的一声潜到了水里，“哒哒”的歌声还在回荡，但已不见了它的倩影。我真想撵过去赞美它，虽然它不需要。

我崇拜的目光还落在河边不肯收回，一只蜻蜓“呼”地一下，从我肩膀上飞过。

丝瓜的诗和远方

小区门口的店主很会做丝瓜的知音，把一柄摘去了衣子的海滩伞的杆子接了又接，植在一棵丝瓜旁，丝瓜已心有灵犀地爬上了顶。那几根粗粗的伞骨子将来就是它们的棚架，一柄绿色欲滴的有生命的大沙滩伞即将高高靓丽于小区门口。我不觉为店主的珠露之心暗暗叫绝。

在所有的瓜蔓类果蔬中，丝瓜拓疆辟土的能力算是相当强大的。丝瓜苗抽出蔓后，就不断向高向远扩张了。那纤细柔软的藤，总是努力地伸长再伸长，坚持不懈地够着什么东西一样，有时，看那用力的样子，仿佛空气也能让它们做搭扶的梯子。刚出生的新藤初生牛犊不怕虎，攀爬环绕都相当勇猛。因此，哪怕是没有丁点扶持物的墙壁与高高的院墙，它们也能爬到屋顶匍匐成碧绿的瓦，或者翻到邻里院子里，热情地送果上门；或者攀越自家院墙头，披挂成绿色的帘。有时，傍到了直插云霄的树，它们也无畏无惧地勇往直前，直到幽居树梢，还在昂头向上，看那架势，势必欲绕在白云上，再牵满天空。丝瓜在树梢俯视江湖，一副阅尽千帆的模样。

丝瓜藤很解人意，你给它一份依靠，它就爬成你称心的模样。除了少数野心勃勃的，比如上树梢预备揽月于怀的，除了少数吃里爬外的，比如讨好“隔壁老王”的。父亲去年种的丝瓜简直爬出了吉尼斯纪录，他在他近半亩的菜园四周种了几棵丝瓜，瓜蔓争先恐后抽蔓时，父亲别出心裁，砍了数根长相匀称的桂竹，首尾呼应着，围搭在高高的木桩上。这些瓜藤就像有谁培训了一样，一起顺桩而上，然后奔赴竹竿，绕啊绕，绕啊绕，竹竿穿上了藤衣。丝瓜藤在竹竿上胜利会师后，再新生的藤居然又同心同德绕竹竿，不愿垂帘，不愿旁逸斜出。这样，竹竿的藤衣已经厚实肥胖得看不到竹竿了。一个巨大的藤蔓写就的有生命的“口”，悬在菜园上，风里摇曳着松爽的藤，妙不可言。常常想到，父母在这个大“口”子里，摘菜种苗，阳光打在他们身上，他们的白发在阳光下熠熠生辉。他们的对话、动作从容自若，不管岁月老去与年轻，这是让我们心里盘踞温暖与希望的剪影。

丝瓜往往一边登高望远，密匝着大大的水蜜桃形的叶，一边开花结果。墨绿的叶子显出丝瓜好水准的日子。叶边的锯齿很有趣，像极了小伞撑开时的伞骨端，露珠凝在齿尖上摇摇欲坠，晶莹剔透。如果下雨丝，锯齿尖上一定会不断滚落胖胖亮亮的雨滴，嘀嗒、嘀嗒。

亮黄的花笑得袒胸露怀，在风里轻扬曼舞。蜂蝶来做媒，爱的结晶诞生啦。花还未辞谢，果子就顶花而出了。几天，一条条修长碧翠的丝瓜，深绿里间着再深绿些的细条纹外衣，让它们格外水灵清丽。丝瓜长得婉约，几乎没有大江东去的款。可是相当俏皮顽劣，有的荡秋千，有的在藤蔓间“葛优躺”，还有的淘气地旋成小青蛇吓唬人。

丝瓜挂果期长，从盛夏到深秋，前赴后继地生。做汤消夏，

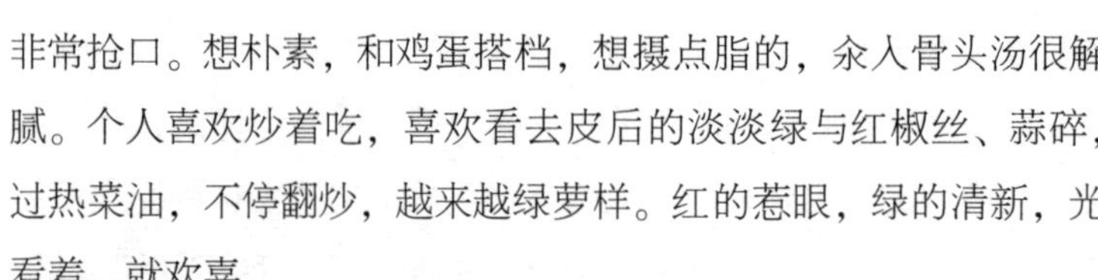

非常抢口。想朴素，和鸡蛋搭档，想摄点脂的，汆入骨头汤很解腻。个人喜欢炒着吃，喜欢看去皮后的淡淡绿与红椒丝、蒜碎，过热菜油，不停翻炒，越来越绿萝样。红的惹眼，绿的清新，光看着，就欢喜。

常忆有段在院里种菜的过往。放下书包，走上讲台，然后被移出父母的户口簿的青涩女子，一日三餐不得不亲力亲为。菜在日月里的非凡地位实实在在地给我上了一课。乡下人都自己种，我从没单枪匹马种过菜，只好学别人，问别人。如此勤学好问，白菜还像老了苗，萝卜只有算盘子大，还一身疮疤，自尊心大受打击。唯有丝瓜善解人意，几粒种子一墩土，就在我家院墙头上匍匐蜿蜒，丝瓜乐心乐意地结，我花样百出地做菜，很让我肯定了自己一番。

晚上，拿出那天从父母家带回的丝瓜，搭配上红椒碎，炒了一盘，不折不扣的绿肥红瘦。

松果与书及其他

我办公室的书桌永远凌乱，没看完的书都开扇趴着，看完的书体体面面摞着。因为喜欢交叉看书，所以趴着的书居多。一段时间，趴着的书陆陆续续被看看、画画、写写到封底时，又被我背回家，列队在书橱中，或许半年一载后，又会趴着帮我记忆昨天看的地方。一年复一年，我的书桌没清爽过。趴着的书摊间，往往有孩子们的作文，我像看书一样细细批改，安宁柔软把我的心滋养得越来越孩子气。

今天本子最多，取消练瑜伽时间开始批改。太阳翻过高山岗，把万丈金胡子飘洒到人间。金胡子被风的巧手织成满世界飘扬的绸缎，鸟的翅膀裁一大块绸缎做丝巾，铺在我的书桌上，丝巾的一角滑到孩子们的本子上。我的笔在阳光丝巾上画呀画，笔杆把这角丝巾带飞起来，像一朵朵金色的花在本子上跳跃。端水喝时，看到一只黑黑的长耳兔跳到水杯边，原来我的左手每翻一页纸，竟然在演影子戏。我乐得立马让左手展示才华，哈哈，小狗憨憨的，小马奔跑得真帅，小猫昂首挺胸……我一阵心疼，这，错过多少大片哪！

放下水杯，心已被暖润得发甜，看到松果愣愣地躺在《热爱生命》上，它与我邂逅于一天晨跑。当时，它躺在柏油路上，它的妈妈俯望着它，每根松针都溢出了慈祥，祝福——孩子大了，当远走高飞。松果妈妈该放手时就放手，所以，才会有漫山遍野的青松。山野的树，都是树妈妈舍得放手繁衍出来的。我一见这松果就喜欢上了它，我把它握在手心带回家。那天有雨丝飘，松果紧闭了鳞片，像才出生的菠萝。我把它送给小猫，小猫竟然吓得把尾巴竖得像钢鞭，毛都炸开了。不晓得它以为是什么那么害怕。小猫研究了松果半天，鼻子耸了又耸地闻，松果的香厚道，小猫终于探出前爪，轻轻拨动松果。松果晃晃，小猫一下来了兴致，和松果玩了一早上。它有了松果这个新朋友，不来打扰我了。甚好。我某天在老地方又遇到这枚松果，就把它带到了学校。猫的松果我不能占有，夺人所爱是缺德的，虽然我和小猫的关系不是亲人胜亲人，我也不能以人的权威来巧取豪夺。

我的松果今天大大咧咧地张开了鳞片，原来，它的鳞片相当有艺术性，像盾牌一样。“盾牌”的门楣是厚实的棱形，棱形中心点凸着半粒荞麦大的青春痘。今天天气好，松果张开鳞片，十分开心。松果会预报天气，我很小随爷爷巡逻大山知道的。松果生于中国江南，《热爱生命》由美国作家杰克·伦敦著，它们似乎一见如故。松果以中国乡村式的谦虚与朴实聆听异国作家说生命及生命之外的故事。阳光、趴着的书、摞着的书、孩子们的作文，它们在我的书桌上，让我把一寸寸时光都过得明明白白。

平凡的事，简单的心性，认真地做事，真诚地对待世界，每一捧日月都滴蜜。

藤菜的幸福生活

我爸养孩子像养湖鸭一样放养，其中爬树，不仅他不制止，还变相鼓励。嘿！他种菜也任菜由着性子长。一进入爸爸的菜园，我就由人的世界进入了瓜菜的世界，看看这样，摸摸那个，觉得这就是美而且好。

冬瓜几乎都是藤蔓在地上爬的多，我爸的冬瓜竟然爬到一棵桂花树上。那些汁水丰沛、体态丰腴的藤，把正盛年的桂花树盘成了一棵高大的巨蘑菇。碧绿的蘑菇帽上，插了一头大黄花。这么戴花，在乡野是“乡气”，但是不俗，还有点辣。一片片小团扇一样的冬瓜叶，格外惬意地摇摇晃晃，“啪啪”“哗哗”直乐。我爸摘回一个二十多斤重的大冬瓜，非常自豪。因为没有看到大冬瓜被剪摘实况，遂仰头看“巨蘑菇”，问他老人家：“这么重的瓜，不把树给坠弯了？”“藤子多聪明呢！瓜长大一点，藤子就往下溜一些，哪里那么老高吊着呢？黄瓜扁豆轻，藤子就懒得溜了。”我爸一边指冬瓜溜下的位置——只有院墙头高，一边说，嗓门就像他给学生放学时进行安全训话时那么大。

嗬！冬瓜藤真会顺势而为。

我爸不仅让冬瓜随性长，丝瓜扁豆，他都比较惯。丝瓜藤伏在院墙头上，就随它去，在门前竹竿上，他就让竹竿做丝瓜藤的脚手架，晾衣另择地方。丝瓜花亮得像向日葵花瓣，一朵一朵笑盈盈地顺着竹竿跑，跑到头了，又折回，不知多少来回，竹竿上就一挂帘了，还是绿底印黄花的帘子。扁豆藤穿针绕线，由鸡鸭的渔网墙织到鸡鸭屋顶。把屋顶铺满，应该是扁豆藤的伟大理想。

我爸看这些瓜菜，就像看他年轻时的荣誉证书和奖状。有的藤挡了路，他会把它们往旁边拂拂，还大声说："乱长，人不走路了？"有的扁豆藤爬到电线上，他会用一根指头指点它们，就像我小时候作业写错了，他快速用一根指头指点那处错。不过他这么说扁豆藤："长那么高，哪个摘得到呢？真搭江（家乡话为不像话）！"

看着这些想往哪走就去哪的瓜藤和扁豆藤，还有不喷药、不施化肥的菜，总觉得，做我爸园里的菜，真幸福。

天亮前的一些事

身处黑暗的黎明，总觉得拉近了世界与自己的距离。黑黑的草木仿佛都靠近了大路，连山也似乎在夜深人静挪移了位置，跨过了排水沟，山坡就像一伸手就摸到。

“啊——啊——”（拼音第四声）牛背鸟醒来，大声打哈欠，看看天还没白亮，伸伸腿，扇扇翅膀，又伏在窝里或者枝叶间。数声“啊——啊——”后，又噤声了，估计睡回笼觉了。现在没有牛在野外吃草，牛背鸟起早没有牛背站，还是睡到天光，和麻雀一样“呼来呼去”吧。牛背鸟不起来，应该是这意思。

“嚓嚓……”有物在左边山坡脆枯的叶子上滑倒了，声音清脆如裂帛，不似小兽悠闲走路时踩脆枯的叶子。这很有可能是大竹鸡全家趁曙色未来，出来找吃的，被我的跑步声惊吓到了，慌里慌张地往灌木丛小竹子棵里钻。竹鸡勤奋，团结，闷驴，胆小，觅食玩耍时，一有异样情况，就顾头不顾腚地往灌木丛小竹子棵里钻，一言不发，却弄出很大的动静，像小野猪从荆棘里逃窜。小竹鸡提防的基本是人，这与它们的传统教育有关。它们的祖上都受过人类的伤害，“人类不是好东西”是世世代代小竹鸡要牢记的警句，“人类是凶险的”已渗透在小竹鸡的每一滴血里。无论是什么年龄段的小竹鸡，只要看到或听到人靠近它的迹象，就会惊慌失措地逃避。可是，小竹鸡不知道，它们的仓皇逃窜，高分贝的“噼啪”“嚓嚓”突然打破寂静，常吓得人天灵盖发麻，太阳穴“嘣嘣”跳，因为现在的人已没有他们祖上传说得那么彪悍。我没有被黑暗中的“嚓嚓”吓到，我感到很抱歉，因为没法让自己跑得像蝴蝶轻盈地飞，蠢笨的脚步让小竹鸡联想到踏步之物面目狰狞，心肠歹毒，从而在新一天的序幕还未拉开，就受到了莫大的惊吓，说不定，一天都活在恐惧中。我一边心里对小竹鸡道歉，一边继续跑步。

黎明越来越白皙了，天已呈迷蒙的青白色。天空实际上不曾漆黑，漆黑的是大地。现在，天光比夜里亮，大地的黑也融化了几度，能看得出站着的黑树姓甚名谁，能看出柏油路跑向更远的淡黑里。看黎明渐渐褪去黑暗，像看花朵慢慢绽放，心里宁静，泛着欢喜。眼见着天空高远，大地辽阔，觉得自己的视野一下子扩大，心胸顿时开阔。仿佛天地旷远起来，我也助了一臂之力。空气被夜露滤得湿润，微寒，含着草木的体香。以这样的空气换走体内浊气，身体真是由内到外得到了清洁。我遇到两个跑友，一个是个儿高点的黑狗，另一个是个儿矮点的黑狗，它们与我错身时，我看到它们和树身草身一样黑。现在尽管天开了眼，但大地仍然酣睡，所以我的眼睛还如同患了色盲症，所见基本是淡淡的黑，除了河和天空一样灰白，除了路的斑马线灰白，我觉得自己在巨幅黑白版画里。如果鱼儿醒了，看到我，一定觉得我相当有艺术性。

大地的黑又淡几度了，如果有人跑来，能辨出是人，虽然胖瘦无法判断。

“嘎——啊——”一声又一声，这是大雁的叫声。大雁这么早？我睁大眼睛往天空看，但是看不到它们，那一声声浑厚实在的叫声分明就在我斜前方，那“个”字形或“一”字形雁阵，我看不到。但我知道它们在提醒队友跟上，或者在用声音告诉大家方向，我还知道，它们迁徙前要清点雁数，夫妻儿女都不落下。我还知道一个雁的爱情故事，因为等待被人类下夹子伤了腿的雄雁康复，雌雁没有随大部队南迁，它留下来照顾雄雁。等到雄雁可以远行，却突降大雪，风狂啸，雪纷飞。两只大雁冒雪飞行，终因雪大迷路，死在生儿育女的芦苇荡里。护河人发现它们时，两只大雁交颈长眠，那个六十多岁的老农看得落下泪来。我眼前飞过一个个“雁”字，我很喜欢雁字，觉得它们辽远，脱俗，娴静。我总觉得雁的叫声像黄昏时祖母嘹亮地喊孩子回家吃饭，还像父母站在路口送孩子们远去时的叮咛。它们的叫声绵长，沉郁，深情，厚重，如在泪水里滚过。

雁声声声丢落，如同起床号子响起。花草抖抖身子，醒了；大树扬扬所有的树叶，挺拔帅气；野鸭也高亢地叫起来，鱼鹰飞过我头顶，在湖面翱翔；林中鸟的欢歌笑语，震得竹叶上的露珠滴答滴答落下。

东方的天正在慢慢掀开红盖头……

我的花园

我小时候是住在花园里的。其实乡下孩子都是住在花园里的。

花园里的花木草虫都随心所欲地生长，枯老。无垠的乡野就是天生的花园，没有谁刻意安排布置，连种植都不是人的事。风会播种，鸟兽小虫会播种，人只管看“生得好”“长得香”，和收藏品尝。花园里有生命的自己生长，土地瘦也好，肥也罢，一粒种子落到哪里，将来就是一丛花，一棵树，一片草。

鸟看上了哪棵树，就把巢筑在那棵树上，谈情说爱，生儿育女。鸟日出而作，日落而息，绝不虚度一寸光阴。即使在电线上背向蓝天白云，面向青山绿水，不动声色，也是在作画——和天地山河融成了一幅叫作“惜爱”的画。

朱家塘埂下有几棵大鬼柳（不知是不是这么写）和年幼的垂柳。大鬼柳让我练就了高超的爬树本领。夏天，大鬼柳上有比快上山的蚕还胖的青虫，它们总是三三两两地牵着长长的丝荡秋千，我只顾着佩服它们可以这样高难度地玩耍，不知道害怕。我爬到齐冬香姑屋檐（平房）高的树杈上骑着，摘下鬼柳果做耳坠。鬼柳果像紫藤花样一串串的，一个单个的果子就是一只展翅欲飞的青蝴蝶。果茎软软的，搭在耳柄上，头一摆动，它们就荡出少数民族的风情。谁喊我，我就大幅度扭头或者摇头晃脑，觉得自己成了吊脚楼里或漓江畔的女孩。这耳坠，其他女孩子也特别钟情。我骑在树上，可以率先看到谁家烟囱袅袅旋出轻烟，可以看到鸭子把长脖子背插进翅膀睡觉，它们在塘面静静地浮成一叶叶小小的扁舟。

如果几个女孩“戏兴大发”了，柳枝就成了我们很有灵趣的水袖。我那时从爸爸的唱片机里，将严凤英的《女驸马》《天仙配》《打猪草》等剧中的经典段已唱得赢来别人的赞赏，还有我寡居的大妈不断抹眼睛。有时，唱着，水袖悲愤地舞着，搭档会泪眼婆娑，我自己也会“泪飞顿作倾盆雨”。他们做我搭档前，几乎都是我“学生”。我好为人师，伙伴们也都羡慕我张口就可以唱得或花好月圆，或肝肠寸断，他们就跟我一句句学会了，可以做我的董永或者李兆廷或者那个看笋子的小子。

突然，“吱——”一只知了从鬼柳叶间惊飞，大家扔掉水袖，“忽然闭口立”，泪珠还摇摇欲坠，又“意欲捕鸣蝉”。

知了不大好捉，扑空时多，懊恼一阵子，又听它们在哪棵树上挑衅地高歌。我们怅然地仰望树上，也就知难而退。

这时，嘴巴里想有东西嚼嚼了。酸木苔结籽了，野蔷薇的嫩苔成年了，也匍匐成藤了。梦子成了鸟的营养了。映山红花可以吃，但谢了。会有跑得快的小孩，回家偷点米糖的碎屑或者腌萝卜干子。只消一点点哄哄嘴巴，又捡起了未完的功课。

塘埂脚下的排水沟是灌溉渠，两岸的野蔷薇或打碗碗花藤要么垂成厚厚的帘，要么勾肩搭背成排水沟的棚。四月中旬左右，蔷薇开得声势浩大，细腰蜂，大胖蜂，嘤嘤嗡嗡。黄蝴蝶、白蝴

蝶、黑蝴蝶不吵不闹，尽情变换舞姿。打碗碗花比野栀子花丰满，洁白程度不相上下。野蔷薇花甜香如奶酪，如果情窦初开的人闻久了，很容易滋生爱情。

沟里有苍蒲如剑，米虾、蓑衣鱼就在苍蒲根边乘凉。蓑衣鱼常常像一片被水浸得发黑的叶子，趴在石头缝里一动不动。我们常常赤脚下去，两只手窝着慢慢缩小范围，就能捧到米虾或蓑衣鱼。米虾急性子，会在手心做的笼子里上蹿下跳，蓑衣鱼格外会保存体力，只挺挺身子，并没有身处绝境时的乱了阵脚。我们有时把鱼虾放罐头瓶里养着哄猫，有时就地放生。“小大丫头，家来不家来?”如果不是奶奶喊得对面小冲里都听见，我会忘记时间，忘记肚子饿了，一上午或一下午地玩。爸爸布置的作业不禁做，爸爸大衣橱顶上的书也不禁看，有时一个人，在大鬼柳的一根歪枝上骑着，一本书很快就翻到尾页。唯独捧鱼虾，取之不竭。有时被蚂蟥叮在脚踝处，我会连跑带跳，哭得半天云都颤抖，爬上岸。大胆的男孩子就一脸“这有什么”地一巴掌拍下去，蚂蟥立即缩成一团，滚将下来。但是，米虾、蓑衣鱼太诱人，我会又跳入沟里。

我的花园里其实就是一些自生自灭的树、花、草。没有丝毫刻意打造，但是，却是我童年最富足的乐园。

我的兄弟

上午，太阳温暖得可以脱掉羽绒服后，我出来闲逛了。我一个人走，就像一大班人走路那么令我兴高采烈，因为花草树木都跟我玩得像好兄弟。

春天真是催生婆。我首先感谢春风，它们今天真是温柔可爱，我的比较笨拙的眼睛，今天竟然可以飞掠，我觉得眼珠子异常会办事，让我看到了许多东西。一丛蝴蝶花在城市腹地的山脚下做了山的裙摆，“裙摆”老远就在迎接我的步步靠近。它们黄得真像油菜花那么有气势。论相貌，蝴蝶花当然讲究些，标致于油菜花。它们不仅把薄嫩的花瓣长成了黄蝴蝶，还在胸怀里纹了只大墨蝶。而且长长的蕊，恰好做了大墨蝶的触须。我蹲下来，怀着敬意拍下来。把自己长得这么艺术，人不行吧？我非常喜欢地同它们告别，我说：“你们这么好看，却不让人为你们吹吹牛、扯扯大旗呐喊，真是活到了一定高的境界。”蝴蝶花笑而不语。花其实有花言花语，只是不出声。

有人说草在春天是暴动，真不假。它们似乎无处不在。威严的高墙大院里它们时尚地长，身份高贵的草坪上，它们整齐划一

地失去个性地长。老墙头、老墙根、树缝、垃圾堆、马路牙子缝、地砖缝，它们野性勃勃地长。无论是时尚的还是野性的，都让人觉得它们吃阳光好甘美，不然，怎么片片脸庞都丰腴发亮呢？它们慵懒在阳光下，像体内凝了绿脂肪。我只有走柏油路，柏油路上没有草，我不怕踩痛它们。对待好兄弟，哪能伤害呢？这点道德都不知道讲，进化成草吧！

闲逛了一天，晚上在一处我没去过的小公园。这里比较人工，但柳是自然的。柳人们没办法不让它自然，那些披垂的绿丝绦，谁能人工出来？古人云："碧玉妆成一树高，万条垂下绿丝绦。不知细叶谁裁出？二月春风似剪刀。"谁能能耐得过风呢？柳叶是风裁出来的。柳条白天在水面写字画画，晚上又作诗了，作了这么一句："月上柳梢头。"一弯月以柳条为帘，白杏仁样的脸若隐若现。月在玩"花看半朵，酒饮微醺"。月下有人坐在长椅上，低低说话。我像逃跑一样走掉，觉得自己入侵了人家的领地。其实我真不必跑，月下有柳，柳下有人，也是自然吧。

我的好兄弟叫大自然，我非常热烈地爱着它。我为能爱这样的兄弟而骄傲，因为爱大自然的人基本是好人。而且，"当你开始关注大自然的时候，不管关注的是一朵花，还是一条河……那一刻，你的面容一定好看，而且虔诚。"我不会说这么深刻的话，是鲍尔吉·原野说的，但我心里有这体会。

握住握得着的真实

我从小就没有赖床习惯，只要眼睛醒透，躺在床上，就如芒在背了，必须起来，而且起得不拖泥带水。

小时候和奶奶睡。奶奶天一亮就起床做早饭，小孩子也得起来，或扫屋里屋外，抹桌子擦条台。奶奶在做饭间隙，会查看地扫得干净不干净，桌子条台用手帕一抹，干净，奶奶就笑盈盈地夸，不干净，就厉声责骂，罚重扫重擦。除了正月初一，几乎天天如此。渐长大，这个早起扫洒的习惯就长到骨肉里去了。读书后，被奶奶逼成的习惯里，爸爸又加了日要读书写字的习惯。爸爸一年三百六十五日得闲空就读书写作，哪怕中午小憩时，也手不释卷。我和弟弟每日读书写字，爸爸几乎不用发气，爸爸自己就那么做的。邻人常看到暑假树荫下，爸爸和我及弟弟各人看着各人的书，树上鸟叫，也目不斜视。早起，让我握住了每天的时光长一点。扫洒，不仅除了居所的污脏，还让眼睛和心里都洁净、明朗，由此滋生的欢喜，也干净得如新荷初生。读书，让我们明白了岁月变迁中的一些人和事，学会不等不靠、不怨不怒，以真实的努力获得换取茶米油盐酱醋茶的能力，一粥一饭，一茶

一酒，一烟一火，简单，家常，但可以取暖，可以熨心。清醒地一路稳步走，看得清海市蜃楼。

少年不轻狂，盛年不焦躁，老年也淡然，从朝到夕，由春及冬，握着真实的白天和黑夜，认真地过好寸寸日子。爱亲人，爱美丽了世界的他人，爱自然和自己。让每天的出发都很值得回味。累了，歇歇，看看新绿萌生，清雪飘白。听听河流拍浪，鸟鸣百转。这都是好时光，好到没有丝毫虚假。

握住每一份可以握得着的真实，不敷衍自己的心，不贪慕虚荣，不浮华，日子才生香。

常常念及那住在孤山的和靖先生，攀登青山，泛舟碧水，养育野鹤。鹤于晴空下飞入云霄，仿佛人家养出深情厚谊的鸽子，飞远了，玩倦了，再回到笼中。倾倒于和靖先生的鹤，从高中时起至今，已是倾慕。林逋先生明白自己的心，饱学多识，但自己不愿算计他人，也容不得他人算计自己，因此，这个聪明睿智的人，不会下棋。清高闲逸、倨傲不群的林逋，常常和别人真实地说："逋世间事皆能之，唯不能担粪与着棋。"

当然，人于尘世间，当心不蒙尘，不失却真心，但也不可消极逃避。无论是身在闹市，还是处于偏远，握住握得着的真实，才可以恬淡好古，才可以让野鹤通灵，才可以深居简出也悠然自得。

我望着窗外的空寂道路，望着腼腆飘飞的疏雪，开启今天的晨读："林逋隐居杭州孤山，常畜两鹤，纵之则飞入云霄，盘旋久之，复入笼中。通常泛小艇，游西湖诸寺。有客至逋所居，则一童子出应门，延客坐，为开笼纵鹤。良久，逋必棹小船而归……"

希望之声

我把睡眠看得和眼珠子一样珍贵，至今已二十三年，也即晴天多大，我就看重睡眠多少年。

晴天出生两个月左右的某一天，突然有了独立自主精神——不愿采用我的作息时间。白天我闲得脸蛋神经都发疼，她睡得像热气腾腾的糯米团，我让饱胀的乳头在她粉唇边游走，她依然睡得做梦发笑，那笑容显得她连浩瀚的宇宙都精通。深更半夜，狗都酣睡不吠了，我困得像北极雪地里饿着肚子拉了几十个小时雪橇的狗，她却睁着花眼看世界。有时莫名其妙地哇哇大哭；有时“嗯——鸥，哦——呀”用自己才懂的话和自己交谈；有时研究天花板上的吊饰。这么黑白颠倒了一个月后，我的神经已抵达崩溃边缘。我常常哄了半天，她仍“众人皆醉我独醒”地玩，我怒不可遏地破口大骂：“你，真不是个东西!”晴天定定看我十几秒，小嘴一咧，晶亮的眼泪前仆后继地滚落，“哦啊哦啊……”哭声雷动，震得我每根脑神经都在痛，我恨不得把她再塞回她妈的子宫。晴天颠倒黑白两个多月，我即头发毛栗蒲一样，菜色着脸，空洞着眼，对朗朗乾坤无欲无求，整天顶着个喜鹊窝脑袋上

下班，过一寸寸时光。

我看晴天那么执着于自己的作息时间，只好“改变不了别人，就（局部）改变自己”，我晚上不再度分秒如年，我开始有计划地看书柜中的书。有时灵感来了，晴天在我怀里玩，我把本子摊在大腿上写。感谢父母给了我一双粗壮的腿，大腿一盘，坐书桌呱呱叫。我真正写作是从晴天黑白颠倒成长开始的。

晴天这么生长了两个月后，不知是不是觉得这么别出心裁地过日子太不地道，有天，又突然顺过了白天黑夜。我费了牛力，与她作息规律合拍合韵。从此，我异常珍惜晚上睡眠时间，再也不大把挥霍晚上十一点到次日凌晨五点半的时间。

晴天用两个多月把她老妈青春斩掉几近十年后，自己出落得人模狗样，潇洒地走南闯北了。我不仅一天天饱睡，还重温了几年少女时代的快乐日子。

然，这几年，仅仅五年。

晴天大学毕业，我妈就是医院常客了。去年腊月初，她不仅去医院频率一路攀高，还效仿她两个月时的外孙女，也黑白颠倒度日月。她白天坐着也能鼾声如雷，晚上就在床上左翻右侧，翻得不是后背露在被外，就是前胸没盖到被。怕她感冒，无论她住院还是在家静养，我和弟弟爸爸只好轮流看护她。常常深夜两三点，她口中喃喃自语，穿衣起床。我拖着哭腔说：“妈！才半夜耶！”

“嗯。”她在路灯透进来的微黄中找衣领。

“妈！现在是睡觉时间，你怎么起来了？”

“这么久了，天还没亮？不困了！”妈妈已插好一只棉袄袖。

我看我妈依然坚守本心，我只好欲哭无泪地看她坚决地扣扣子。我妈这么个性化的作息，我不敢有“恨不得把她塞回她妈的子宫”的念头，更不敢质问：“白天黑夜都搞不清？”我怕她振振有词，云淡风轻地问我：“我那么呆？日里晚上搞不清，怎么把你养大了？”

我在我妈意识里的黑夜里走出医院。顿时觉得街头也是可爱的，尽管车声喧闹，人流如潮来潮往。我走路拿我奶奶的话说是：或者“仰望四天”，或者“看着脚尖”。因此，我可以看到天上的鸟由大大的十字变成小小的黑点，可以看到草芽拱出地面，就是难以看到人。常常会这样：“李老师，去办事呀？”我东张西望找声音发源地。

“是我，李老师！”

我把脑袋转过来又转过去，再侧一边，大喜：

“啊？你呀？放学啦？”

这是我学生和我打招呼。

有时会这样：

“哎！哎！不理人呢？”急忙把目光从天上拉下来，左顾右盼，一个人在对面招手，笑得如花盛开，惊喜不已，奔过去，立即被捣一拳——是有些日子没见的闺蜜。

好在，熟悉的人也不计较我的“目中无人”，不熟悉的也给我让路。

今天，我看到长空灰白得像浓厚的雾，灰白的天空下，树们都长得极体面，常绿树叶里的汁仿佛都醒了，绿得英气勃勃。裸枝树无论直指苍穹还是披垂斜伸，都尽显树之担当和风骨。

“喳喳……”一阵喜鹊叫。我急忙把视线从远天远树上收回，视线从桥那头拖过来，我才知道，我已跨上桥头。我的视线由我站着的桥这头，跃上旁边一棵树。这棵树我叫不出名字，它的树干和树枝都像淡墨画出来的，不知发叶子后，我能不能认出来。

许多树，没有叶子我叫不出名字，当然，也有很多树，叶子遮天蔽日我也叫不出名字。世界这么大，物种那么多，且物种还善变，人又能认知多少呢？树很高，从河岸矗上来，我也要仰头，方看到它的顶梢。

我一抬头，看到一只喜鹊。它正站在最高枝上，“喳喳喳喳”，不给自己喘气的机会。它的黑脑袋转一边，顿顿，又转一边，顿顿，抬头，俯视，雪白的兜肚般的胸脯火辣高挺，叫声与长尾的翘起落下，落下翘起，非常合拍。仿佛它用情感丰富的尾帮自己的歌伴舞。喜鹊的歌喉没有山路婉转，没有风铃清脆，但是，喜气洋洋，仿佛每一声“喳”都饱含着天大的喜庆。其实，鸟的生活是非常艰苦的，它们为了果腹，为了活着，常常在险象环生中来去，自然中的雨雪以及食物链就是极大的挑战。但是喜鹊似乎不知道那些，也似乎不在乎那些，仿佛每根羽毛，每寸肌肤，每片喙都是由欢喜凝成的。喜鹊的歌声和尾巴的舞蹈，甚至脑袋的转顿，都极富感染力，听着，看着，我心里的阴霾渐渐淡白，渐渐薄弱，直至薄如蝉翼。突然，一束白光穿透我的身体，游蛇一样进入心里，心里顿时火树银花，压在心头的石头悄然滑落。

我万分感激地看着喜鹊，坚决认为它有那么几次“顿顿”，是与我对视。今天有点冷，是立春后的软软的冷。但是，喜鹊一声声“喳喳”，让我觉得万紫千红的花正从远处开来。

香樟花的香

我崇拜所有的树，对香樟几乎是崇拜加膜拜。你看，无论是耄耋之年的香樟，还是正值盛年的，乃至青春年少的，被大地托举着，无一不是稳重庄严的样。它们的枝真心实意地繁茂着，叶子老老实实地绿着，就是被风推搡时，也摇摆起伏不大，就像阅过千帆的人，总是和颜悦色，淡然于心。香樟的家教真是好。所有植物都有体香，就像人。不是有句话说闻香识女人吗？

说这么多，是因为香樟开花了。站在如棚花树下，看他们染绿了天空，染绿了鸟影和鸟的歌，想象自己的目光里也会绿得像梅雨潭的水，不禁想和腾空而起的绿一起飞起来。可是，我的翅膀没有毛，无法飞。但是，香樟花的香将我托起来了，我感觉自己变成了轻盈的羽毛。

香樟孕蕾在清明左右，那么大个，蕾只有小米大，绿得像刚拱出地面的草芽，被细若花线的花柄顶着，几根聚在一起，愣头愣脑，感觉就是开花，也会没有花该有的笑容和魅力。香樟不管这个，还是精心孕蕾。蔷薇开得甜蜜妩媚时，香樟的花接力赛似地开，开得敞胸敞怀，还是不及桂花朵儿大。可是，这些浅淡的绿花，居然把香樟的体香又提升到清风明月的档次。兰花香得幽远，牵人心，香得仿佛脱离人间。桂花香得单纯清澈，顽皮天真，喜欢追人，喜欢捉迷藏，喜欢扑眉睫，还喜欢伏在人家枕边听梦话。香樟花貌似木讷，香却很会融会贯通，它的香把幽兰和桂子的香天衣无缝地糅合在一块，既有桂子香的天真无邪，香远溢清，又有幽兰香的旷远典雅，绵醇幽深。香樟树敦厚地撑着幸福的碧伞，或者肃然成大大的绿棚，但总用它独特的香远远地迎接人。你来到它的伞下或棚内，香却远离了，你用鼻子四处寻找，香又游来，就像长途跋涉路过这里，坐坐，想想，看看。这香，不缠人，不勾脚，会放牧。

浸在香樟香里，会陶醉，但不会迷失方向。香樟香懂分寸，识大体，这才是最舒服的相处。可惜，许多人不知道这个处世之道。你拔脚离开，香樟的香又送你一程，使你做旅人时少一点孤单。这一点，很像乡愁，很像恋人的目光，很像亲人师长的叮嘱。

如果香樟树上恰好有粗壮的电缆线，鸟很喜欢蹲在电线上，看看天，看看绿意在浩荡的香樟。它是不是在揣测：这么高大上的香是来自天上的云，还是来自脚下的树？鸟在香樟花香里，似乎成了哲学家。

花，能开出月亮的香，清风的度，估计除了香樟，不多了。

小飞的情人是黑鸟

鸟不睡懒觉，天刚刚儿童眼白那么亮，鸟就像大年初一早上的娃娃，把整个世界都唱得像迎新年。

我去学校早，乡村的天露还在润泽草木，过滤空气，吸一口，鲜，凉。喉清爽如抿了口新泡的茶，说话都有了三分弹性，七分清脆。我在城里讲课把嗓子讲干巴沙哑时，几乎都是在乡下养好了嗓子。洁净清朗，湿润新鲜的空气是我护嗓养嗓的良药。

乡下的鸟也许是好山好水好空气滋养的，充满童心童趣。玩耍的花样甚繁，“只闻其声不见其影”已是传统玩法。蹲在电线上玩，有点新意，但在信息化时代，鸟认为那玩法古朴了。有的与人同住一个屋檐，这在旧时是寻常玩法，现在算出奇制胜的玩法了。但不管怎么玩，乡下鸟都阳光帅气，尤其爱唱歌，乡下鸟唱歌，很多是神曲。

乡下鸟热情，单纯，迎接人真心实意。我一进校园，就被鸟声众星捧月般前呼到办公室，后拥到厨房——我要烧壶新水，泡杯酽酽的春茶。我像在意气风发地迎亲，锣鼓喧天的乐队就是鸟，新人就是待会儿入校园的莘莘学子。

麻雀急眉赤眼地“喳喳喳喳”，快节奏，叫得人走路干事都只好跟上它们的快节奏。时光在这节奏里，不知不觉被手指缝抓紧。

布谷今天换了曲调——“布谷谷——布谷谷——”我脑子里盘算着，那几块孩子的种植地该布什么种。“布谷谷”，这是“ABB”结构词，一般激发孩子从事活动都用这结构的词。对，种花生、土豆、白菜……哈哈！小孩子把种子布到土里，“布谷谷”再换什么曲调呢？

还有“唧唧”“丢——”“嗒——”……起码一千种鸟在唱。唱“丢”音的鸟，音乐造诣真高，像弹珠节奏不变地滚弹——滚弹，再猛然停止，再一轮滚弹。还有一种鸟唱为“啾——啾——啾——”是拼音的去声，声音的主人，我没见过。此鸟仿佛在远处唱，我总觉得它们在哪棵树叶间，和我玩打枪，就是小孩子用食指拇指做枪打那个玩法。“小战士”手一抬，“机关枪”放脸腮边，睁一眼闭一眼，瞄准，“啾啾”，或者“枪”一溜排扫射，“啾啾啾……”就有孩子，立即假装中弹倒地——“啊！”有的“中弹者”还朝后仰着，扭几扭，再匍匐在地。“哈哈哈……”“敌友”一起笑。“中弹的兵”又爬起来，再冲锋。我每听到鸟唱“啾——啾——”就会到处瞅瞅，看这调皮鸟是不是尖嘴朝我瞄准。

还有种黑鸟，风流倜傥，浑身比喜鹊的黑羽还黑亮，流线型身体，胖一分则显肥，瘦一分则显弱。嘴巴艳红，像滴了樱桃红蔻丹。这黑鸟喜欢云淡风轻在电线上，红喙一启就是“小飞小飞”，我一听它叫，就用拇指朝它高频率地竖：“真比鹦鹉还棒！”因为有个大男孩子，小名叫小飞，我老扬声喊他：“小飞！小飞！来一下！”鸟唱“小飞”，去年没听见，所以，我断定黑鸟是我的高徒。这种鸟声，别的地方我没听到过。因此，我猜它是学我的。此鸟把我的呼喊学得分毫不差，只是音质比我嫩些，糯些。这么前后联想，我自豪地认为，相貌堂堂的黑鸟是我的开门弟子。

小飞已经略懂两性之意，老仰头，辨认哪只鸟“是他的前世情人（他说喊他的鸟是他的前世情人）”。好多次，他仰头时，恰好一只黑鸟跳转过来，把屁股掉过去，脑袋对过来，俯身高喊“小飞小飞”，确实像在欢天喜地叫他。小飞一脸幸福，满眼受宠若惊，还痴心痴意地说：“看！它一定是女生！黑鸟喜欢我！”

每天，从我踏进这个乡村校园，到红日沉落山那边，鸟声都荡漾不歇。鸟是天生的音乐家，从没到哪个顶尖音乐学院进修过，但是，却能唱出百转千回的曲调，这边在阳春白雪，那边在高山流水；刚刚是童谣，现在是恋曲；忽山歌好比春江水，忽骏马奔驰在草原上……狗在扭着腰身跑的水泥路上跑，跑得颈毛起伏。田畴四季忙着出产五谷杂粮和蔬果，鸡鸭猫狗的身影四处洒落，大部分人家门敞开，这是一个尚有人守护的古老又年轻的村庄。我在此工作，没有被荒凉裹挟，村里还有壮年和儿童，我和村子都比较幸运。

我的耳至今干净，聪明，是乡村的清风吹的，更是乡村的鸟声洗涤的。

小乐趣

擦拭花台时，发现一杯水育的金边吊兰已抽茎了。茎长五六寸，细若丝绦，深黛滴翠，由杯壁冲下，被花台抵着，无法舒展地垂挂，委屈地弓着。

这几棵吊兰是猫从大花盆的垂茎上扯下来的。那天我下班回来看到它们，已叶软根瘪，奄奄一息，凌乱地躺在阳台地板上。我心疼地以一杯水抢救它们。它们真顽强，第二天清晨，叶子都硬朗起来，鲜活发亮，白根胖得跟肉虫子似的。从此，这几棵吊兰就快快乐乐地住在玻璃杯里。我常常看它们，杯里水浅了，又给加上。

这些会长的孩子，经常看它们，哪天抽出茎来，却没留意到。就像养儿女，天天在眼皮底下，还是忽视了他们什么时候抽苗了，什么时候长痘痘了，什么时候溢出香来。我笑着嗔吊兰一句："要挂帘子了，也不说一声！"

我要给它们换大点的家啦。

我弯腰到洗衣池底下看。这里简直是瓶子、杯子、碗的百宝地，洗衣液瓶、打包盒、饮料瓶，都在列队呢，花花绿绿的。我按吊兰的个头，拿出一个高大胖的洗衣液瓶，它红得像春日抽出的红舌兰芽。我又跑到厨房拿来大剪刀，“咔嚓咔嚓……”剪掉一部分一看，蠢蠢的，和纤秀的吊兰怎么般配嘛。我略一端详，这个握把像鹅的美脖子，有了，我把瓶子剪成一只“曲项向天歌”的鹅。注入清水，移入吊兰。呀，几条秀气的茎披挂下来，像绿瀑跌下，拿夕阳的余晖绣边的吊兰叶，把鹅背布得满满的。鹅的小舟春意流淌。

我把盛装的“鹅”捧到书桌一角，一袭嫣红驮着一捧青翠，“鹅”似在吟诵“红了樱桃，绿了芭蕉”。几本书摊在桌上，墨香袅袅。一书桌的小乐趣喷洒出来。坐在椅子上，心里水水的，荡漾小碎玉一样的水花，“波啦波啦”。小猫跳到书桌上，踱到鹅花盆旁，讶然地片片叶子看，抬梅花手拨拨垂茎，“喵”声娇叫，意思是：“乖，真好看！”

小猫初长成

那朵娇黄一映亮我的眼，我脑子就在飞速判断，是迎春还是连翘？这么想着，已与黄花错身。然那朵依然在眼前摇曳，一茎纤枝，壮年青椒绿，横陈于一蓬蔷薇上，梢头一朵花巧笑嫣然。迎春和连翘都是早春花，春天几乎还没在原野站稳脚跟，它们就热情洋溢地致欢迎词。这一朵更是急性子，凌霜而开。

我家小猫这几日夜里不好好睡，失眠了，夜里打乒乓球，细细短短地叫，吃夜饭要人陪，喝夜水要人陪，像是害怕什么，烦躁地把圆黑的瞳仁睃来睃去。小猫平日几乎不叫，它被它妈抛弃，晴天遇到，给捡回来。这几天夜里，窗外的猫叫春叫得鼎沸，小猫不时应和，“喵呜”细若游丝，像调皮地学舌。我预感到它长大了，要谈恋爱了。对于小猫长大，我奇怪竟然又重温了晴天初长成时的复杂心情——盼她快快长，又忧戚于她闯进青春的大门。记得自己长大时，还哭了一场，觉得自己把最好的自己丢掉了。盘点几十年，曾经在青春的深渊里，磕碰掉了大把时光，蓦然醒悟，再把日子攥在手心里过，丢掉的光阴终究是走远了。这朵盼春花惊吓了我，去年它们这么妍妍地开，仿佛是昨天呢。果然逝者如斯，忽然之间，小猫是成年猫了，忽然之间，很多人都是暮年了，忽然之间，很多人和事只在记忆里了。

有点怅然若失，边走边四顾，水依然潋滟，笑涡楚楚。柳叶黄了，依然轻舞，一如青青陌上柳。黄莺如同昨昔，站立最高枝，顾盼生辉。月季开年前花了，朵朵似红绸剪出来的，娇嫩，鲜润，盈泼。一路上，没有看到一叶一花郁郁寡欢。即使面如土色的草，根边，也钻出了新韭一样的草芽。草芽天真地直愣着，如染青的针，不知绣哪片山河好。

太阳跃出了青山顶，是黄玫瑰花的脸色。风涌得湖水腾粗浪，水中的太阳被揉得稀碎，片片晃动的，像碎向日葵的花瓣撒落湖中，点点荡漾的，像金色的稻穗，引得几对鸳鸯不停啜食。

我突然听到自己笑了。是的，握住真实的点滴，就足够好了。

小猫的生存智慧

小猫自从成了我家小猫，极有个性。看过别人写的猫，那些品行如果是猫的共性，那我的猫就是另类。

小猫饿了，它在家里跑酷、跳高，它一起跑，就是一道黑色闪电，“噗哒噗哒”，犹如暴雨点骤降水泥地，声音比雨点从高空蹦到地上清脆，如果录音下来，可以做影视剧中马队奔跑的回音。黑色闪电突然一个起伏，腾过小马凳（我常坐的），再一条射线，直逼大椅子靠背（为了阻止它借此跳饭桌，椅子已委屈在沙发背后），惊叹声还没出口，又一道黑色抛物线驰到沙发上，再“噗”一声，小猫端坐地板上，把一个浑圆的背峰耸得跟饱满的驼峰似的。它双目看窗外，一副赏悦一片天、研究云何以不落下的样。此时，拿出湿猫粮，“咔咔”响亮地拧盖子，它不会趋之若鹜，而是眼风略略一扫，继续研究天空。因为懂得它的拿捏，我亲自送去它的饭，它才嗅嗅，伸出粉薄的舌头，弹啊，收啊，弹啊，收啊，吃得气壮山河。我看小猫吃食，像看婴儿吃奶一样，心里温水不断溢出。吃着吃着，小猫忽然一收脖子，别开脑袋，舔舔嘴唇，一个犬式大伸腰，旋，恢复常态，迈着猫步去它的太师椅上闭目养神了，半点“谢谢”的表情都没有。

小猫不会逢迎讨好，不会撒娇卖萌，不会感恩戴德，我倒觉得我们人猫之间，日渐平等。为它撒猫粮，它来“嘎巴嘎巴”吃，我觉得很安心。它路过我身边，不会蹭我的腿，一副“大路通天，各走各边”的表情，我也觉得“各自安好”不错。我示好地摸摸它的背或天灵盖，它会眼疾手快地掴我一巴掌，几次三番，我知道了它不喜欢被亵玩。唤它，从来不会呼之即应，我偶然与小猫玩耍，想起有事未完，告之回头再玩，它会不苟言笑地逼视你，不吃挥之即去那套，我暗自佩服它活得很自我。家有悬挂的丝绦类，小猫常常直身抓挠，继而跳着拽咬，功夫越练越高深，愣是把高悬于天花板的中国结的流苏给扯了下来。

一回，我练瑜伽，它捣乱，我气不过，拿逗猫棒打它。它一个旋风跑，进了晴天房间（晴天上学后，她的卧房已成了猫的独处天地），我极速关门，闪给它两束得意的目光——你这是演“瓮中捉鳖”，怪不到我哈。这下，我腾挪伸展，曲爬翻滚，没有干扰啦。突然，“啪嗒”一声，再“吱嘎”，晴天的房门居然开了！我定住拜日式，应声扭头，嗯？小猫竟优雅地一字步而出，尾巴傲娇地高高竖起，婀美地摇摆，把黑瞳孔大成夏黑葡萄，紧抿嘴唇，胡子颤动，每根毛仿佛都在鄙视我：“你除了打、关、骂，还有什么？”我差点眼珠没跌出来，对小猫的鄙视也无心计较，跑过去看门把手，再关门，开门，确认，开门把手一点不容易。小猫没有手，跳着开把手，这动作衔接0.1秒差池也不行啊！这技能，敢情都是我们不在家苦练的。

小猫不喜欢睡它的圆毛窝。它喜欢四仰八叉睡，那个窝，只有蜷着睡，它小时候睡阔阔的，长大了，把窝当玩具都不屑。它白天在窗台晒半天日光浴，晚上和我共处一室，小猫很钟情窗

台。昨夜，它老是直立在床边，用巴掌拍我的脸。我很生气，把它推走，把脸埋进被窝。

它乖乖走了。我很快睡着。晨起，看到客厅亮亮的，再伸头看，晴天房间台灯亮的，我一惊，小猫啥时又把台灯打开了？我爬起来，才看到昨夜忘记把小盖毯放在窗台，瓷砖多凉啊！大概小猫没拍明白我，就到晴天房间睡太师椅了，有可能一个人有点害怕，就把台灯开着。它常常开灯，晚上独睡晴天房间，必开灯，有时我们晚归，一打开门，橙艳艳的灯光从晴天房间铺出一块在客厅，暖而充满人气，除了小猫开灯，还有谁？台灯是触座开关，小猫每次都开最大挡，不知它怎么摸索到了规律。

小猫会囤粮。它的粮不多了，它就老是扒望放猫粮的纸箱子。我们每次看它频繁扒纸箱子，弯腰一看，耶嚯，粮告急了。约莫上班时间到，换衣时，小猫老是拽衣服不让穿，走路时，小猫抱腿不放，拖着它，也不放。忽然想起来，看看它的碗，饭碗空着呢。

小猫的生存智慧，让我常常表扬它。它呢，总是淡云般地掠我一眼，似乎说："这点智商，有什么大惊小怪的？"

白脸鸟

我的学校三面环山，正门是一马平川的田野，四季鸟鸣不绝。我看书累了，或者被鸟唱撩拨得心猿意马时，就到窗前看外面，除了树，看的多的是鸟。

小鸟中最多的是白脸鸟。它们个头比麻雀略小，穿着质地考究的黑大氅，亮得像黑云纱。一撮白毛服帖在头顶，像半只新簇的白乒乓球扣在脑袋上。脸颊白如梨花，梨花上还漾着笑窝，这鸟会笑。

白脸鸟喜欢在草坪上像小鸡雏一样走路，走得不慌不忙，仿佛草坪是它们家院子。几只鸟结伴同行时，会“哔哩哔哩”谈天说地，脖子一伸一缩，转转顿顿，就像草坪里有啄不尽的美味佳肴。它们翅膀上的白弧像两个粗粗的大对号，我看着那大对号就会笑得停不下来：真是自信啊，把对号长在身上。有时，我会情不自禁地和它们打招呼：“白脸，过来，过来。”一小部队鸟会做短暂立定，歪着脑袋，侧目，每只眼里都是天真无邪的问号。须臾，又胜似闲庭信步，继续它们刚才的话题，继续啄。也有形单影只散步的。阳光吻着大地，那一点黑白分明，走走停停，声声

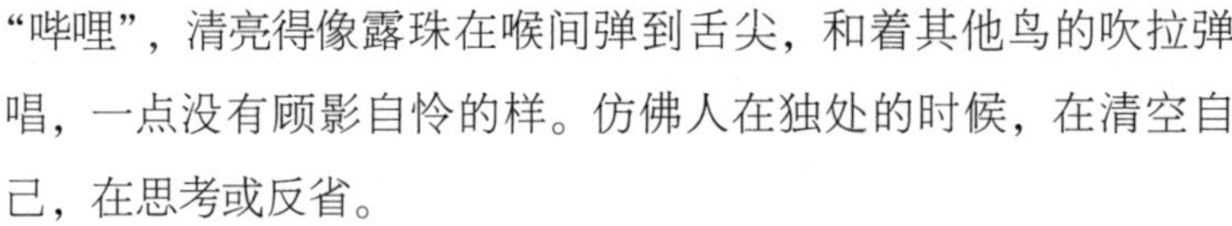

“哔哩”，清亮得像露珠在喉间弹到舌尖，和着其他鸟的吹拉弹唱，一点没有顾影自怜的样。仿佛人在独处的时候，在清空自己，在思考或反省。

忽然，树上“哔哩哔哩”“啾啾啾啾”雨点样洒落下来，草坪上的独行侠抬头凝望，一朵黑白的花突然盛开，这朵花一闪，隐在大香樟的浓密枝叶间不见了。大香樟树上掀起如潮歌声，像每一片叶子在百啭千啼。

白脸鸟如果从高树上落草坪，像一枝黑白箭“嗖”地射下，落地即走，毫不迟疑。那么高速稳刹车，要是我，非摔得头破血流不可。它们有时很急促地扇动翅膀，在空中翔出一朵朵灵动的花，翅尖闪着太阳的光辉。飞到哪里，歌声就洒落哪里。我从没见哪一只鸟愁眉苦脸，无论阴雨绵绵，丽日风和，还是飞雪飘零，鸟总是热情洋溢地迎送晨昏。甚至有时大雨如注，居然看到鸟像老僧入定一样伏在高高的电线上，高挺着胸脯，任风雨洗礼它身体的每一寸。

办公室外侧墙头有一棵桂树，几根枝在门外探头探脑，几只黑白鸟抓着树枝，伸头看屋内，还从枝腰一跳一跳，跳到枝梢，纤细的枝颤动不止。鸟就在那颤动的枝上侧目与我对视，絮絮叨叨，不时互相对望，又一起伸长脖子朝门口叫。排笔一样的尾，饱蘸了墨一样，一翘一翘。它们是向我问好，还是邀我出去玩耍？听不懂鸟的话，真惭愧。我索性做木头人，怕惊飞了它们。有芳邻如斯，木头人就木头人吧。

邂　逅

公交站牌旁，几棵银杏树的叶子已经泛黄，阳光下通透明朗，摇曳着江南深冬的暖意。一柄柄绢扇样的叶子，姣好玲珑，娴静高雅。

“阿姨，少嘟天没荡到嗯。”蓦地，一个低低的声音响过，同时，一小片阴影挡住了太阳的灼灼光芒。我收回银杏树上的目光，原来面前是迄今见过三次面的少年，三次都在这个站牌。

我惊愕的表情让这少年又重复了一遍刚才的话。我终于懂了，他在和我打招呼：“阿姨，好多天没看到你。”

少年仍和前两次一样，目光坦荡羞怯，黑瘦的面上，几颗青春痘很突出，刘海拂至浓眉，斜挎的单肩小钱包表示这个高中生模样身板的少年已不再是莘莘学子。

我微微一笑，尽量给没多少好感、说话有着严重缺陷的大孩子一些尊重：“是的，我只有双休才来这里。”

“我还大嗯一怪钱……”少年的腼腆愈发重了许多，他的话翻译过来是：“我还差你一块钱。”

我有那么瞬间的意外与自责，已明显，我犯了常识性的“阅

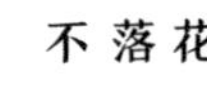

人”错误。

我有点弥补误判了一个人的灵魂样慌慌地解释说：“不要紧，算了，谁出门还没个难处，就一块钱。”少年憨憨地无声笑笑，走到我右侧和我并排候车，有种如释重负的欢欣。

我们的第一次邂逅也在这个站牌。大约十月底，那天温度很高，我站在两广告牌交界的阴处候车。一个着磨蓝牛仔裤、长袖T恤衫的少年在我面前徘徊了几个来回，他立在我面前，嘴唇嗫嚅几次，双手不停地捏搓着腹部的钱包，仿佛要粉碎包里的什么东西。终于，他怯怯地问：“阿姨，嗯能底我一怪钱吗？我忘地带公交卡了。”

他的面容与着装，我怎么看都是中学生，唯一不同的是，他没有背和旁边从附近各个辅导班出来的孩子一样的书包，他背的是一根斜单肩的钱包，就和菜市场的菜贩子背的包一样，不过小得仅有成人巴掌大。我问他说什么，他尴尬地重复了三遍，我才明白，原来，他问我有没有一块钱，他公交卡忘带了。

站牌里不少人，独问上我，可见我的面善值不低，我有点小孩做好事被老师表扬的激动。

他的目光让我毫不怀疑他要钱的动机有什么不良，立马从电脑外包里掏出一块钱递给他。他很不好意思地接过，踟蹰片刻，慢慢地走开，背影仿佛不是预备坐公交。

我突然觉得自己被愚弄了，想到了以前乞讨行骗的一个中年鳏寡，他仗着自己有点略腿跛的残疾，常靠人家门框唱几句调儿还没跑的黄梅戏要钱，然后声泪俱下哭诉不是父突然死就是母骤然亡。开始，人家都会十分同情地给他钱，但一个壮年拿父母十天半月死亡一回当乞讨的噱头，还把这个蹩脚的欺骗当作主业，不免让人生厌。然后有老者会恨铁不成钢地怒骂：“有手有脚，好吃懒做，回回讨，没有，走，走!”他会一脚高一脚低地边心不甘情不愿地离开门框，边叽里咕噜地发牢骚。靠门框已空手套不到白狼后，跛子就把生财之道放在某一固定路线的客车上，仍然是唱几句黄梅戏，让父或母再新死N回。开始，乘客都给个块儿八角，后来，不少乘客多次遇其如此，就不愿意再慷慨解囊了。跛子就别人欠了他般，嘀咕人家小气。有一次，让一个被他谴责了几次的小伙子狠揍了一拳，他这一职业才画上了句号。至于后来以何谋生，不得知。

我不由自主地扭头，目光跟踪着那个少年，他在广告牌后几尺远停下。我鄙夷地调回目光，心想：“年龄不大，不劳而获的行为倒老练。”看那迹象，明显是暂时在这佯装等车，趁我不注意好逃之夭夭，再到下一个站牌如法炮制。那副伪装的诚恳羞赧模样确实容易让心地善良如我的人上当。

有一丝丝愤怒袭上心头。好在，我这人善于自我安慰：区区一块钱，看穿一个心灵“龌龊”的少年也值。然后，就专心致志等车，不再看向那个让我有点恶心的地方。站牌里的其他人都在自己的世界里，或发呆，或沉湎于手机，或焦急地引颈张望，我和少年以及一元钱的事如茫茫无际的天空，雁过无痕。

车来了，不曾想，少年先我不慌不忙地上了车，一元钱叮儿咣啷到了公交车的钱箱里。文明礼仪自然与这样的人无缘，所以，他的捷足先登，当然不会让我的心湖里激起头发丝样的波纹。不过我的被愚弄的感觉稍微减轻了点，但依然觉得，他是被我识破丑恶嘴脸后，故意搭搭车子来掩饰，再转移“战场”。

我下了车后，饥肠辘辘地匆忙赶路，这个少年带来的不快也就被遗忘了。

第二次，可能两个星期后，也在这个站牌遇到他，阴雨绵绵几日，本就心情阴郁，再加上对他已心生恶劣之感，对于他投向我几次的怯怯目光，我都冷冷地避开，内心的讨厌更加深重："乞讨也要点智商吧，老是老把戏，谁会总上当。"

他终于又转到广告牌后，默默地等车。我有点小胜的得意："总算有点识相，还算有点自知之明，也知道让别人眼不见心不烦。"车来了，他在我身后上了车，这次是刷的公交卡。我走到车尾坐下，富有的行乞者我并不奇怪。

今天，烈烈的冬阳晒得脸上热烘烘的。他的黑呢短款大衣，干净整洁。他的斗胆问候，让我感到自己错估了他的职业，便歉意地与他攀谈起来，当然，都是老师提问学生简短回答的模式。

"你在这里做什么？常常遇到你。"我觉得我比较慈祥。

"我包装茶叶。"当然，这清楚的话，我是问了两遍才懂的。而且后来他的大部分话语都是重复了两至三遍，我才清楚明白。"包装茶叶？"我提高语气，庆幸自己多问了句话，差点冤枉了一个身体有缺陷的少年。

"是的，这个店是爸爸妈妈的，就在那边。"他用瘦瘦的胳膊指向前方，尽管我看不见，但我从他的从容自若指点里，相信某一隅，有他家的店。

我突然悟出，这个少年，爸妈一定不放心他支配钱，或者他的智商真的无法交易，所以，他的钱包里只装着公交卡而已。因此，他惦记着差我一块钱，却没有能力还我。或者，也有嫌恶低能儿的父母，对孩子忘了公交卡盛怒下会怒斥甚至打骂，所以，这个孩子不敢向父母要一块钱来还我。但那一块钱的温暖，也许于他，是难忘的。

"你家的店，买茶叶的多不多？"我顿了顿，"霄坑茶有吗？"

"有的。爸爸从外面进来的。"

“你回家吃饭？”我问。

“嗯哪。还有拿茶叶。”

“你爸妈就你一个孩子？”

“我还有一个姐姐在外打工。”我心里生出一丝他还很幸运的念头。

“挺好！你多大了？”因为觉得他是中学生，很希望他在读书的间隙帮衬父母。

“二十四。”我心里咯噔一下：这是个发育比较滞后的青年了。

“你明天把你店名写在纸上，带给我，我去你店里买茶叶。”他的目光暗淡了下，更低的声音说：“我不会写字，但店门上写着批发。”

我心里一阵自责，自己都说了什么，这个可怜的孩子，怎么会进过校门？我正不知如何回答他。他忽然欣喜地盯着我的眼睛，眼里灼灼闪亮：“我明天带张名片给你。”

我受他感染，也高兴地说：“那最好！”他又咧嘴憨憨一笑。

“你办个卡吧，卡坐车只要五毛钱。”他替我出主意。虽然我不知道他说的对不对，但非常感动他对我的信任与关心。

“哦，那是省钱多了。我会抽时间去，谢谢你提醒。”我很诚恳地说。

“阿姨，太阳太大了，你到牌后等车不晒。”我忽然有点鼻酸地欣慰，感谢上苍，没有给予这个孩子健全的身体，却赋予了他善良的心灵。

我想到了身边的、报道上看过的，一些长相标致、学历不低，却在家啃老的年轻人；也想到了动辄离家出走、弃命轻生的少年；还想到了一些把父母的血汗钱拿到网吧不分昼夜玩游戏连毕业都成问题的大学生。不知这个“低能儿”能否让他们有所启示。

车来了，我示意他先上车，他今天不卑不亢地朝我粲然一笑，登上车，刷卡，然后拉着扶手稳稳地站好。

车里人很多，我也只有站立的位置。忽然，后面响起洪钟般的老妪的声音：“我对他们说，你们不让我烧饭，我就去那个服装厂里烧饭了，一年一万多，多好！”又一略尖细点声音对道：“家里烧烧得了，老了，还挣什么钱？”“洪钟”驳斥道：“你个孬子！身体还硬实，滴自己的汗，吃自己的饭香啊！”

我扭头，从人缝里发现，“洪钟”老太体态颇丰，一脸日薄西山样的红褐，正爽朗地笑着。车里人都被她的话逗得大笑，许多人还赞同地附和。

我也无声莞尔。忽然，瞥见一双清亮的眸子，正定定地看着车子前进的方向，有着他这个年龄难得的简单，平静。

幸福的源头

我在清凉稀薄的黑暗中跑，像一条鱼在长河里畅游。树们静静地站着，一定十分羡慕我，以为我是一棵会跑的树，因为我和它们一样黑得像黑叫驴。草还没醒，花夜里应该不睡，睁着眼看露珠怎么挂在草尖上，怎么“咻咻”躺在花瓣上。草木与花一晚上造了满园子的氧气，还请露水给过滤了。园子里空气不仅醒脑，还让血流欢畅，皮肤鲜软，多巴胺、内啡肽“噌噌噌”分泌，我不自觉轻轻地笑了，这是多幸福的事。

我的笑还没有收起来，听到了“吱吱吱”的叫声，嘹亮而清脆，还一波未息一波又起。哈哈，蟋蟀还在呢。前天早上在园子里跑步，我忽然觉得园子里太寂静了，就牛背鸟“啊”过几声，就万籁俱寂了。我在寒气里吸吸鼻子，张耳谛听，除了我的脚步声，再没有声响。虫子们什么时候走了？一只都不叫了？我不相信，再听，还是没有熟悉的“吱吱”“唧唧”。我心里老大意见，虫子太不够意思，走了，也打声招呼吧，乡里乡亲的，这么没情面？尤其是蟋蟀，我和你们的祖辈交情铁得跟兄弟一样，它们住过我的铅笔盒，吃过我的西瓜皮，不打算叫了，也不发个信息。

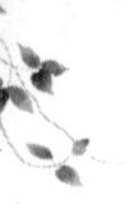

虫子不叫了，弄得我一看到草木和菊花，心里就重重的。我怕自己的耳朵出了岔子，抬手用小手指抠抠耳朵眼，左右耳都抠了，不错！“吱吱吱……”叫声稍浑厚些，像许多孩子整齐地快速拍巴掌，叫声更清亮些时，像十几个篾匠同时破毛竹。还有蟋蟀不知是不是喝了露，露珠还没下喉就接着叫，声音弹啊弹，终于滚出来。我突然感动起来，今晨有11℃，蟋蟀觉得还没冷到不叫的时刻，抓紧时间叫，告诉我，它们还在。想到虫子们还在，还为我叫，心又安回原位，且泛滥幸福。

是的，该在的都在，这是怎样的幸福？幸福一把其实很容易，只要你心念的在那里，无论亲人，无论知交，无论一花一木，一虫一鱼。

昨天，突然想吃爸爸的锅巴，想看妈妈拄着杖慢慢走，从房里走到堂屋，爸爸又牵着她走到院子里，还有细细的丝瓜在架子上挂着，柿子红亮在枝头，香橼和秋葵花一样薄黄，轻软的阳光在妈妈白发上闪亮。爸爸鹤发童颜，身材颀长，背微曲，但他是妈妈的大树。妈妈看不见花草树木、瓜果，以及我们，但妈妈闻得着瓜果的香，感应得出我们来了，妈妈一脸安详，步子很慢。那慢节奏的拐杖落地的“嗒——嗒——”那两个身影，院子里的瓜果，看着，听着，幸福得让心溢出甜蜜。

我搭便车去了。一切安然，丝瓜快乐地挂着，香橼肥肥胖胖，柿子最显眼，叶子落尽，像一树的小灯笼点亮了。

我想吓吓爸妈，踮着脚尖，也不和院子里的瓜果打招呼，上台阶，预备推门。门却“吱呀”开了，爸爸笑盈盈地站在门里，手还搭在门把手上。我惊问：“耶？我都没打电话，你怎么知道我来了？”

“我哪晓得你来了，就是好好的要开门。”爸爸转过身，大声问，“老奶奶（贵池方言，nai，第一声），哪个来了?”

“呵呵……小凤欣（凤仙小名）。”妈妈一生惜字如金，但笑容和她一生种过的稻穗一样多。

妈妈坐在围椅里，抓住我的手，“看”着我，笑个不停。

爸爸问我可吃南瓜饼，我说太麻烦。爸爸急忙说，粉是早上搞好的，有什么麻烦?妈妈“望”爸爸：“你快去搞，丫头不饿啊?”爸爸笑眯眯地朝冰箱走去。拿着保鲜袋里的粉团去了厨房。

我已是消化力不是那么强健的年龄，但我知道我不吃点东西走，爸爸妈妈就觉得欠了我的，子女就是向父母讨债的，但父母念及子女，却觉得是天下最幸福的欠债人。

我让妈妈说说我小时候的事，妈妈多半不记得了，疾病夺走了她的健康和眼睛，也夺走了她的许多记忆。但我说的时候，妈妈都笑着听，仿佛她想起来了那个鬼丫头，顽皮得能飞檐走壁，还带着弟弟们调皮，有梯子都能上天，恨不得把老鼠洞里的东西掏出来吃。

厨房里传出“刺啦刺啦”声，是油和南瓜饼在歌唱，香味飞到堂屋，甜而糯。

爸爸端出六个南瓜饼，金灿灿的，热乎乎的，我接过爸爸递来的筷子，夹起一个小点的吃。爸爸在躺椅上坐着看我吃，妈妈在我对面听我吃。我吃了两个，实在吃不下了。爸爸皱着眉：“一个饼子不就一个蛋黄大，哪里就吃不下了?”妈妈也虎着脸：“不吃掉，晚上上课不饿吗?”

我说，存着，哪天回来再吃。爸爸才舒展开眉头，拿一个给妈妈，自己吃一个。他们嚼得很响，我第一次觉得这声音是全世界最好听的声音。

我背着书包，要走了。妈妈抬腿要下火桶，我笑得眼里起雾

了："你下来送我呀?"妈妈把腿放回火桶，笑着说："我送不照(方言，不行)。我看着你走。""好好！你看着丫头走。"爸爸笑着开门。

我出了院子，背后是爸爸的目光和脚步声，还有妈妈一声声的叮嘱："好生的耶！"我觉得我带着世上最大的宝库出发。我踏着幸福的步子，踩得阳光四溅。

活到钻出些许华发，似乎没有不幸福的时候。日月更替，月卷云舒，阴晴雨雪，草木枯荣，花开花落，水盈水落，虫吟鸟唱，都让我觉得藏着幸福，即使生活赋予的艰难困苦，也是生命中的另一种体验。而我幸福的源泉——那两个人，他们在那个家里种瓜果菜蔬，养鸡鸭，说话，走路，让我看一切都发光。

鸭子的江湖

有人说草木的性情会被环境改写：一棵长在千年文庙前的柏树会肃穆庄重，而一棵古战场上的老树会像个披头散发的疯子。我没有走多少远方，但所见自己窗外的物和人，发现其心性真和环境有很大关联。

鸭子也不例外。

我父亲的鸭子吃喝不愁地在网子围起来的菜园一隅。它们没有游过泳，它们见过的“河”，就是一个长方形的水泥猪槽，半槽浑如泥浆的水是它们的饮用水。父亲拎来的水当然清澈，可是，鸭子老是先在槽里洗澡，洗得泥浆样，还走过来铲几铲喝喝，走过去铲几铲喝喝。因此，它们的羽毛总是脏得不像话，毛里毛糙。它们很慵懒，动作迟钝。要不是黑豆眼充满纯真，真的难以喜欢上它们。猪槽那么大的水面，能养出多大的鸭子格局来？

老五养鸭都放养，他家鸭子见的世面当然也比我父母的鸭子所见的广阔得多。我家门前一块田简直就是老五鸭子的乐园，它们一天到晚就在田里铲。收割机碾压出来的辙深深的，积了不少

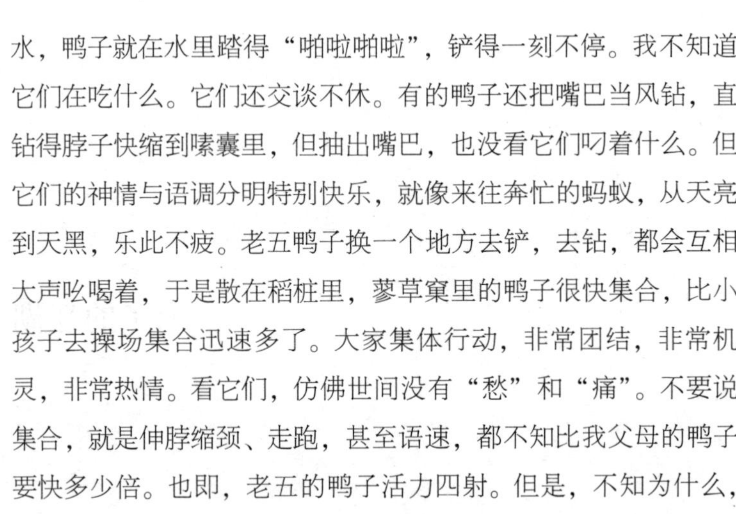

水，鸭子就在水里踏得“啪啦啪啦”，铲得一刻不停。我不知道它们在吃什么。它们还交谈不休。有的鸭子还把嘴巴当风钻，直钻得脖子快缩到嗉囊里，但抽出嘴巴，也没看它们叼着什么。但它们的神情与语调分明特别快乐，就像来往奔忙的蚂蚁，从天亮到天黑，乐此不疲。老五鸭子换一个地方去铲，去钻，都会互相大声吆喝着，于是散在稻桩里，蓼草窠里的鸭子很快集合，比小孩子去操场集合迅速多了。大家集体行动，非常团结，非常机灵，非常热情。看它们，仿佛世间没有“愁”和“痛”。不要说集合，就是伸脖缩颈、走跑，甚至语速，都不知比我父母的鸭子要快多少倍。也即，老五的鸭子活力四射。但是，不知为什么，它们的背比较驼，总是急火火的，老是给人一种忙碌而紧张的感觉。如果是人，就是心性浮躁，办事无头绪，整天饶舌，难以成大事。

秋浦河里野鸭今年突然多起来，它们俨然成了浩渺河面的主人。灰白的河面，老渔船不见了，扒沙的船不见了，当然，迷魂阵、地笼都不见了，甚至没有垂钓的人。蓝绸一样的天空倒映在河里，雪山样的白云倒映在河里，对鸭、八鸭、草鸭总是这里成双成对，那里群群伙伙。它们，伏在蓝天的胸怀里听天空的心跳，枕着白云睡觉。秋浦河喂养得它们有了那么美好的气度，不知若干年后，野鸭（或者白鹭）会不会成为秋浦河的图腾。它们确实很有闯大江湖的气质。我常看到它们有时把自己浮成一动不动的玩具鸭，脖颈弯成一个个玲珑精致的问号。有时栖在河心的小洲上，有的平视着流淌不息的水，有的仰望天空的云，有的把脖子插在翅花里养神，还有的静静地看着伙伴浮在水上做雕塑。它们无论什么姿势，都显得气度不凡，仿佛是思想家、史学家或浪漫诗人。野鸭应该是九月从北方迁来，预备在此过冬的。那个北方在哪里呢？要飞过多少山川河流？应对多少惊险？也许，正是因为经历过很大的江湖，采集了大江湖的灵气与精气，它们才养成了淡然、超然、泰然的格局。

我在岸上看它们，似乎它们都在悠然自得地做自己。可是，我一拍手，雕塑腾空而起，看水看云看伙伴的，一起展翅，“嘎——嘎——”“嗯嗯，嗯嗯……”刚刚如镜的河面，一下子是乱花飞溅，有鸭子的翅膀花、水花，此起彼落，看得我眼花缭乱，听得我惊心动魄。这么训练有素的机警敏捷，撤得快如闪电。它们不是仓皇逃命，而是换一个江湖海阔天空。不知它们的教官是谁？不足十几秒，河面上它们的影子还在飞翔，水波还在慌慌张张地跌宕，鸭子一只都不见了。就像被远山给藏了，被天际的云给吞了。

我极少看到这么大规模的从容体面，气宇轩昂的野鸭。人老是渴望“种豆南山下”，可是真正能安于此的恐怕难找。具有“梅妻鹤子”境界的，必须在大江湖里打滚过，锤炼过。

野鸭应该可以。

岩上松

上午，我和平时一样改完八十多篇短文，上厕所兼放飞视线。方便好，举目后山，从高高的砖砌的窗网，看到了一排排矮松。

这面岩是做教学楼时，挖机劈出来的。劈山做屋，山里人常这么扩屋基。挖机把山横剖掉一半，才知道山的肌体原来是这样的结构，平时山披着草木的绿袍，只晓得叫青山。山体像一本本巨大的书摞起来，一层页岩一层黄土，如同厚薄不同，装帧不同的书。大自然的匠心，人类无法做到。楼房越做越高，就在笔陡的剖面上挖出几个平台搭跳板，这样就形成了几层间距较大的“梯田”。“梯田”不种庄稼，稳站着一行行松树。岩上几乎寸草不生，但松树棵棵苍翠蓬勃。这些松树不是人工栽的，不是鸟种的就是风种的，因此，化肥、农药、矮壮素，它们没听说过，被呵护，被鼓励，被哄，它们不知道是什么意思。一颗种子，落在坚硬的石岩上，靠风化的一点薄土做温床，居然发芽、生根、成苗，茁壮成树。这里夏天溽热，冬天阴冷，松树竟然长得比其他地方的树还青翠、丰茂，根根松针粗壮饱满、油亮、枝枝像丰盈的马尾。岩上土层浅薄，松树的根能扎多深呢？竖着扎穿不可能，那只有把根往横里长，才得以在峭壁上稳当地过日月。可是这么浅的土，今年有近四五个月没下雨，整个夏天和秋都高温，这些小松树为什么依然青葱滴翠呢？它们在骄阳下，勇敢地直视天空，一副初生牛犊不怕虎的样子。当然这是我肤浅的目光看到的松树表象，松树的锦绣心肠我的目光无法深入，恐怕不仅我，一些大人物的目光都无法看透。小松树葳蕤蓬勃，让我觉得这些黄腾腾的岩石和土里是不是含有蜂蜜，不然山上不少壮年松死于这场酷旱，一行行小松树竟然没有一棵夭折。它们让荒凉的岩壁生机盎然，为天地添清韵。它们在岩上，近乎直角的山的剖面，人手脚并用也难以攀缘，可以说这些松树生长的地方人难以染指（也许正是人难以染指，小松树才年纪小小，就竟显风流）。松树自出生以来，只有风和鸟喙梳理过它们青碧的松针。它们的影子在阳光下开着浓黑的大花。松针新荷一样的绿，绿得让我被炎热搅乱了的心思顿时安稳下来。

小松树生长的地方近乎秘境，孩子们不来，村民不踏脚迹。澄黄如蜜的岩不知道沉睡了多少年。说岩石沉睡，不妥，应该是修行。说这个僧那个侣修行得好，都不如山能修行，山修行常常超越亿年仍心无旁骛。这面岩裸露在日月星辰下七八年，也不喧嚷自己在沧海桑田变化中的辛酸苦辣、丰功伟业，依然沉默不语，托举着或者叫拥抱着一棵棵幼松。如果把鸟语和童音及风声屏蔽掉，这里就空寂如莽原了。但是，松树和岩石都是甘于寂寞的。实际上，谁的出类拔萃的成长不修炼于寂寞中？

我仰望着那一排排松，突然觉得这面绝壁是大自然对我的恩赐，它让我心中的沉郁瞬间融化，我们总低头为一日三餐求索，总不肯抬头看看云天和河海山川。殊不知，人除了需要吃饱喝好

来颐养肉体，还需要大自然中一些生物以活着的姿态来哺育精神。这一排排岩上的松树，让我的眼睛溢出难得的清波，让我的心灵震颤不已，我的心底激起一股力量，这股力量掘出了我的心泉，潺潺流淌，浇灌心里的小花园，小花园不久会花开朵朵，芳草萋萋。

我很想攀到岩上，捡些落针，扎一束金色送给那些吃苦耐劳、沐浴朝阳、披星戴月的人。他们勤奋，卑微，却有岩上松般的脊梁。

一根根雨丝

昨天下了半天小雨，山里可以生雾了。雾由山脚游向山腰，再袅袅地漫向山顶。想想早上看预报有雨，抬头看天灰白低沉，这是有雨的势头，不觉激动起来。旱得村里种不下菜，水井成了旱井，下一场透雨多好。天做好了下雨的准备，人心里欢喜，像朵朵阳光跳来跳去。

今天是初冬里的一天，没有阳光，空气湿漉漉的，花草树木浸在水分充足的空气里，枝干黑乎乎的，叶子绿光光的。尽管有17℃，但手还是觉得寒凉。静坐个把小时，搓搓手，放脸上捂捂，手才暖了些。鸟仍在欢歌，鸟的绒羽保暖性好，这点冷，它们正舒适。

教室里小孩子们的说笑声飞到办公室，像白脸鸟在快乐地叫，一团团地笑，像大朵小朵的阳光在跳跃。

我把手头的书趴在桌上，把手插在口袋里，倾着身子，“噗哒噗哒”往教室跑。飘雨丝了，风吹斜了雨丝，像天空在晾晒蚕丝。呀！挺冷。我“嘶嘶”几声，快到笑声像阳光飞溅的教室了。我站在窗外，小孩子们却不笑了，都忙碌起来。

他们桌上都有一张白纸，白纸上伏着一只刺猬，刺猬赤身裸体，胖胖的身子白白净净。黑晶晶的眼闪着羞怯的眼风，翘翘的黑鼻子，像顶着个小黑球。小孩子们的小手在加工柏枝，他们把绒乎乎的柏枝掐下，铅笔芯粗的枝干都剔掉，墨绿的柏枝叶绿得虎气十足。针叶显得稚气，不像钢针一副要扎人的硬生样。小孩子们把柏枝叶在刺猬身上摆来摆去，确定好柏枝叶的倾斜度，再细心地用双面胶固定好它们。他们的手很小，做得很慢，老师脸上的笑也像阳光在闪烁。她有时蹲下，看孩子们贴叶子，有时轻声和他们说几句，一点不着急。看小孩子的表情像是在安装宇宙飞船。我觉得小鬼干大事的样子十分有趣，不觉转进了门。蹲在教室最后一个女孩桌边，它的刺猬已绿了。她看我盯着刺猬看，用胖乎乎的手指指着刺猬，很欢喜地说："看！小刺猬不冷了吧？你看它衣服好看吧？锋利吧？"她的声音里还浸着奶。

"是的呢。刺猬肯定很感谢你，你给它衣了。"

"它是一只粗心的小刺猬，忘记了穿衣，不对，是铠甲！这刺可以刺坏东西的，还可以帮它背果果。"小女孩站起来，水灵的眼珠子转啊转的，一双小胳膊往背后一伸，做了个背东西的姿势。

我认真地听，不断点头，表示长知识了。小姑娘又用手掩着小嘴说："不穿衣服，身上的秘密就被别人看见了。所以，我给刺猬穿的铠甲厚厚的。"

窗外的红舌兰上突然"沙沙"脆响，我看向窗外，呀，雨下大了，像许多春蚕在快乐地吃桑叶。

"你好有爱心哦！"我摸摸小姑娘的黑发，真心诚意地说。小姑娘歪歪脑袋，笑容绽放得像花朵敞开了怀。

我向她摆摆手，悄悄出了教室。长廊里的菊开得欢天喜地，黄的，白的，仿佛在"咯咯咯咯"地笑。

廊檐滴水了，滴答滴答，是土地的心跳。

一回头

我感到脖颈越来越暖，我像消瘦的巨人般的影子，在路上匆匆前移。我一回头，太阳已跃出山顶，像一尊金佛，一圈光溜圆，最外边闪烁着长长短短的光芒，像万千戟剑。

但光芒洒到人间，却成了软而暖的轻纱，丝绒，金线，金点。轻纱披在树上，丝绒铺在草地上，金线和金点在水面跳跃。一大群野鸭在湖里竞游，嘎嘎喊号子。它们把一湖的金线和金点搅得飞舞起来。野鸭兴奋，群起“嘎嘎”，仿佛在哈哈大笑。鸭子基本不严肃，哪怕刀子架在脖子上，嘴角仍然保持微笑。它们自在逍遥时，常常仰天大笑。笑声中，有的鸭子拍起翅膀踩水，它们的身后扩散着一片片扇形水波。鸭子的身前水光潋滟，鸭子的身后水波清白，光和影被鸭子剪得令人咋舌。

一汪小湖，仿佛阳光煮热了它，蓝白的雾气贴着水面舒卷，铺漫，袅起，聚拢，分散，拔丝。看不到水，像坐飞机在高空俯视云卷云舒。而当我一回头，湖水清凌凌，倒映着粉蓝的天空，苍白的荻花和苇花。再一回头，阳光就在我前方柳梢上，我又看到湖面雾气如飘浮着轻云。我很奇怪，我并没有遮挡光的巨大身躯，为什么迎面与回头，所见湖面大不相同？

我来时，霜白乎乎的。野蒿子和车前子等贴地的苗，汁水被冻起来，叶子硬邦邦的。山茶花的花瓣走着霜边，花瓣仿佛被冻熟了。湖面和野鸭让我发了一段时间愣，我一回头，霜不见了。野蒿子抬起了头，车前草肥厚着青叶，湿漉漉的，鲜润润的，如淋了春雨的草。

世上还有多少事，一回头，已是两重天？

一树冬意

遇到一棵枫树，举着一树艳红，丰满，鲜亮，耀眼，如巨大的腾着烈焰的火把，点亮了暗淡的晨光。我惊喜得差点“耶”出声。

园子还如常，扫码进。觉得里面的一草一木都是珍宝，目光贪婪地抚摸过一棵又一棵树，一丛又一丛草。香樟还那样忠诚地绿着，垂柳依然青青，山茶花仍在幸福地孕蕾，草们花们绿的绿着，开的开着，都笑眉笑眼，仿佛小雪前没有被苦旱过。

我找到那棵结香，灰白的枝条端张着鸟嘴一样的新芽，该是近几天得了雨才生发的。确认结香还活着，我心里有一万个“好”在呐喊。近半年没下透雨，我乡一种田大户的稻子颗粒无收，结香住在山坡，没有青松会扎根，没有人喂它一勺水，怎么活下来的？我佩服得呼吸都不畅了，眼睛越发会放大放宽视线，就这么着，那棵枫，艳进了眼帘。

它在一道篱笆边，站在一座房子的拐角，一树红像火焰腾空。我跑过去，抬头望，它还青春年少，但显然经历过波折几番的命运，山野草木有谁会一直顺风顺水呢？哪一棵都是从艰难困

苦中闯练过来的。枫站在黯然失色的曙色里，每片叶子都明艳又不失凛然之气，这方暗淡的曙色似乎被煮沸了，化着蒸汽飘摇了，亮堂如霓虹照耀。枫的叶子俏皮，如小鸭子印在泥地里的脚印，又被春风春雨拓出来，春雷吼几嗓子，叶苞欢叫着开怀啦，满树摇曳着鲜绿的“鸭脚掌”。秋月不知对枫叶表白了什么，枫叶的腮一日红一日。小雪过后，已然一树焰火。枫叶薄如纸，却让生命的厚度那么灿烂。

凝视枫叶，人的柔情和爱意都被灼烧出来，对日子，真是充满感激。

“嘎啊——嘎啊——”雁字印在天幕上，雁的声音稳重，沉郁，雁的身影辽阔，旷远，它们恰好把路程规划在红枫的上空，邈远的黑和焰火一样的红遥相呼应，似乎每一片枫叶随时随地，都要飞翔，又仿佛雁的翅尖闪耀着枫叶的红光。

一个女子跑过我，擦身而过时笑着说：“能跑一天就跑，封了小区，就等解封再跑。”她像在大风里喊话，清脆的高音像黄莺鸟叫，敲打得草木摇头晃脑。旁边保安接话说：“总会过去的。”一条心做事，疫情也过去得快。他扫着亭边落叶，哗哗，将落叶扫成堆，金灿灿的，像一堆阳光。

红枫的一半阴凉洒落进篱笆，那边的油菜已长得像要抽薹，虽然开花结荚是明年的事，但我的鼻端分明闻到了新油的芳香。

月下的水

夕阳翻过了蛇形山，蛇形山一下子黑了，白日下白得泛霞的大石头和稀拉的苍翠树木，都被泼了勾兑的黑墨水似的。

淡淡的暮色笼罩着田埂，田埂扭扭捏捏地向前游去，在新栽了秧苗的田间峰回路转，走在上面的人，远望十分妖娆。田埂扑向大堤脚，一头扎进大堤的胸怀。扛着锄头大锹的人上了大堤，挎着篮子的人也上了大堤。挎篮子的人中有小姑娘春柳，还有我。我们来接大人，顺便挖野芹菜。

爬上大埂头，我惊得走不动路了。一弯胖月挂在一棵大柳树梢上。柳树很老，枝条很年轻。树年年都返老还童一回，尤其是柳树，枝条的腰身柔软得能编花环。月白净净的脸像才洗过，月光倾泻在八百亩，八百亩野生湖像卷着千万堆雪痕。我和春柳放下篮子，你看看我，我看看你：“晚上水这么好看?”“月亮下的晚水稀少得好看!”

八百亩野生湖是秋浦河身上的一片大湖，从这边看那边，天像贴着水，树都扁了、矮了，埂上的人脚踏着大埂，头发擦着天，走得一步一步，像皮影戏里的人走路。湖像海，水满满当

当。风很轻，树摇动得很斯文，嫩嫩的秧苗可以起伏成微微的绿波。蒿草矜持地点头，芦苇聚在一起窃窃私语。湖水容易兴奋，这样的“杨柳风”，就翻波涌浪，波浪赶到岸边，“哗哗”“哗哗”。月光像水泼在埂头，仿佛一落脚，就踩得水花四溅。湖水把月光聚来散去，湖面就形成捧捧雪堆，雪堆亮的一面白得如高山瀑布，暗的一面如葛粉，月亮真是大手笔，那么大的巨幅画卷，那么多的“雪堆”，光和影怎么着色得那么面面俱到？

野鸭翔落到芦苇丛，碎碎念念，像住校学生的睡前小会。白鹭栖在山坡的树上，像树上挂着一个个洁白的细脖子花瓶。白鹭们静静地立在树上，在聆听八百亩野生湖讲故事吧？谁的故事也没水的故事多，水天上人间地来往，见过多少世面？经历过多少事情？水的故事最值得听，道听途说的少，更没有谣言。要听故事，请来八百亩水边，那么多水，该有多少启迪心智的故事啊！怪不得野鸭和白鹭那么聪慧。

扛农具的人上了大堤，喊各自孩子回家。他们看看水，又看看天：“乖乖，月亮亮堂！”“乖，水淌得快！”水真是厉害，日夜奔流不息，晚上也不会走错路。晚上的水，方向感依然好，而且非常自律，没有谁监督，从来没跑错。

我和春柳走在大人屁股后，田埂在田野卧着，像鸡肠子。秧苗的香气袅袅升上田埂，月光也有香，不仅有秧苗香，还有百草香，还有水的气息。我们落在老后面，大人扭回头喊：“快点走，月亮晒黑脸了。”大人真会骗人，月光能晒黑脸，八百亩怎么那么白？

我们的篮子里，野芹菜香浓浓的。我们边不紧不慢地走，边扭头望着八百亩，觉得水在晚上，比原始森林还神秘。我们谈着柳梢、月光和水。春柳还说了一个故事，说她二奶在湖边打猪草，二爷和二奶在大柳树下谈的恋爱。春柳说这大柳树像《天仙配》里的槐荫树。我仿佛看到大柳树会开口说话，我觉得我们像是电影里的人。

“嘎嘎嘎……”野鸭小声笑起来，芦苇丛里一阵骚动……

这是一个梦，我醒来后，梦境清晰得如真的，遂记录之。

种猫草

晴天取了个快递回来，边拆边说她要种猫草。

“猫是肉食动物，哪里吃草?”我笑她太不懂猫。

小姑娘白了我一眼：“妈，你才不懂。猫草不是做它饭的，而是帮它养生治病的。”

原来，猫只吃荤，需要常吞食草补充维生素。再者，猫如果有胃炎，肠胀气，猫就找可以治肠胃病的草吃。如果猫误吃了异物，吃草可以催吐。猫讲卫生，一有空，就舔舐毛发，以清洁自己，毛粘到舌头上被吞下，毛难以被消化，容易结团堵塞肠道，猫草里的纤维素促进肠胃蠕动，帮猫排除没消化的毛。

晴天一科普，我想起村里一个小孩子。他吃口袋里的爆米花，看电视剧。爆米花一粒一粒往嘴里丢，把口袋里一个玉环环丢嘴里了，等反应过来，已经吞下去了。孩子吓得哇哇大哭。孩子妈妈慌了，把孩子抱到老剃头师傅家，老师傅懂很多中医知识，小孩有个头疼脑热，跌伤烫伤，他给采一些草药，都给治好了。老师傅得知孩子误吞了玉环，说，不急不急。他到门前菜园里掐了一把韭菜，用水井水洗了，几根一起，拢手心里轻轻揉几下，韭菜团起来，但不出汁，让孩子吞下，连吞几个韭菜团。第二天，孩子就把玉环拉出来了。“人畜一同”，晴天的科普让我想到乡里人说的这话。

晴天确实对猫了解得比我深入。我小时候看到猫吃草，却以为猫无聊，学牛吃草玩。暑假时，我和弟弟们在门前河边捉石蟹。清亮亮的水怜爱地抚摸着绿莹莹的水草，大柳树投下巨大的浓荫，洗衣宕凉风直抽。洗衣的石板下，潜着卵石样的石蟹。石板掰开，它们似乎没反应过来，鼓着眼睛愣愣地看。弟弟们翘着屁股，两只手一捧，就会有一只“横行天下”者在手心里慌慌地逃。我们玩得不亦乐乎，但大花猫不会捉，看了一会儿，很落寞的样子，吃岸边的孵鸡草。这草一棵发一大蓬，有鸡窝大，不长茎，叶子细扁如韭菜，光滑如小蒜，青乎乎的，老苍苍的。花猫吃了一根又一根。我们没见过猫吃草，很惊奇。后来，我们一致认为，花猫和我们玩不到一块去，学牛吃草独乐乐。

哪知道，猫原来是小小中医？由猫想到了一些动物的智慧，比如鸡吃沙子促进坚硬的谷穗消化，牛滚泥巴，治好皮癣，狗受伤了，不时舔伤口会愈合快……动物真有才，很多懂得一些医学知识，养生又预防疾病，且治疗病痛。

晴天拆开包装，把种子得意地在我眼前晃晃。我笑了，这不是小麦吗？对呀，晴天飞着黑眉，说最高级的猫草就是麦苗。我看着胖胖的麦种，像春风里鼓鼓的柳叶苞。我也得意地说，那是，麦子养了千千万万人，它不高级，谁高级？我拿起那个配套的翡翠绿的盒子，准备去楼下装土。我走得步子弹弹的，仿佛我也是一粒体内酣睡着新生命的麦种。

晴天却一把拉住我，连说，不用土！用水种！

我折回来，看晴天水培。我且看小小的麦种仅喝水，能长多

高的苗来。

晴天把麦种铺在一个底部镂空的浅黄色盒子里，镂空错落有致，细长条状，放大了，就是古色古香的窗棂。她在绿盒子里装了适量水，将睡了麦种的盒子按下去，卡得恰到好处，种子都浸在水里，但像摇篮一样，悬着。晴天屋里开着空调，种子们像睡在春天里。

第二天晚饭时，晴天把盒子端出来，欢叫："种子发芽了！"我过去看，是的呢，真快！一个个芽头像才孕的梅花蕾，白丝丝，润油油的。

"破胸了，就快啦！"我端详着那些"新生儿"，欢喜地说。

"出芽尖叫破胸？真形象，好比喻。"晴天近乎佩服了。

我很傲然地跟她说了一件事。我奶奶是急性子，我爷爷给种子催芽时，奶奶会老是问："到什么工程（不知是不是这么写）了？"

"快了。皮亮了。"

"那还要天把。"

隔天又问："可破胸了？"

"齐齐破着！"爷爷的语气昂昂的。

我爷爷奶奶去世二十多年了，但言犹在耳。

晴天听得迷迷的，眼里草长莺飞。我告诉晴天，很多好语言，都是劳动人民创造的。晴天歪着头想了会儿，赞同地点点头，还说她三爷爷就有许多"金句"令她耳目一新。

麦种破胸后，变化真是上午一个样，下午一个样。很快，竖着一根根碧绿的大头针了，虎虎生威的样子。根也朝暮有别，才生时就虫卵大的白疙瘩，再泥鳅胡子样，很快就长而密，呈飘逸状了，比小猫的胡子还长。晴天把苗放到窗台，阳光明亮温暖。

清晨还直视天花板的苗，傍晚，一根根斜向窗户。晴天不断夸苗聪明，知道追求阳光。

“你太不像话，怎么把猫草拔起来了？”昨天，我跑步回来一进门，就听到晴天质问小猫。我一看，哟呵，小猫等不及麦苗长大，把苗叼起来吃，苗都被拔出来了。晴天怒目问罪小猫，小猫看着凌乱的“苗床”在思索。我笑起来，各打五十大板：家里有猫，晴天放东西不考虑后果，有错。小猫“等不到红锅焙旱菜（炒苋菜）”，有错。

我建议晴天将乱苗剔出，另放一个小果盘里育，浪费不了。晴天将信将疑，但还是照做。

果然，两处的猫草，又，麦苗，都长出了盛年松针般的气势了。它们都被置放在书柜顶格，小猫可以闻苗香，可以看苗呼呼长，但，像坐望流云一样，摸不着，吃不了。

我看着小猫痴痴等的样，不觉莞尔，小猫，小猫，种猫草，培养你的耐性，极好。

鸢尾花

鸢尾花和蔷薇、香樟相约在四月下旬盛开。鸢尾花在池塘里亮着一盏盏灯笼，蔷薇在岸上欢笑，脸都笑得白里透红了。香樟花在山坡上，送清风明月般的香。它们应该会举行歌舞，诗朗诵活动，我觉得它们应该比较志趣相投。

我总认为鸢尾花来自宫廷，那长长的花柄举着三瓣花，像极了宫中妃嫔出游时头顶上华丽丽的“华盖”，尤其是孤零零的一朵。孤独的华盖在风中轻舞，就觉得华盖下的身影比沙漠中的鸟还寂寞。满池塘鸢尾花开，又是一种景况，是绿海里亮了一盏盏灯笼，是昨夜偷着跑到这里玩耍的星星不想回家。

鸢尾花如果来自宫廷，那现在可是彻头彻尾平民化了，完全独立生活，就靠阳光雨露滋养，没有谁施肥捉虫浇水。这口池塘说是池塘，也就是地势比路面低凹，下大雨蓄些水，雨停，不几日只是沼泽地。新草把能跻身的地方铺得像厚厚的绿毯后，鸢尾扁扁的叶子出土了，密布了池塘床。鸢尾叶像所有春季该生的植物一样，变化是日新月异。不几日，池塘里的绿快胀破圩埂了，不是蔷薇藤手拉手圈着，估计一棵棵嫌挤的鸢尾早东奔西跑，投身其他池塘了。鸢尾叶威风凛凛，气度不凡，像一柄柄利剑出鞘，比苍蒲叶还英姿飒爽。我之前，以为鸢尾就是营养极其全面的苍蒲。每次路过，都对着浩浩荡荡的鸢尾吟诵：“苍蒲如剑斩千妖。”后来，鸢尾开花了，才发现认错了。想着自己曾面对它们声情并茂地吟诵，没人时，还伴以扬臂仰头的动作，不知鸢尾会怎么乐呢？说不定还笑话我稻黍不分。有那么一阵子，看到鸢尾花，我都不好意思。不过，苍蒲和鸢尾有没有亲戚关系，可以研究研究。

鸢尾叶出淤泥而不染，这点和荷叶一样令人敬佩。鸢尾叶子从出生到青春逼人，片片热辣辣地与天空对视，到花朵开时，叶子柔软得披垂了，像大公鸡尾上雄赳赳气昂昂的大翎毛，不过，因为是温婉的绿色，所以，既透着初为人母的软暖，又泛着父亲的威严。鸢尾花能开出华盖的造型，完全归功于花瓣都有修长的脖子，长脖子柔韧坚挺，娇嫩的花瓣丰腴偏长，就能够非常自如地像小女孩练舞蹈起腰，每一瓣都在起腰，整朵花成了令人想入非非的华盖了。

鸢尾到秋天当然不举华盖了，改举一支支蜡烛，蜡烛向猕猴桃借了外套穿着，像在等待谁唱生日歌。今年我过生日时，摘一枚鸢尾的蜡烛果插在蛋糕上，一定非常好玩。

昨夜下了霜

东方的红晕仿佛要滴下来，又是一个朗晴天。现在出去跑步，等于和太阳一起跑，多好。

到郊外，才知道昨夜下了霜。

霜很神秘，真正的来无影去无踪。霜的来，都说是“下”，可是，谁都没见过霜从天而降。精灵一样的雪，降落人间，如风飘絮，雨来到人间，是上天抛洒大玉珠小玉珠。霜呢？本事再大的人，都看不到它怎么到了草上，花朵上。所以人们觉得霜比雨和雪更仙气。

霜，对于“来到”，不搞阵势，总是悄然而至，即使在野外草地上眼睛一眨不眨地守一夜，也无法听到霜来的动静。大地呵呵气，在近地面遇低温凝霜。人日夜吐纳大地的气息，已经听不到大地的呼吸声，所以谁都没有福气看到霜怎么来或听到霜的脚步声。

但霜来了，与它相亲的各有不同，伏在地皮上的草，像披着清雪，白凌凌的，洁净得让人不好意思踩。蓼花上的霜有趣，把蓼花穗胖成了白蚕，“白蚕”千姿百态，都在忙着结茧。我看得嘴里生津了，“白蚕”让人想到了陌上桑，翠叶间的桑椹紫晶晶的。

荻和芦苇着不着霜，看个子高矮。高挺的荻和芦苇，霜不喜攀爬，它们依然本色，且干而脆。趴近地面的荻，倒伏的芦苇，砍倒的茅草，霜厚厚的，一副北国深冬的样子。

被剪得和平路一样的紫荆条沿路蜿蜒向远方，叶子密而碎，像扑了面粉。霜在这树上，是软的，是会扬的。紫荆条间耀眼着新辣椒绿，原来是大黄。大黄恳长，桥头春天看到一大棵，砍倒起码有半篮子。大黄春天生发厉害，但长不到紫荆条棵里那么高，冬天生长更缓慢，贴地皮而已。这几棵大黄生在紫荆条棵里，紫荆条为它们挡了风雨，也挡住了园艺工人的目光，所以，它们长得和紫荆条一样高，叶子像瓢儿菜叶那么肥大，叶脉内的绿汁仿佛要撑破叶皮流泻出来。大黄站对了队伍，这也改变了它们的命运。

毛竹和青松等大个子树木，自从绿得要染翠游云后，再没与霜有过肌肤之亲。高树对“高处不胜寒”经验丰富，但也失却了霜敷的体验。

被霜敷过的草木，也各有情态，有的草看起来面如土色，实际上玩诈，翻开枯叶，根边冒新芽了。婆婆纳在霜下青得融薄了霜。多重的霜逼婆婆纳，婆婆纳都依然青玉一样。相丝草的叶子卷了边，但叶心都舒展着。野麻叶子脸盘真大，但不禁霜，一两场霜就会让它们焦掉一大半叶子。

油菜冬天被霜敷敷，挫挫长势，才更皮实，春天才不会倒苔。霜与原野，是万生与自然的关系的最好总结，环境与万生相依又互相考验，有时甚至彼此不近人情地折磨。相互欢笑过，互相怜惜过，互相磨砺过，互相生厌过，互相包容过，世界才缤纷

多彩。

河上栈桥，板上霜白，已印了串串先行者的脚印。桥上零落着两三枝茼蒿，这脚印应该是赶早市卖菜的。河沿几户人家，院子里长有冠如棚的香樟，叶落姗姗的银杏，出了院墙头的红月季，像火团子溅落。栈桥卧波，小天鹅在河那厢拍翅鸣叫，两只鸳鸯在枯荷间举案齐眉地游。桥面霜，板结莹润出了郑先生的画意："鸡声茅店月，人迹板桥霜。槲叶落山路，枳花明驿墙。因思杜陵梦，凫雁满回塘。"

坐对一片地

春三月，小婶挖了几个瓜墩，栽了几棵南瓜，几棵香瓜，七八棵西红柿。陈老师带孩子们种了一畦花生。它们一天天变化着，现在，南瓜藤高高兴兴地四处爬，蒲扇一样的叶子快乐地摇曳。我每次不敢迎着南瓜藤走，那威猛的样子，很像要随时蹿起来，往人身上一跃。南瓜开了三朵公花，一朵母花。公花开得英气勃勃，母花温婉可亲，以后结的南瓜一定相貌堂堂。西红柿已挂果，西红柿真是多子多孙，一串有七八个，青乎乎的，像石榴一样圆溜。最大的格外虎头虎脑，一副急着成熟的样子。成熟的确是好事，尤其是对西红柿来说，成熟是它们的最美年华，一生的红红火火就在熟季。那朵小梅花大的黄花，是香瓜开的，不久，香瓜就会真心实意地送香了。花生花落了，前几天还有许多黄花，在学蝴蝶展翅欲飞，现在都落了。“落花生”，说明花生也在土里结花生了。花生也真太会玩隐匿了，花在人间开得明艳鲜润，果实却藏在土里不见天日。花生大约觉得给人惊喜，也是一种“无事此静坐，一日当两日”的境界……

瓜秧子在瓜墩里活棵后，我几乎每天清晨都去看看。瓜秧一

心一意地长，很快满了地。我喜欢看瓜藤抬着头认真探路，引领着藤蔓“万里长征”。瓜藤把头翘得高高的，仿佛在喊号子鼓劲：“嘿呦嘿呦……”空旷的地方，它们就直着身子铺陈，把空地铺得像碧绿的棉被。遇到树或灌木，瓜藤没眼睛，不知道怎么会察言观色，人家允许爬就爬上去，人家不同意爬，也不耍赖，就绕道，有的七绕八绕，又回到瓜墩。但这时的藤已不是初出征时的藤，初出征时，藤只身一人，现在回到故土，已是浩浩荡荡一大家，且黄花耀眼，瓜鸟子喜人。瓜墩自然已不是旧模样，繁茂青翠，母藤已壮猛如粗麻索，开花的开花，结果的结果。瓜藤给人的样子是分分秒秒都在努力生长，不辜负每一捧光阴，因此，它们一天一个样。不管下雨还是晴天，瓜藤都乐呵呵的，专心致志地行路。“雨打芭蕉”有思念与清愁的韵致，“雨打瓜叶”却令人想到青梅煮酒，落花时节举杯。

人上一百，五颜六色，瓜的性子也各有千秋。葫芦形南瓜慵懒，躺平者居多，初阳斜洒，瓜像巨大的琥珀。它依然睡得酣然，考虑到它可能在做梦，鸟善解瓜意地在远处的香樟树里躲着叫，就像许多树叶子在叫。鸟叫得很抱歉，好像说：“我叽叽呱呱惯了，望海涵。”在这样的鸟声里睡得喷香，可见这南瓜多憨，难怪能长二十多斤。一个稚气未脱的圆南瓜和一个纯真的葫芦相亲相爱了，它们亲昵地靠在一起，入神地听鸟在欢歌。这美好的青葱岁月，往往眨巴几回眼，发几阵呆，迎来送往几轮金灿灿的日头、梨花白的月亮，就枯老了。青葱易老，小嫩瓜，好好珍惜吧。香瓜庄重地坐着，或斜倚着瓜藤，已尽显熟瓜的膨满。瓜睡了，颜面是甜蜜的，瓜醒着，脸模子笑嘻嘻的，似乎闪烁笑窝。有的瓜把大喇叭样的黄花戴在头上，问瓜藤、问瓜兄瓜姐：“我好看吗？”

小菜园靠院墙边有几棵栀子，栀子这几日盛开，肥厚的瓣月白，重瓣。小玉勺一样的花瓣在清晨布着一颗颗圆露珠。香气大大方方扑进教室，浓郁郁的，手一拨拉，一手栀子香。某日，在窗口，看许多白玉兰样的栀子花把树枝拽垂下来，风送含露的栀子香袅旋进肺腑，不禁想到汪曾祺老先生在《夏天》中，讲一些雅人评栀子花香品格低下时，书栀子花话：去你的，我就是要这样香，香得痛痛快快，你们管得着吗！我也觉得一些雅人的确好管花草事，比如有人愤杏花不高端大气，只会“红杏枝头春意闹”，有人恨玫瑰无香，甚至有人质问桃花，为什么红得粉嘟嘟，令人心猿意马。栀子花在枝头皎皎如月，一波一波的馥郁兀自进窗。蕾如饱蘸青颜的毛笔，在思考往哪里落笔。

栀子花旁一棵野藤，不知叫什么，把一棵红舌兰铺满了，开着碎米一样的绿花，花密密麻麻，掩盖了叶子。我觉得应该是野葡萄。许多小蜂子在起起落落，嘤嘤嗡嗡，蜂子在花丛中当然是采蜜，应该没有蜂子起早歇晚在花丛中玩乐。我发现那么多栀子花，像星星挂在枝头，竟然没有蜂子采蜜。为什么呢？蜂子采蜜极其专注，没有一只开小差，进教室参观参观，小孩唱歌也不能让它们分神。栀子花就在野葡萄（我估计的）的隔壁，小蜂子一鼓翅膀就到了，为什么不采栀子花蜜呢？我很为栀子花委屈。嘿！我这俗人也好管花草虫鱼的事了！

一入梅，我乡的天就异常顽劣，老是捉弄人。出门时，天空如碧海，白云如浪。有时，一条田埂没走通，“菠萝菠萝”，雨点兜头下。为什么兜头下？天故意的，那边天清云朗，这边乌云盖顶，那边白日煌煌，这边大珠小珠纷纷扰扰。不这么下，就不是梅雨了嘛。梅天的雨仿佛纯粹落着玩，雨点如果入画，那就只需寥寥几笔，留白多些，稀疏。因此，打在瓜叶上很有趣。“嘣”

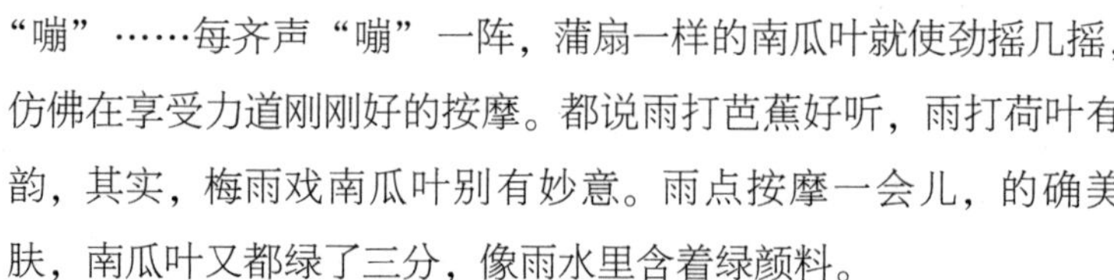

“嘣”……每齐声“嘣”一阵，蒲扇一样的南瓜叶就使劲摇几摇，仿佛在享受力道刚刚好的按摩。都说雨打芭蕉好听，雨打荷叶有韵，其实，梅雨戏南瓜叶别有妙意。雨点按摩一会儿，的确美肤，南瓜叶又都绿了三分，像雨水里含着绿颜料。

瓜叶瓜藤会喝水，不仅把自己滋润得水灵灵的，壮实实的，瓜似乎不是长大的，是瓜叶瓜藤吹大的。前几日看，都是瓜鸟鸟，现在都洋溢着青春的活力。蒜瓣瓜该凸的凸，该凹的凹。葫芦太雄姿勃勃了，这要加工成葫芦瓢，上桐油，都可以给我家大猫做凉床了。喂，那个虎背熊腰的南瓜，别挤，绅士点，格局不要只有针鼻子大，你屁股歪歪，不就宽敞了吗？做瓜，有点高格调，蜂蝶都爱。香瓜多了两个成员，开会一样，四个坐一块，都认真倾听的模样，不晓得主持会议的是谁。

常常坐对半亩园，觉得日子像瓜果蔬菜那么清欢，这才是我最喜欢的日月。

温　三

看着红艳艳的石榴籽，想到了市龙门前一棵樱桃。

那年五一节，去狮龙采茶。五月的乡村，绿色统领了原野。早稻秧都活棵了，块块田和巨大的碧玉似的。麻探头了，小竹笋的“蝉翼纹蛇鳞”衣威风凛凛，茶的枝芽要蹿跳，簇簇新的大地仿佛沉浸在对未来的憧憬中。东边耳门对面一棵樱桃熟了，樱桃树坐庄个子。今年樱桃第一次挂果。樱桃果秀气，别致，红艳艳的，像熟透的石榴籽。

患青光眼的孩子奶奶进房拿东西，一步一步走到大门槛边，朝田畈里亮着嗓子“嚯”：“嚯嚯嚯！嚯嚯嚯！温三又来了！”她嚯嚯几遍，同时响响地拍巴掌。进房了。

我朝外头看看，樱桃树上系了一个方便袋，红的白的黑的，在风里飘得哗哗哗的。没谁来呀！

孩子奶奶从房里出来，两只手像在水中摸鱼一样，左右手各把一边房门框，出了房门。又一步一步挪到大门门槛边，又望门外“嚯”：“嚯嚯嚯！嚯嚯嚯！温三又来了，打不死你?”她跺脚，拍巴掌，一个个字像愤怒的子弹出膛。她“嚯嚯”几遍，又自顾

自到厨房做饭了。

孩子奶奶的眼睛适应室内光线后，可以做饭，操持家务。出得大门，光天化日之下，却像双目失明的人。因此，她几乎整天都在家里转。

外面没有人啊？除了几只老母鸡红着脸惊得脖子一顿一顿。我心里咯噔一下，孩子奶奶不会是长期不出门，有老年痴呆了吧？如果这样，那问题就大了。

我的心情和我的脚步一样沉重，挎个竹篮到对门山坡茶叶地里。马兰枝一样的新茶被阳光蒸腾得香气腾空，但也熨平不了我忐忑不安的心。我这才体会到，老年人生病和小孩不舒服，一样令人伤脑筋。

“嚯嚯嚯！温三，看我逮住你，不剁了你的头！”奶奶的声音如老虎捕捉猎物。

我的心仿佛被老虎钳子拧紧了，这么频繁地胡言乱语，该如何是好？

旁边地里的三婶却“噗哧”笑了，说：“大嫂又在发火了！”

“这样多久了？怎么……我们都不知道？”我惴惴地问三婶。

“才两个礼拜，樱桃开始红时，她就要你家老爹爹把许多塑料袋系到树上，自己一天骂无数回。”

我稍微松了口气，那即使是老年痴呆，也才开始，药物干预应该能缓解。

中午了，孩子奶奶喊回家吃饭，声音清丝丝的，不像脑子有问题啊。饭菜上桌，荤的素的，都有模有样，香气诱人。饭菜也做得好啊。孩子奶奶招呼我们吃，她又到大门槛边“嚯嚯”一阵，才缓慢地回桌边，端起饭碗，慈祥的笑容定在脸上。她一个劲催我吃菜。

爷爷一边倒酒，一边笑眯眯的。真是暮鼓老爹，奶奶老“嚯嚯”，怎么一点不着急？

“老头子，小丫头哪天回来？”奶奶把脸转向爷爷，停着筷子问。

“后天吧！你都问几遍了。”爷爷“滋溜”一口酒答。

小丫头是他们的孙女，我的女儿。

“你下午把好樱桃摘些冰着，鸟吃得厉害吧？”

“哪个鸟还有胆吃？那么多塑料袋一晚到天亮，一天到晚地飘，你又不歇地‘嚯’，鸟都吓得飞到远天远地了。”

啊？孩子奶奶骂的是鸟啊！

怎么叫温三呢？

奶奶笑得呵呵呵呵，说，樱桃要留给孙女回家吃，鸟老是抢，骂鸟发瘟，鸟也怕。

这么回事啊！瘟三啊！

我看看瘦瘦的奶奶，笑眯眯的爷爷，突然觉得眼里热热的。奶奶好好的，我的心一下子松了绑。我端起酒杯，也“滋溜”喝了一大口酒。香，绵，还辣。

春天的工作

早在冬天与春天交接之前，春天就做好了工作计划。评春天的积极分子，小草最有资格，它们在春天的工作计划还没有尘埃落定，就拱啊，钻啊，冲啊，比松针还细嫩的芽就破土皮了。还有三色堇、山茶，已经试开很久了。立春过后，春天的工作按计划规规矩矩、紧锣密鼓地展开了。

河忙着涨水，泉水、雪水、冰水，都拥入怀。河一丰腴，水就鲜嫩了，扬柳条的风款款而来，水就春心荡漾了，或轻歌曼舞，或笑涡叠叠。河的胸怀一辽阔，鱼就忙着谈恋爱了，它们闪婚后，再过些日子，鱼新娘就成了准妈妈。野鸭在河面竞游、比飞，高谈阔论，放声歌唱，它们在的河面，河面就成了类似于人类大妈的聚集地，或孩子们钟情的游乐场。野茭白的根睡不安生了，它们在准备分蘖。荻和芦苇表面不动声色，实际上，笋尖快冒出淤泥了。杨柳枝催出薄如蝉翼的淡黄柳烟，预备创造舞台上高潮时的干冰效应。

迎春花和连翘熬了几个通宵，赋新词一首："碧云天，黄花地。东风软，紫燕又归。晓来忽见烟柳翠，百鸟鸣啭飞。"迎春和连翘如同初学作诗的香菱。它们清秀，醒目，娇滴滴，像秋葵花一样，即使是五大三粗的汉子，见了也禁不住怜香惜玉起来。

旧年的梅花是春天计划中的活页，按初花时间，可抽为旧年叙职报告中，也可作为新年行事历首页。今年梅花开放是今年行事历首页。梅花开得悠悠闲闲，雨水了，还在沸沸地开，按开放进度看，惊蛰期间，仍会开得排山倒海。节令真奇妙，人力无法调动的事，它们调动起来不费吹灰之力。

“雨水”连下几天雨，很符合“雨水”要求，缠绵缱绻，来去均“剪不断，理还太乱”。“雨水”的雨，润到泥土里，唤醒地下居民。缠绵的雨在老旧的桂花叶上凝成珍珠露，鸟已经痛饮了好几回，差点醉了。痛饮了“雨水”的雨的鸟，鸣啭团建立，它们争分夺秒地建房子、恋爱、结婚、生育爱的结晶……

脸皮上的视觉蛋白

我开灯睡觉，即使睡了，也勉强假寐，而灯一灭，人陷入黑暗，很快就睡沉了。我思考过为什么，认为是眼球感光引发的睡眠障碍。

今看鲍尔吉·原野说生物钟，得知：“人之裸露的皮肤上竟有视觉蛋白，感受光，这就是所谓生物钟的秘密。”如此一说，觉得自己的醒来，不根据钟表时间，而根据天亮的早晚，比喻立夏后，我四点多点就妥妥醒来，而冬至后，我要六点过一点才能果断睁眼皮，是因为脸皮上有视觉蛋白呀。我为自己的脸皮不缺失这么好的化学物质，扎扎实实以爽朗的笑声庆贺了一把，惊得窗外小竹子上的白脸雀“唿”一声飞了。

一只白脸雀飞到了办公室前门（应该是刚才那只吧），在红舌兰树上，脖子在新芽间一顿一顿，一伸一缩，看屋里。如果是刚才那只，那是目睹了我大笑的异常，如果不是刚才那只，可能是听它伙伴说了受惊飞走的原因，目的应该都是来看看我有没有出事。鸟每天住在校园里，我也一周来五天，它一定拿我当校友看，所以来确认我有没有问题。又飞来两只花脸雀，它们在大蘑菇一样的红舌兰上焦急地跳上跳下，大嗓门地交谈，说话不拖音，果断简洁，像我妈去年病重时，她的儿女在商榷病情。我忽然脸皮一紧，没有镜子，我都知道我的脸皮上写满了感动。感动过后，我又十分不好意思，觉得脸皮发烫，似炉火熏烤，因为我几乎每天都咬牙切齿地骂白脸鸟有伤风化。白脸雀晚上睡在二楼走廊的天窗里，朝下出恭，一晚上过来，搞得我办公室走廊与花圃间水泥地上白花花的，像印着小白花。天天清晨，我都要给白脸雀洗擦如厕物。我的脸越来越热，我感觉它们一定红得如十字路口的红灯。我情不自禁摸摸我的饱经风霜的脸皮：伙计，跟随我多年，不仅视觉蛋白没有失去，还知道好歹与抱歉。

我到走廊倒隔夜茶，三只白脸鸟齐刷刷地朝我扭过头，黑晶晶的小眼珠滴溜溜转，仿佛在侧耳听风讲话。但我从它们的表情与声音知道，它们为我的健康而喜悦，它们是发自内心关心我，而不是做做样子。白脸雀们大约觉得直不楞登地探别人的“问题”，是没素质的表现，于是都在靠操场那边的“蘑菇沿”上。我改泼茶为倾倒茶，这是瞬间的决定，泼茶，会溅白脸鸟一身，隔夜茶比陈年茅草房的屋漏水还难看，白脸雀白毛白如雪，黑毛乌如墨，溅了隔夜茶，那不是糟蹋了它的一身好毛？这和一些为了抹黑别人、设陷阱为别人编排故事，或者向别人吐口水有什么区别？白脸雀对我这么真心真意地关心，我还泼人家脏水，那和不知好歹之徒有什么不同？我的隔夜茶倒到蒲公英花圃里了，旧茶叶得以废物利用，化作污泥更护花。白脸雀依然是清白之身。

白脸雀们“哔哩——哔哩——”开心地唱，那个“哩”会跳中国舞，从这根红舌兰火苗一样的新芽上跳到那根，像河面的流波。大约一是我的面容、眼神、走路一如既往，是它们极其熟悉的正常样子，它们在欢呼。二是我今天没有骂它们在屋檐上拉

臭，是有伤风化，它们认为我的思想境界高了点，胸怀宽广了一点。想想它们如果被我骂得委屈，着实可以理解。想往昔，燕子与我们家人同居一室时，在堂屋天花板梁上做窝，一盏灯火，人围坐方桌吃饭，说话，燕子勾着头，小脑瓜歪来歪去地看着。它们的窝下，奶奶放破衣接燕子粑粑，破衣有两件，一洗一换。奶奶洗燕子粑，也会抬头骂一句："瘟三，邋遢！"但就像骂尿了裤子的小弟弟。奶奶说，燕子知事，住了人的屋，天天捉虫护庄稼。爷爷说，鸟不贪心，小嘴啄几下就飞走，也不知饱没饱。我小时候听爷爷说鸟也不知饱没饱，挺难过的，饿肚子，多可怜啊。现在不难过了，觉得也许鸟是有意节食，不然，吃得那么蠢笨，怎么飞呢？

我抓了撮干茶叶放入玻璃杯中，冲入开水。比白脸雀的黑毛淡些的茶叶在水里冲上来，又潜到杯底，像快乐的小鱼。再悠悠闲闲地沉浮起落，慢慢舒展，水淡绿了，茶叶鲜活了。我揭开杯盖，一股热气裹着茶香升腾起来，直扑我的脸皮。我的脸皮一阵兴奋，动员毛孔立即打开，接受天地精华授的自然课：脸皮上的视觉蛋白丰富，不仅黑白不会颠倒，还会推动文明更上一层楼。

梅上人家

梅山的梅花已开得像汪洋大海了。

我家门前有一座浑圆低矮的山，山那边，就是梅山。沿山脚半月形路健步，绿荫间，梅花或伸出一支两支花鞭，或突然一树嫣红跳出来，让人的心扑棱棱跳。一路上，梅花像风姿绰约的导游，把人领到了梅花山上。

梅香一路悠然，迎客送客都那么得体、娴雅，令人眉眼和心肺都欢悦得想唱歌。

半月形路的弓背一过，人的心不觉欢跳起来，呀！一片朝霞落在眼前，山坡上的梅都开好了，我的左边一大片。右边一大片，我的身前身后都是一大片，我像一叶轻舟，荡漾在梅花的汪洋里了。朱砂梅真心真意开满枝头，那么密，把苍劲黑虬的枝开得看不见了。还有鲜麦粒样的花骨朵儿在使劲鼓肚。白梅还传承着“梅须逊雪三分白”的基因，矜持地白着。宫粉梅甜蜜蜜的，像每朵花都是一个小蜜罐。宫粉梅是丰腴的美人，令人想到日月顺心顺意的女儿。梅香汹涌澎湃，我这叶小舟在梅香的浪涛里颠簸，使人想像弄潮儿那样快意地呐喊。但一朵朵梅花温婉地看着

我，笑得敞怀却静怡，可亲，可敬，我不由自主地斯文起来。

山谷里也是梅花，红梅灼灼其华，白梅淡如素云。石板路扭着腰身欢快地往梅花深处款款而行。我把视线贪婪地拉长，梅花仍在视野中。梅林深一寸，小路长一丈，我把自己从山坡梅海里抽出来，徜徉于小路。这里的梅花俏皮，梅枝或在头顶笑眉笑眼，或轻拂我的肩膀，豪放地与我打招呼。青石板小路透着古意，在梅林间蜿蜒，把我载到梅海深处。

“哔哩哔哩——”“哔哩哔哩——”鸟忽然紧锣密鼓地鸣叫，高低呼应，音质比月圆之夜的蓝天还清澈，像刚啄了一滴露珠，喉间含着笛子对歌。举目花枝，原来几只白脸鸟在宫粉梅花间，有的仰望云天，有的勾头在花枝下歪脑袋瞅，都鸣啭不停。忽然三两只弹出，旋即落在另一棵上，歌声没有停过。我看得心旌摇荡，把梅花枝当舞台，多幸福的鸟。

突然，一棵白梅花间出现一个鸟窝，我在花树间穿过去，小碗般的鸟窝就在我的眉毛上。我心里涌起一股清流，鸟把房子建得这么低，说明鸟对人的信任度又高了几分。这是白脸鸟的家吗？窝这么小，白脸鸟仅一握的身材，应该是这小鸟的住宅吧？我踮脚朝窝里望，发现它们的建筑材料品种不少呢，松针与哈西草混着垒外墙，卧室里絮有芦苇花、干三叶草。几瓣鲜梅花躺在窝里，还在颤动，显然是刚落的。

白脸鸟忽然改变歌调，急促嘹亮，像乡下老太太吵架。它们由宫粉梅上气势汹汹地飞起来，像喷泉奋力涌出，又像一枚枚松果落在我对面的朱砂梅上，叫声越发尖厉。我顿时明白过来，这只鸟窝是它们中一只或两只的巢，它们以为我要破坏它们的家，所以同仇敌忾地发出警告，怒骂。我猫着身子撤离，背个破坏人家家园的黑锅可不是闹着玩的，轻则万夫指背，重则遗臭万年。

我钻到山谷里，梅花将我隐起来。白脸鸟也许意识到我没有恶意，又歌声悠扬，风情月意在梅朵间。

我一棵一棵梅树端详，惊喜地发现，还有一棵红梅上也坐着一个鸟窝，三根粗壮的枝杈捧着它。梅花在鸟窝的四面八方开得浩浩荡荡。我看着那些且歌且舞的白脸鸟，目光黏着移不开。它们把家安在梅朵间，睁眼是明艳的花朵，枕着梅香入梦，真是好福气。

山峦浸润在梅香里，鸟的歌黏着梅香，我携一袖香。想昔有和靖先生植梅于小孤山，清高恬然一生，羡煞几多人，今白脸鸟家在梅上，天地还不都为其祝贺？

鸟的叫声黏着蒲公英的花香

一只扑鸽落在草坪的枯草里，迈着细短的腿，在灰白白的枯草里疾走，脑袋一耸一耸，脖子上的一圈毛像昂贵的围脖，围脖时宽时窄。它像在检阅操场上的草籽发芽了没有。扑鸽横穿草坪，它用身体在草坪上画了一条直线。扑鸽一路看过去，步伐从容、稳健、赤诚。它浑身都在显示它真心地关心着卑微的草。蒲公英花在土黄色的草间闪闪烁烁，鲜亮的黄朵儿像昨夜的星星落在旧草里。扑鸽忽然“咕咕”叫起来，它的叫声黏着蒲公英花的香。扑鸽一定和蒲公英说了很多话。

那块草坪的前生是操场。因为新做了塑胶操场，老操场被植了草，成绿化区了。原先种的是一刀切的草坪草，后来，乡野的风又种了一些蒲公英。风调雨顺时，草坪草春夏秋永葆绿色，蒲公英花都向太阳开放时，草坪仿佛浅绿底子印了朵朵黄花，严肃中夹着野趣。虽然高墙大院里的草坪基本都是严肃的绿色，但，学校里的草坪因为蒲公英花的加入，活泼，可爱，可亲，引得小孩子们一下课就爱在草坪上玩耍。他们在数蒲公英花。后来，草坪上又多了野苋菜、婆婆纳、胖根草。上课了，孩子们像飞鸟回巢进了教室，小鸟从大香樟树上呼呼飞下来，在草坪上低头啄啄，抬头唱唱，跳跳飞飞，像下课追逐打闹的孩子。这些鸟中有扑鸽，有花脸雀，有麻雀，还有几次，来了花翎鸟。花翎鸟在草坪踱步，吃草籽，一来就半天。一本正经的草坪加入了乡野草大军，来玩的鸟多了，孩子们爱腻在草坪，在塑料操场玩的反而少了。

孩子们能说出很多草的名字，能模仿蚂蚱蹦跳，他们对着七星瓢虫画画。有时，鸟在草坪玩，孩子也在草坪玩。鸟在草坪玩，因为草坪上有草籽吃，有虫子吃。孩子爱在草坪玩，因为鲜活的玩物多。有时孩子们看到蚂蚱蹦跳那么远，佩服得欢呼呐喊，一个个也撅着屁股，伸着脖子，嘻嘻哈哈蹦跳。埋头吃饭的鸟惊得猛一抬头，凝望片刻，又低头吃饭了。那恬淡的吃相仿佛在说，刚才差点大惊小怪，那些小人儿都是好人，从来不伤害我们，就是爱咋咋呼呼，常常吓鸟一跳。

去年，草坪上孩子几乎不去玩了，鸟也几乎不来，校园里，连鸟的叫声都稀落了。偶有鸟叫，叫声也毫无黏性，不像以往，鸟的叫声里含着珠露，裹着花香，黏着雨水。从五月到十一月，天每天都清丝丝的，有时是纯纯的喇叭花蓝，有时蓝底绣着洁白的云朵，有时天空上有蝉翼一样的灰云冒失地贴着，早饭后，旋即被火一样的阳光给消融了。村里的地干得像失血的人唇。山缝里沥出的水蹒跚到山塘。隔个把月，人们把水引到稻田里，稻子就这样在焦渴中黄了。鸟们去田里偷偷稻谷，到山上找找虫子。草坪在七八月就黄瘦得一点火星就烧得着。老师们神情像草坪上的草，小孩子们的目光被路过的飞鸟牵得老远。孩子们由草坪的死、虫子的消失、鸟的远离，明白了天空好好下雨，好好出太阳是多么重要。

起风了，孩子们问老师会不会下雨呢？草渴死了，虫子渴死了，鸟也会渴死吧？孩子们那么小，居然会担忧大地上的事情，这是许多看不见大地上的花开花落、虫飞鸟翔的人想不到的。或者，那些大人看到了，又把脑袋别过去了，因为，关心了大地上的事情，可能就无法攥住一些与他们的帽子和椅子相关的东西。

一晃，杨柳醒汁了，阳光忽然更亮了，每一道光芒都闪耀着“春天”两个字。开春后，小雨绵下几场，阳光添了厚度，鲜嫩温暖。历经磨难的草根和草籽又孕出了新芽，伏在旧草的怀抱里。

小孩子们下课了，几个孩子看到扑鸽站在蒲公英花边叫，雀跃着过来。他们跑得太快，叫得比扑鸽响亮。扑鸽翅膀一抬，在背上动漫着会变角度的“V”，飞到草坪另一头了。孩子们抬着鲜艳的小脸望着它飞，又蹲到草坪上看蒲公英花。“老草里长许多新草了！新草长许多了！”“蒲公英也开了！”一个孩子膝盖一跪趴在地上，铃铛般的声音，唤来更多孩子趴在地上看。他们的欢声笑语，把每一丛草都撞了一下。

紫藤花漫记

前几天，屋侧一棵紫藤站在山坡，把花瀑飞流进院子。花开半朵，半娇半嗔，几次抬臂，欲撸花做菜，被一只扑鸽气汹汹地骂，停了手。拍照发圈，聊表摘花未遂的薄悻。

晴天看到我拍的紫藤花玉照，说，撸之，晒干，我五一回家吃。我说，鸟看得紧，不好下手。这是大实话。

去年，晴天在家等研究生录取通知书，发现这棵开得沸沸扬扬的紫藤花，撸了些，焯水，晒半干，与鸡蛋同炒，以青葱着色。好吃吗？不是多么好吃，但喷香。紫藤花香如槐花，甜丝丝的，阳光略晒，又入了谷香。素油炸锅，紫藤花融鸡蛋液经热油，本色香与转化香全部激发，腾爆出来。一盘野味，花心花意，流光欢喜。晴天亲自动手，愉悦双亲，并破天荒以葡萄酒隆重吃春光的仪式。这顿饭，常让我回想。

柳枝正长，紫藤盛开。举目而望，串串花都在笑，一壁山坡都在泻紫色洪流。开进院子来的，柔枝韧蔓，不堪花瀑重负，枝枝被压得很低。低处花弯下腰就可摘，高处用一张大椅子垫垫脚也能得。

早上来看花，露水重，开得像乡村的月那么安静。觉得那一挂紫瀑好看。

看汪曾祺先生的《泰山片石》，先生在中溪宾馆吃了那么多野菜，除了藿香、木槿花，我都吃过。看先生没有记录吃紫藤花，是泰山人不知道紫藤花可吃，还是那里没有紫藤花？汪先生有没有吃过紫藤花呢？我“嚯”地站起来，撸紫藤花有了充分的理由。

没有鸟看守，我为了使自己能适可而止，拿了个小塑料袋。紫藤花期短，但一波一波又一波开，先开的还没显迟暮之色，花蕾又盈盈一条条藤。轻微的“啪啪”声响过，掌心便握一捧紫色。想起儿时，撸一把槐花，塞进嘴里，把欢喜、甜美、富足都吃出来了。没生吃过紫藤花，不晓得能不能吃。紫藤花入菜，我奶奶掌锅铲柄时，我家年年有。奶奶喜欢将干紫藤花泡发，淋油，不知是不是那时油稀缺。但春荒因为紫藤花、小竹笋、香椿头等野菜而缓解。晴天爱吃紫藤花，是外公年年把紫藤花作春味中之一。我的爸爸、晴天外公做菜创意多，光紫藤花就有凉拌香干、紫藤花炒鸡蛋、干花泡发红烧肉、做蛋饺馅好几种做法。一桌菜肴，紫藤花很受宠，大家都脸溢春色。咦？撸紫藤花一回，还少年了一次，原来重温童年很简单。

忽然“嘤嘤嗡嗡”热闹哄哄，这才注意到许多小个子蜜蜂在紫藤瀑上起起落落。它们仿佛暴动了，叫声，振翅声，弹得我耳膜发胀，心发慌。我忽然想到，它们是在抗议——你把花撸了，我的花粉还没采够啊！哪有这么对待花的，那爪子比钉耙还厉害！

我很不好意思，住了手。主要是，嘿嘿，看看也差不多了。蜜蜂，我撸了你的花，一是汪先生的激将，再是晴天的怂恿，并不是我的初心。呃，炒的菜，我也吃哦。

哇，一脸盆花呢。离开蜜蜂与花枝，不安、愧疚，都没啦，立即成了烟火妈妈。挑拣，焯水，冷却，挤干，晒太阳，所有程序，纹丝不乱。

等晒到恰到好处，收藏，安心等晴天回家。

致蜜蜂

每次看到小蜜蜂采花粉，心里的花苞就颤颤地舒展开花瓣，像看孩童在欢叫玩耍。我认识蜂家族中好几种蜂。

梅花若开在春阳和煦，暖风拂面的良日，有一种不怕冷的蜜蜂就闻香而来，争分夺秒地采花粉了。它们大张旗鼓地采，嘤嘤嗡嗡的动静令人吃惊。其他虫子还没苏醒，除了鸟的鸣啭，人的絮语，就是蜜蜂的议论纷纷，自言自语。这种蜜蜂蛰伏了一个长长的冬季，见到艳阳下胭脂一样的梅朵，激动得动作异常粗鲁。梅朵吸纳着春风春雨春阳，把人们枯了一冬的脸染红了，人脸上的红霞与梅相辉映。蜜蜂忘情地采花，人脸近在咫尺也没有一点羞怯。盛开的梅花敞开香胸，身材玲珑，腰子细长，肥臀大眼。身纹金色条状文身的蜜蜂匍匐在细须绒绒的梅蕊上，就像那纽扣似的黄蕊里有层出不穷的花粉。蜜蜂“嘤嘤嘤嘤”，喋喋不休，快进猛退，动作大得花枝乱颤。索取人家的珍贵之物，还如此大作声势，除了蜜蜂，我没见过。蜜蜂真是坦率得可爱。花开半朵的梅，蜜蜂会钻进去，待在花苞里半天才出来，出来了，鼓眼，薄翅，腰腹与臀，尽染嫣红，蜂还嗡嗡高唱。看它又专注地飞向一朵盛开的花，不由想到儿时一个同桌，写毛笔字时，不慎把墨弄到脸上、下巴上，她就带着这些墨迹与伙伴跳绳、跳皮筋，为输和赢争得眼珠子发光。墨香和梅香都能洗涤灵魂，难怪这小蜂子不懂圆滑，无城府。梅花多数开在寂寞里，如果开在暖春，才有蜜蜂采花粉。看一只只蜜蜂忽上忽下，起起落落，叫嚷如潮涌，不禁想跟踪蜜蜂，看看这梅花蜜酿在哪里。

采油菜花的蜜蜂不仅有采梅花粉的纤秀款蜂，还有五短身材，腰壮身粗的蜜蜂。油菜花开起来，沸沸扬扬，田野成了金波荡漾的海，蜜蜂采花粉更加壮观。整个金海上，蜜蜂的欢声笑语灌满耳膜，风和阳光仿佛都要被蜜蜂的嗡唱吸纳了。采油菜花的蜜蜂更加本真，勤奋，它们在花上翻滚，弓背踢腿，甚至钻花蕊，胖了一圈了，还舍不得回家。翅膀扇扇，发现飞不动了，使劲抬翅，却从一朵花上跌下来，被又一朵花接住了。蜜蜂索性接着用细腿刷花粉。蜜蜂啊，浑身都是金灿灿的了，这么重，怎么回家呢？但这担心是多余的，没听说过有蜜蜂被花粉压得丢了“卿卿性命”的。

油菜花开得波澜壮阔时，那个开着房车的养蜂夫妇就来了。他们把房车停在一个平坦的山丘上，车停哪里，就算安营扎寨了。房车就是一辆农用车车厢焊了帮子和篷顶，车尾开了两扇门。里边吃喝拉撒睡的工具都有。他们把大大小小的黑罐子站在山丘上，如果航拍下来，就是巨大的蜂窝的横截面。一个个黑罐子就是一个个蜂巢。蜂子歇息的叫蜂箱，木头箱子，一层层摞着，成了恢宏的蜜蜂的高楼大厦。黑罐子里面存着蜜，养蜂人不定期出去卖，也有人来购买。他们用蜂窝煤炉做饭，常常女的在水汽弥漫的铁锅里捞一碗光头面放在一张方凳子上，男的从车厢里拿出一只一两三的酒杯，斟满酒，就着山风，一碗面呼啦呼啦

吃完，一杯酒也下肚了。

养蜂人话不多，问一句答一句。他们和蜜蜂在一起，话都由蜜蜂说完了。家里孩子由老人带，都在老家上学。他们说到孩子，男的吃面声音就小了，酒杯举着，放下，再举起来，终于“嗞”，干了。女的割蜜，背对着问话的人，看不到她的表情。

油菜花谢了，养蜂人房车就开走了。他们跟着花走，他们的蜜蜂也乘车走了。这里土著的蜜蜂，不知道想念不想念那些旅居的蜜蜂。它们之间会有爱情发生吗？会有为爱而留下，或为爱走天涯的吗？不知道有多少蜂蜜里面渗着离愁别恨，吃蜂蜜的估计没谁吃得出来。

夏天常遇到一种个子小得只有一粒麦子大的蜜蜂。黎明才破黑暗时，跑步就听到它们的歌声嘹亮了，野花间飞起来，才看到它们。不知它们什么时候来的。小蜂子认认真真地采花粉，让人觉得，很多生灵，生存都不易，又让人感动，有些生命那么微小，却倔强顽强地活着，且自力更生。记得这种蜜蜂采紫薇花时，极其轻盈。紫薇花花瓣薄如蝉翼，令人心疼地皱着。小蜂子飞到花上，轻轻一吻，就换一朵，仿佛怕采痛了这孱弱的花朵。

初秋的傍晚，夕阳已滑到山那边，鲜艳欲滴的晚霞已褪色，夜幕缓缓拉起。鸡鸭披着霞的余晖回窝了，院墙头上的丝瓜花在绿叶间扬着笑脸。大黑蜂子仍在采花粉。黑蜂子虎背熊腰，飞的时候在使大劲，嗡声带着金属音。它壮，但忠厚老实样。采花粉也怪笨拙，落花时迟迟不下。不知是不是担心自己的体重伤了花朵。每回看到，不禁觉得好笑，这傻大个，内心还十分柔软呢。

油菜田里已有花等不及开了，蜜蜂们一定比我早得到花讯，它们该做好采花粉准备了吧？

新　树

老旧的水泥路翻山越岭往村子里匍匐，山村的路都是爬山高手。它们爬山时身姿妖娆，不管山多高水多长，都气定神闲。没爬一会儿就气喘如牛，目光惆怅，那是被现代衣食住行娇惯的城里人的做派。

春分的雨粗粗细细洒了近一周，树上老旧的叶子被雨催落，躺在饱经风霜的水泥路上。路两旁的树随性为路搭着棚，这个棚极其写意，阳光可以大把大把地泼洒，雨可以大珠小珠地筛漏。路上因此少有青苔。在这里的路上行走，相当于被路带着翻山越岭。树的生与死，一目了然，树的品性好坏也极易识别。山上的树，基本是野树，野树都有异禀，会自己矫枉过正，自己删繁就简，这也是树受人敬重的美德之一。树在春天都新了，基调是绿的，绿的层次丰富，豆米绿、芭蕉绿、夏荷绿、祖母绿……深浅浅的绿统领了乡村的山，死去的树显得十分可怜。去年重旱，松树、杉树、栎树渴死了一些，但仍站在新树丛里，像祭祀插的挽标。山上的花开得或波澜壮阔，或小桥流水。紫藤花喜欢呼啸着开，一面山坡，由山腰到山脚，如紫色的洪流倾泻而下。十里香和桂花应该五百年前是一家，花开得斯斯文文，香却活泼顽劣，待人热情诚恳，远接远送。十里香树花开时，新得像茉莉开花。一山的树新了人，看到枯树时不安的心，渐渐被抚慰。

新树让古老的山又年轻了。小鸟对古老而年轻的山充满了好奇，整天兴奋得近乎亢奋了。它们的翅膀一天不知打开多少次，扑扇多少下，这里飞，那里看，圆溜溜的眼总是滴溜溜地转。新鲜的事太多，鸟看了，听了，还喜欢讲给伙伴听。鸟把要讲的话谱成曲，唱出来，唱得新的树叶旧的树叶欢呼呐喊，像人类狂热的粉丝听迷恋的歌星开演唱会。当然，树叶子从不追星追得迷失自己，鸟也不像人类的歌星，台上把自己当作最闪烁的星，台下把自己当作最大的爷。鸟亲爱每一棵树，每一朵花，鸟歌唱时抓紧树枝，像扎根民间的真正艺术家一样。

在路上遇到几个老农，扛着锄头或扛着大铁锹，在新树搭的新廊下，闲闲地走，深筒靴子闪着油光。他们看看树，新树映得他们的脸上光影十分乡村。他们透过新树的疏枝看山脚下的田地。“油菜花把田地开得像大海。”这是城内人来看油菜花时，一边“哇”，一边说的话。老农的腰挺了挺，现在田地里油菜忙着开花，蚕豆忙着开花，树一新，田地就是花花世界了。老农在等着花谢结荚，这个节气不忙了，下雨更没活干。但老农歇不住，老农每天不去地里走走，看看，不安心。他们由水泥路，走向各条田埂，黑黑的伞顶在油菜花里缓缓移动，长长停留。那一盏盏黑伞顶，让我想到我老家的父老。小时候在他们身边，他们每一天都有事做，庄稼布种，发芽，分栽，管护，收割，土地上长的庄稼有多新，他们的每一天就有多新。

“丢——”“丢——”“丢——丢——”这是我译过来的黄莺的话。黄莺不仅长得漂亮，还会玩游戏，我曾见过一群黄莺在一大丛蔷薇花边玩小孩打仗的游戏。这只“丢——”一声，躲掉，那只偷袭“一枪”，跳上花枝。我还看过一只黄莺站在小孩用长长的新柳条编的青环上歌唱。“丢——”“丢——”两只黄莺在树廊上，飞落，跳起，抖落我一身的雨珠。

夏　天

“奶奶，桑果子紫了吗？”

“紫了。小峰哥哥都把舌条、嘴唇吃乌紫几回了。”

“那是我家的，为什么准他摘？”

“那么多，隔壁孩子摘摘有什么要紧？”

……

我邻座小女孩才上幼儿园大班的样子。脆声奶气地和奶奶话桑果。女孩忽然侧头看看我，一大朵桃花一样的笑立即绽开。我回她的笑还没闪掉，她蜜糖甜地说：“老师，你哪天去我家吃桑果子啊。桑果子都紫得不得了了。”

“好呀！好呀！”我应她，又奇怪地问，“你怎么知道我是老师呢？”

孩子非常高兴，黑眼珠子里闪星光，歪着脑袋说：“你是我姐姐的老师。我和奶奶经常接姐姐，看过你很多次呢。”

我欢喜地点头，哦，难怪。我问她姐姐叫什么，孩子在座位上直直腰，说出名字。哦——是的，仔细一看，姐妹俩挺像。一时没认出祖孙俩，我怪不好意思，这识脸本事老是差劲。

奶奶刮刮女孩鼻子。孩子说话时，奶奶一直笑着扭头看孙女，说小鬼头精。又把脸转向我，说她家在蛇形山边，屋后几棵桑果子坠弯了枝。

我感叹时间跑得快，年饭才吃过没多久一样，夏天都稳妥妥来了。夏天可不稳站江山了？早上看一中年女子在一棵枝叶婆娑的桑树下，一只手牵拽着一根桑枝，另一只手摘一串桑果送嘴里，不急不慌地摘，一串一串地吃，她似乎没看到我，也听不到那么多鸟叫。看她吃桑果，看到了夏天的样子。

苦楝花密集得像淡紫的云朵落在树上，田畈里，山坡上，公路边，都遇到苦楝寂静地举着一树花。夏天的花多数都比较素净，苦楝落花像飞雪。

蚕豆和豌豆的豆荚都像弯弯的月亮。蚕豆荚比较厚实健壮，剥开，壳里还铺着绒白的“毛毯”，嫩笋米一样绿的蚕豆米，敦敦厚厚地肥实在里边。初夏，瓜果都在努力地长。蚕豆可以做零食，煮五香豆，大人小孩都喜欢。我女儿小时候老用线串五香豆挂在脖子上，说是佛珠。长大后，她说吃五香豆，夏天的仪式感特强。剥蚕豆蜕蚕豆米皮非常有趣，小孩常剥着剥着把蚕豆皮套在手指头上玩，玩得眉开眼笑，不知道想到什么好笑的。我女儿小时候更会玩，她把豆米皮戴在手指头上，给豆皮画上眼睛和嘴，那嘴夸张地咧着，比庙里的弥勒佛笑得还开心。她自己也笑得跟豆皮人一样。我看那憨乎乎的豆皮脸笑出了全世界的快乐，也哈哈笑。

豌豆皮薄，但豆子顽皮，小孩剥的时候，豆子老喜欢跳到地上滚多远，常引得小孩翘着屁股在地上捡。豌豆米打汤小炒，味道都鲜美。豌豆与火腿肠、腊肉丁、糯米等煮五彩饭，锅里桃红柳绿一片，香气扑撞得味蕾在腾飞。

吃蚕豆、豌豆时，鸟的叫声弹得耳膜一整天都呈亢奋状态。尤其是一种鸟，老把曲调唱得又响又脆又急，像喊劳动号子："麦子黄——麦子黄——"鸟是催促农事的热心家，它们的信息非常可靠，这鸟报麦子黄，果然麦芒就跟阳光一样金灿灿了。农人已做好收割的准备了。

收麦子时，枇杷渐黄，树树枇杷挂了挨挨挤挤的小黄球，在翠绿里，明朗得让人心里翻浪头。枇杷结果辛苦，花在头年腊月开，毛乎乎的，灰扑扑的，我第一次见到枇杷花，还以为落了一树悬铃木果子挂在树上。枇杷开花到果子熟，近半年多时间，所以，枇杷结果辛苦。不晓得是不是枇杷结果辛苦的原因，枇杷果比较被我们家乡人追捧。枇杷果在枝头越发自负的样子。我家乡的柿子，梨子落地上都没人捡，枇杷果常常在果盘里，还作馈赠珍品。接到枇杷的，会满心欢喜：呀，枇杷！摘枇杷时，就地把皮一剥，就可以畅快地吃了。

摘枇杷常遇到金银花。金银花香好闻，花瓣像学小女孩练舞蹈的后下腰，但没下到底，惹得长长猫胡子一样的蕊笑得后仰。金银花初放时，白得像梨花，渐迟暮，黄似迎春花。金银花的藤细、柔，绕在小竹上，灌木上，像一挂黄白的帘或飞瀑，一朵朵花预备学蜻蜓起飞。我喜欢摘几枝短藤开疏疏的花，插在胆瓶里，一屋子都是静静的香。

摘金银花时，幼知了在树上吱吱吱叫，声音稚嫩，让人想到小孩子牙牙学语。

香樟树是个大个子，花却开得比桂花还小，颜色和鲜蚕豆米差不多，香像幽兰。再心情浮躁的人，香樟花香都能让其沉静下来。

教学楼前是冠大如棚的香樟，教学楼后是一排栀子花。栀子树蓬生，都是重瓣花，花朵丰腴雪白，栀子香被风送得远远。栀子花哪怕只开几朵，教室里就悠着馥郁的香。栀子开花不像苦楝树，苦楝树开花是爆发式的，栀子开花像鱼吐泡泡，啵！啵！啵！一朵一朵慢条斯理开。有人说栀子花像白玉兰，我觉得实在不好比。我奶奶在世时，栀子花开，一天戴一朵在鬓边。她从不戴别的花，发夹都是黑的。我妈扎大辫子时，短发别发卡时，栀子开花，也几乎天天戴。我觉得她们戴栀子花十分恬静、优雅。村里的奶奶、大妈都戴栀子花，走过人身边，栀子香留好长一段。我喜欢在玻璃碗里水养栀子花，置于案头，看书写字，心思不乱。

栀子抱香枝上老，夏天就比较严厉了，暑气常把人往树荫下、空调房里逼，这时吃西瓜非常舒畅。不知为什么，一吃西瓜，我就想起了一个傍晚。

那个傍晚，火球一样的日头已翻到蛇形山那边了，我大约12岁，和两个弟弟去合作社买盐。合作社离我家五里多路，大马路。我们三个拖着塑料凉鞋换岗后的拖鞋，柏油路软软的，热气往裤腿里灌，我们的汗衫都汗湿了，粘在背上，两个弟弟脸上痱子全热出来了。

"呀，前面是一包烟吧?"大弟伸长脖子，加快脚步问。

三双脚都小跑起来，啊！是一包烟，还是大前门。小弟把烟捡起来，我们全想到了拿回家给爷爷抽。

"小鬼，吃西瓜吧?"我们身后响一声瓮瓮的问话。我们车转身一看，一个黑黑的大个子中年男人，脸膛子像没压扁的"国"字，五官有点扭曲，挑着两个筐，筐里还有三四个大小不一的西瓜。哦，卖西瓜的，我们互相看看，又看看他的瓜，没作声。

"没钱不要紧，你们把烟换瓜。"

我们三双眼开了个“撞光”会，迅速统一了意见：同意交换。

那人挑了一个比香瓜稍大的西瓜。那人一手接烟，我一手接瓜。成交。

大黑脸走远后，大弟把瓜往公路碑上一砸，啪！瓜裂了。我们一看，一股恶气腾地升起来——这瓜瓤跟冬瓜肚里一样白！这人多坏！我们愤愤地骂。

我们回家把这事说给爷爷奶奶听，奶奶大骂那个人欺负小孩，爷爷却捻着下巴上的白胡子笑。

吃了早西瓜，等菱角上市。菱角一甜，夏天的尾巴就短了。

笋小谱

春行至四月，江南的笋事就日益繁盛了。

毛竹笋子是春笋的领头雁。实际上，毛竹笋冬天就尝鲜。冬笋基本不出土，找冬笋有窍门。我曾经和挖冬笋的一位高手去竹园挖冬笋。他把方法教了我，我也和他一样，在母竹周边找，我恨不得头勾得贴地皮，脚步细致得如探地雷。眼见高手一挖一个准，我却老放空锄，不觉丧气。高手笑："你挖笋，需要猪帮你找。"这么寒碜人？高手却手扶着锄头，认真地说："猪闻得新笋子味，在竹园拱的地方，你赶走它，再来挖，一定有笋。猪不笨呢。"

吃冬笋时，我和许多人说过猪在识笋时的异禀。冬笋比较珍稀，因此吃得有回次。

冬笋主要煲汤，入老母鸡、猪肚、猪排骨等汤，都鲜。笋切薄片，与蒜米粒、姜末，"刺啦——"油炸，腊肉煸炒，佐以韭菜段，真乃翡翠白玉。这道菜，笋气薄，香浓厚，鲜丰腴。吃冬笋有望春的快乐。

毛竹笋在春天虽是打头阵笋，但因为冬笋吃过一段时间，就

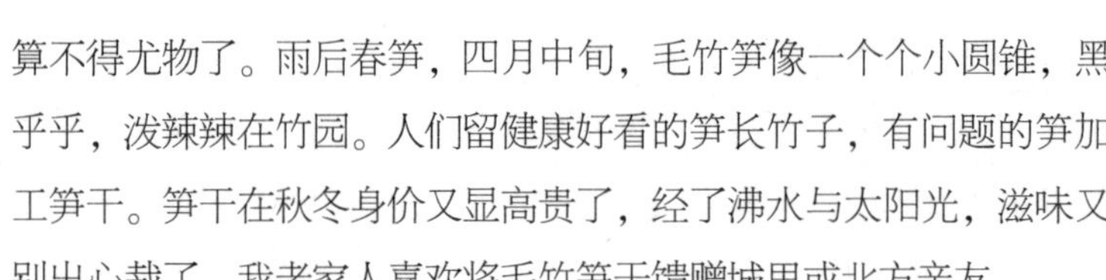

算不得尤物了。雨后春笋，四月中旬，毛竹笋像一个个小圆锥，黑乎乎，泼辣辣在竹园。人们留健康好看的笋长竹子，有问题的笋加工笋干。笋干在秋冬身价又显高贵了，经了沸水与太阳光，滋味又别出心裁了。我老家人喜欢将毛竹笋干馈赠城里或北方亲友。

野笋中显贵的是早笋。早笋是小竹笋。每节空心，笋味正，不涩。笋衣薄而微黄，笋肉银白脆嫩。拍扁切段，宜与腊肉合作，旺火焖，淋酱油。绵脆，鲜香。焯水与头刀韭清炒，一清二白。颜素，笋蔬味浓烈，是一道格韵极高的春味。有人将早笋段素油冷炒，笋段煸炒至缩皱，加雪里蕻碎、姜蒜末，以红辣椒糊收汁。此法烹得，下饭，佐粥，吃面妙极，有新茶陈酒之味。早笋在我乡就几座山丘生，这么多年，早笋还是老守着那几座山。早笋似乎扩张性不强，不知为何。

我父亲喜欢拔笋，也熟悉各种笋雄踞的山头。父亲得早笋，一般与腊肉同烧。小时候吃早笋，父亲像早稻开镰一样高兴，我们则小小年纪觉得日月的仪式感满满。现在父亲得早笋，喊我们回家吃，还是我们小时候就熟知的话："嗐！早笋烧腊肉，没话讲！"父亲常吃得滋味悠长，还开好酒，庆佳节一样。父亲注重生活的仪式感，笋也在众食材之列。

青皮早笋十分威猛，损衣厚而脆，剥之很伤手。青皮早笋产量高，山野遍布。丰产年，拔之辛苦，几乎在竹丛里，灌木丛里匍匐。但碰到一处广生，收获颇丰。青皮早笋吃法与早笋大同小异，但比早笋脆。风调雨顺之年，上山半天，能拔上百斤笋。鲜食不完，卤吃。卤笋，五香八角、姜蒜、红辣椒糊、酱油齐上阵。一家卤笋，邻里闻香。卤笋下茶、下啤酒、白酒，都妙不可言，甚至有小孩就用手拈着当零食吃，就如同吃茶干。青皮早笋制笋干多，过年时待客，有吃香椿头的名贵。

石笋出来，夏已深。石笋是实心的，味涩。一般与雪里蕻同炒，油爆，或焯水炒，亦可久焖。油爆虽花功夫，但笋气十足，鲜味丧失也较少。焯水简捷，但败鲜厉害，笋子的爽脆也大打折扣。

采石笋时需小心，有种青蛇喜欢高居于竹丛灌木上，初夏，山上青枝绿叶，难以发现青蛇。村里有妇女拔笋，钻在竹丛里，一条青蛇掉到她脖颈处，吓得晕倒。所幸扎了头巾，否则被咬就难捡命了，有“青蛇咬一口，门板抬着走”之说。市场上常见卖小笋子的，一把一把，用皮筋扎捆，价格也低廉。每每见到，我都买几把，笋子好吃，拔时辛苦与危险，我非常熟悉。

桂笋在石笋后，野生的极少，一般人家栽在房前屋后做风景。笋子长出规划界的，才拔而食之。桂笋粗壮，不好看，味道与青皮早笋区别不大。青皮早笋好看又好吃，这点，桂笋不及。贵笋大约算笋中压轴的了。皮上斑点多，褶红衣，在竹棵里十分惹眼。小时偷过村里松柏大叔的桂笋，他家狗“旺”得像下暴雨，腾跃，扫尾，龇牙咧嘴。我吓得不敢动，狗把菜园里的松柏大叔惊来了。松柏大叔个子高，四方脸像深秋的大枣。他放下锄头，跺脚，圆瞪着眼骂狗。狗十分尴尬地住了口，立正看着松柏大叔，佯装着捕捉树影子。我勾着头，但腿不抖了。松柏大叔拔了几十根笋给我，说，回去，让你爸爸用螺蛳烧了下酒。因怕父亲责怪偷笋，把笋子交给奶奶，吞下了松柏大叔的“螺蛳烧笋”。这道菜至今没吃过。松柏大叔喜欢开玩笑，会拉二胡，会根雕，没骂过小孩。现在应该 80 多岁了吧？

黄梅戏《打猪草》的开头，就是小姑娘打猪草时，碰断少年小毛家的笋子。那段小戏我极喜欢。两个小孩因笋拌嘴，又和好，送笋，充满乡野情趣。此戏唱腔活泼，唱词充满乡村生活气息。我常想，这一对人要是喜结连理，笋该是大红媒吧？

浅夏的河流想种月亮

涉世未深的夏，是被香樟花与蔷薇花领来大地的。

香樟花的香清幽，色气素净，比香樟的新叶还薄浅，但花开气势大，像许多绿色的烟花在半空爆炸。蔷薇花甜柔，轻红晕白，单朵看，韵致如处子，但蔷薇花集体意识强，开起来千朵万朵，如江河呼啸，如瀑布腾跃。当初阳挣出薄红的东方天际，染金了香樟的叶与花，当娇娇的鸟鸣洒落到蔷薇花间，让人觉得夏天“呼呼”涌出来了。

夏天的气息比春天的气息浓烈醇厚。春天的花姹紫嫣红，但花的香气文静，夏天的花色调清明，但不少花香得奔放阔绰。香樟花香气沁人，真是山一程水一程。红舌兰花阴阴白，开起来根本不讲究什么布局，什么留白，一树开得满满当当，真叫见缝插针地开。这花释放香气也猛烈，遇到一树红舌兰花，鼻子不敢翕动，那香轰得人招架不住。红舌兰花香如鸡蛋清，也有人说是大地的荷尔蒙。花发什么香，是它们的自由，不敢对红舌兰提任何意见，唯憋着气快速走过。

苦楝花浅紫轻盈，细细碎碎，爱躲到叶子后，每朵花仿佛因为不小心漏了香气而抱歉。苦楝花香薄薄淡淡，有种薄荷与野艾融汇的气息。闻起来，心门有想关闭的沉郁之意。苦楝花与香，与浅夏的燥热，轻纱般的忧伤十分搭配。

春天把梅桃杏李的果子托付给夏天，夏天是没得说的义亲，许多果子尚在襁褓中，都是夏天一手养大，长熟的。浅夏的温度最舒适，28℃上下徘徊，利于孕生。浅夏的风有些粗野，催生潜在血脉与汁液里的力量。浅夏的阳光是四季中最解风情的。浅夏的雨收放果断，雨前脚刚走，太阳就来喷洒万斛光芒。浅夏的温度风雨阳光是玉液琼浆，把草木滋养得肥壮玉润。天天晨跑路过的一片梅树，梅果一天一个样，青青底色，缀疏密有致的桃红点，把"倚门回首，却把青梅嗅"的小女儿情态尽显出来。夏天散发曼妙年纪母性的光辉，收养的，亲生的，都出落得极致好看，鲜亮，丰盈。

浅夏的河流不再克制性情，隐匿的豁达，致远，粗野，善言，做梦，皆尽情释放。芦苇站在河畔，新绿起伏跌宕，把河流的面孔染成了青碧色，鱼的影子也绿了。浅夏的河流多才多艺，或吹奏竹笛，悠远静虚，偶尔也演绎"凌万顷之茫然。浩浩乎如冯虚御风"。鸟翔过河面，水里便有青鸟翩然远去。浅夏的河流在晴日，清透明澈，目光随波逐流，能清晰抵达水天一色处。天地仿佛旷远辽阔了，人的胸怀也恍然开阔。浅夏的河流好兴致，不乱发脾气，充满童心。月满如盘时，浅夏的河流睡不着，把月光捂在怀里，以为月光可以像种子发芽，再长出一河的圆月亮。河流日夜兼程，到了大海，海上生明月，河流非常开心，把浪头激得老高，雪白。耶！月亮长这里了。

浅夏督促人把多余的甩掉，衣服真正回到原始功能，遮身蔽体的本意发挥到极致了。旧年贴上的秋膘也因此而显山露水，自

信大打折扣，还为热所困。关于肥胖者如何苦夏，想想让北极熊在吾地过夏就明白了。实际肥胖者和矫情肥胖者的甩肉计划不再是纸上谈兵，跑步的不再三天打鱼两天晒网，跳绳的把自己大义凛然的汗照晒在朋友圈，以使自己再接再厉，撸铁的、打球的、饿到虐的，都行动起来，甩肉功夫真是八仙过海，各显神通。肥胖者因上述两大原因，在浅夏，不仅收获了美丽与健康，还悟出了人生减负的好处，这可是花重金听专家讲座所不能企及的受益。

浅夏的天空晚睡早醒，鸟的睡眠时间缩短很多。鸟一天飞翔的路更远，说的话更多。溜走的青春在浅夏喜欢回味年轻，少年在浅夏容易幻想青春，浅夏因而让鸟觉得富有，让人觉得时光添香。

浅夏的草木不减肥，绿色在浅夏，大地已装不下了，都腾飞起来，上了云端，甚至攀着太阳的金胡子，“咻咻咻”，一个跟斗，到银河里去了。花香也漫到月宫里了，昨夜的月光从深海一样的天空泻下，真香，把浅夏的花香揉捏一块的香。

浅夏的河流晒着月亮，“啵呲啵呲”笑，它认为它种出了喷香的月亮。

田　螺

“小小宝塔五六层，和尚出门慢步行。一把团扇半遮面，听见人来就关门。”说的是田螺。小时候，在水田里，沟潭里，一看到田螺，我就会蹲下看半天。

田螺憨憨的，非常认真地活着。它们身体奇特，不仅奇在“骨包肉”，还奇在壳长得那么艺术，像令人吓破胆的龙卷风，像被小孩热捧的冰激凌。田螺的壳既是护身甲，又是庇护所，硬邦邦的，挺结实。有些田螺比较注重打扮，爱披挂绿茵茵的青苔，行走时，仿佛一团青苔在蠕动。以青苔为装饰的田螺，常让人想到唐代刘禹锡的妙喻，刘老先生游洞庭湖，日光下看到清幽幽的洞庭湖中，一座小巧玲珑的君山冲波独立，不禁泼墨挥毫：“遥望洞庭山水翠，白银盘里一青螺。”小小田螺，居然活跃在古诗词里。有些田螺素面朝天，青铜色的本色壳，典雅中泛着古意。田螺温文尔雅，看田螺开门、走路，觉得有一只化身为田螺姑娘，一点不奇怪。

田螺谨慎小心，不轻易开门。我有时蹲着看，蚂蚁偷袭了几

次脚踝，才有田螺慢悠悠开启团扇一样的门。此时，我会屏息凝气，让田螺觉得我是一块石头，或者一个木头桩子。田螺会把它的那扇门渐渐敞开，高高举起，像举着盾牌一样。它的胖胖的短短的，营养充足的触角出来了，颤颤巍巍，是一个温婉的倒“八”字，田螺用身体写魅力四射的汉字，这让我比较自豪。田螺的吸盘肥肥糯糯，饱满润滑，乳白含黄，像在牛初乳里滚过。吸盘不紧不慢地蠕动，田螺就开始了慢条斯理的旅行。

田螺活得坦率，去哪里，都在软泥上留下深深的足迹，足迹像地图上的山河界线，这个行程码真是清晰明了。但是，若不小心弄出动静，田螺就十分利索地闭大门，很好玩，像电视剧中大宅门慢慢闭合。不过，田螺的门是单扇，闭得更有诗情画意，先是团扇门缓缓下降，再犹抱琵琶半遮面，忽，稳稳当当盖严，仿佛盖住了天大乾坤。田螺大门一旦关紧，任你叩门，摇晃它，抠缝，那团扇一样的门就是不开。我吃田螺闭门羹是常事。

我常常趁田螺关门时，快快地把一根哈希草伸进田螺“门口”，它的大门一关，哈哈！哈希草被夹住了，我一提草，田螺就被我拎着跑了。你不开门，我就这样吊着你。一路拎着，田螺就不费一点力气随我到处玩了。把田螺放到了水田里，耐心等待一会儿，它又慢慢开门，我把哈希草拿出来，田螺像什么事都没发生一样，或行走，或静静伏在泥上，对我把它吊着玩，不知道有没有意见。

我在童年，不仅让萤火虫照亮我的蚊帐，也把田螺养在瓷脸盆里。田螺在盆里待着，也不急不躁的样子，仿佛那小小面盆就是广袤的原野。它们有时大门紧闭，披挂青苔的，也如“白银盘里一青螺”。素颜的，像沉思者。有时，它们开心，就都把大门敞开，在盆里四处闲逛。它们有时也如同小猫崽一样，挤成一团，翻倒，滚开，把脸盆碰得“叮当”响，清脆悦耳，像风吹风铃。有的田螺顽劣得很，吸盘吸在盆壁上，像小孩冒险攀岩。田螺文静，但疯玩起来，相当嗨呢。

萝卜的光阴

萝卜在盘中餐中的广谱性，可以这么说：既可居庙堂之高，又可处江湖之远。宴席上，总有萝卜的一席之地。

萝卜做菜，不拘泥，善烹者，对萝卜的品行吃得相当透，对各路萝卜怎么发挥其特长，心中自有定位，比罗盘定位还准。因此，小菜萝卜，活出了不一般的光阴。

萝卜家族中，我认识最早的是小圆白萝卜，对这种萝卜，我长乳牙时，就对其情有独钟。我妈说我上下乳牙可以打对时，切三分之一小圆白萝卜，我坐在摇篮里可以几个小时不哭不闹，把一瓣萝卜啃得犬牙交错，有滋有味，她做鞋缝补也能进行几个小时。小圆白萝卜种得晚，经霜后嫩嫩的，水滋滋的，甜津津的，皮子光洁薄亮。妈妈说，一回，她洗半篮子小圆白萝卜搁在水缸盖上，我爸“阿嚏”了一个巨大的喷嚏，“咔嗞咔嗞”，好几个萝卜都震裂了。我喜欢把小圆白萝卜当水果吃，至今仍然酷爱。冬天，常见我闲来，“咔嚓咔嚓”，嚼得比别人吃苹果还酣畅淋漓。童年，太阳落山时，地里的冻土变得融融的，小圆白萝卜半个身子白晶晶在土外。放学路过萝卜地，就喜欢拔几个小圆白萝卜，揪去绿花朵一样的叶子，把萝卜放手心里扭扭，或者放裤腿上擦擦，萝卜就白净了。和着夕阳的余晖“咔嚓咔嚓”咬，快乐得像树上忽来忽去“喳喳”飞的麻雀。拔路边萝卜，不论谁家的地，记忆中，都没有哪个大人骂，甚至有时有面熟的大人在地里锄草，看小孩子们背着书包跑得脚不沾灰，还扬声喊：“几个小鬼，不吃萝卜？”怎会不吃呢？我总会弯腰拔几棵。有不爱吃的淘气包，笑我是小萝卜头，爱吃萝卜的头头。

大人也有生吃小圆白萝卜的，但他们主要把这萝卜做成糖醋萝卜。小圆白萝卜洗净，一个切四刀，块儿敦厚，冰糖化开，白开水冷却，萝卜块，小米椒红黄兼备，适量盐，置于大肚子玻璃罐里，封口。将近一个月，开封，萝卜被窖藏的香，意味深长，且真心真意。被陈旧光阴窖藏过的萝卜香袅袅升腾，弥漫，又被揉进寸寸新光阴里。开封的，看火候的，口水明汩暗涌，嘴唇蠢蠢欲动，常常会拈一块“检阅”，每回检阅都是意满心足，脆爽得体嘛。我随我爷爷，喜欢以糖醋水萝卜下茶，品咂出的度日滋味与糖醋生姜有异曲同工之妙。也有人以此下酒，如同武松以牛肉下酒，有人以花生米或老黄豆下酒，吃的是日子里的猛火快炒，文火慢炖，及俗世奇事，以及清欢里的自得。

大青萝卜皮厚实柔韧，内里水灵又不乏结实，往往与猪牛羊肉一起，猪牛羊肉的腥膻往往败于萝卜，荤的腻的被萝卜揉巴揉巴，有了质的飞跃，肥而不腻了。而萝卜的素，经荤油的长驱直入，横冲直撞，也一改小桥流水之态，呈大江东去之势，荤素完美制约又互相促进，成了宴上热气腾腾的主菜之一。

大青萝卜切条，如果经盐脱水，阳光揉搓，八角桂皮香薰，又是撩人的一盘诱惑味蕾失态的菜。此菜烹制要快捷火旺，我乡人不叫炒，而叫跳跳：“抓一碗出来，拍些蒜碎，炸两勺香油，

萝卜条跳跳，加红辣椒胡拨拨。”红得深沉，酸得脆爽，佐粥下面下饭，吃得舌头喜欲狂，满面春风。我三叔“滋溜”一口白酒，夹一根萝卜条，与人说土地说庄稼说鸡鸭说生死之交，常“呵呵”地笑，眼睛眯得比面条还细。

红心萝卜，我常开玩笑说其是花心大萝卜。此萝卜有的花在外表，红樱桃一样甜蜜蜜的娇色，像大玛瑙似的，感觉就是萝卜中的新娘。但里边和白萝卜无异。也有外表红得风骚，内里也艳丽得妩媚的，但吃起来都没有预期的味道。我吃这萝卜常想到这么一句话：“好看的皮囊千篇一律，有趣的灵魂百里挑一。”当然，此话不好意思说出口，一是稍微反省下，觉得可能自己以貌取萝卜，看其外表这么美艳，对萝卜的本质就有了更高期望，或者说，已不把其看作萝卜，而是作玫瑰或者水蜜桃。人的失望往往来自起初的高期望值，一旦期望打了折扣，心仿佛被剖出来，放到了北极。再者，想到汪曾祺先生理解栀子花香，替栀子花说出话来：“去你的，我就爱这么香，你管得着吗？”基于此，这萝卜我都避开其颜值一面，就当作介于小圆白萝卜和大青萝卜之间的萝卜做菜肴。

小圆白萝卜、大青萝卜、花心大萝卜，如果切片或切丝蒸熟晒干，与腊肉联袂蒸。这款菜中腊肉考验刀工，肉要薄得像灯影牛肉一般，如果放柴火饭锅里蒸，腊肉与萝卜的香糯绵远都达到了最高境界。食者的情绪也达到高潮。我爷爷奶奶在日时每每有腊肉蒸萝卜丝，都笑得皱纹颤抖。他们看儿孙吃，自己淘汤，他们没牙，吃不动了。牙好时，他们在兵荒马乱中吃上顿愁下顿，萝卜可以在日月中大显身手时，他们老了，牙掉光了，嚼不动萝卜的脆与韧了。

胡萝卜表里如一，从内至外，从外到内，橙红如橘。胡萝卜可以做菜肴，可以做果汁。做菜肴爆炒多，可纯素，可荤搭。我还是吃不惯它的“胡”味，但个体不能影响胡萝卜的美好品质，就像有些人不爱茼蒿、芫荽，及韭菜的香，但这些菜依然是节令的旗帜菜。我一边原谅我的味蕾个性化强烈，一辈子难以改变，跟犟驴似的，一边喜欢着萝卜，喜欢它们在餐桌上亦庄亦谐，喜欢它们被这么化解矛盾：“萝卜白菜，各有所爱。”扯远了，回到胡萝卜。胡萝卜如若将光阴再深入一步，被切成细丝，和芥菜，即雪里蕻一起晒皱，腌制，我又爱得差点喊心肝宝贝。

《诗经》中的《邶风·谷风》有句：“采葑采菲，无以下体。”菲，即萝卜也。萝卜在此，成为一个女子控诉丈夫喜新厌旧的喻体。细读此诗，不觉对萝卜更加膜拜，原来，萝卜的光阴从那么久远铺来。当我将萝卜当水果，做菜肴时，哪知它们还可以拷问灵魂。

淡淡日月

一、栾树的花与果

夏天的尾巴收得只剩毛尖时，栾树开花了。

栾树的名字平时很少在我脑海里跃出。它们傻愣愣地站在路边，一溜溜黑乎乎的干挺得老高，支着稀疏的树冠。“棚子”下，阳光和清风可以长驱直入。投在地上的影子淡淡的，“绿树阴浓”栾树无法做到，盛夏在栾树下躲太阳，身上都印着一个一个黄乎乎的光圈，闪着一条一条金线。因此，平时只知道它们是树而已，甚至眼风掠过它们，脑子里也没有印记。秋天的晓风扑着裸露的胳膊如针尖碰了肉。晴空如碧玉，一片片明黄的“丝绸”在澄澈的阳光里起伏跌宕，才想起栾树来：呀！栾树开花啦。

栾树的个子长得直不楞登的，花开得却浩浩荡荡。发育到了花期的每一根树枝的末梢，抽出了一串串花穗，像麋鹿的角上戴满了小黄花。栾树对开花这件事格外重视，每一根枝条都格外负责任，齐心协力把花开得又密又鲜艳，整棵树前所未有地丰满起来。实际上，栾树一辈子的丰茂就是花开时节。乍见栾树花，眼前像烟花绽放一样亮堂，一穗穗花仿佛提醒人们记住世上有这么明亮的色彩。远远看到一片片栾树林子开花，就是金灿灿的黄云悬浮在树上，穗花轻轻摇曳，优柔起伏，一点都不忸怩。每一个身姿仿佛在放飞一线线阳光，由栾花放出的阳光，嘻嘻哈哈飞进人的心里。人心里一下子敞亮起来。栾树花开得那么气势磅礴，但香得轻描淡写。有时鼻端才游过丝丝淡香，立即又没有了。于是便生出些许不满，秋光清浅，再香些，和桂子商量一下，香它们的几分，也不侵权。可栾树花依然开得艳压秋阳。

栾树花是治愈心情的花。我有次送孩子去苏北求学，孩子在身边黏糊了半年，陡然离开，我的心里好像被塞进了一团乱蚕丝。孩子坐车进校了，我突然觉得身上的一根肋骨被这个城市抽走了。坐在高铁上，觉得与孩子隔着千山万水了，心里生出缕缕牵挂的丝，将我的心越裹越紧。我无力地靠在座椅上，侧头看窗外，忽然，一大片一大片的亮黄明媚了窗外的天空，如同初阳的光芒一样的黄由远而近，栾树开花了。啊，这里也有栾树！来的时候，只顾着和孩子说话闲扯，没怎么看窗外，想不到，在远离我乡的地方，栾树花也格外黄得正派，黄得专注，黄得幸福，黄得热烈。我一直盯着窗外看，发现栾树在这里遍布。坐在高铁上眺望，天地间真成了“碧云天，黄花地”。我的心渐渐松绑，栾树花，让我觉得这块土地也亲切起来，似乎我和孩子的距离一下子缩短了。孩子和我虽然不能朝夕相见，但栾树在我的家乡开花时，也在孩子深造的那个城市绽放。

栾树花期比较长，前赴后继地开。人在树下走，如果恰好起风，会淋一身花雨。落花在地上依然黄得自信，马路像黑色的河流，栾树的落花静静伏在“河流”一隅。

栾树的果子情意绵绵，像小小的蔷薇粉的小香囊，一串串忠厚地挂在高高的枝梢。栾树果连皮带肉只有蝉翼厚，像孩子们用纸折的“东南西北”玩具，偌大的囊中，养护着两三粒种子，种子只有小绿豆大。那一个个小香囊里除了种子还装着什么呢？我想，一定是个百宝香囊，装着日月星辰的光华，风雨朝露的精髓，鸟的清脆鸣啼，虫子的浅吟低唱，还有绵长的牵挂与甜蜜的乡愁。栾树果子随着年华老去，颜色越来越深，才生得显眼时是浅粉，再到红梅花红，渐渐地，像落霞在燃烧。这时的栾树叶子渐渐凋零，栾树站在路边，站在原野山岗，仿佛大地举着一束束巨大的红火把，灼暖了寒冬里的每一个日子。

当栾树落光叶子，一簇簇果子在风里发出干硬的树叶摩擦时的脆响时，就要过年了。

二、水杉的影子

我父亲喜欢种菜栽树种花，他的院子里曾一度被规划得几乎都是树木花草的地盘。后来，家里添了三辆车，停车，调头，树枝把车子刮拉得“啪啪”响，父亲牵挂儿女，自然心疼他们的坐骑，便把绿化带和几个花圃平成了路和车库，仅靠院墙边的广玉兰和桂花橘子树水杉留着。最彪悍的就是两棵大水杉。

水杉高十五六米，如同巨大的饱蘸浓墨的毛笔。水杉成了找我父亲家的路标倒不假。我们回家，远远地看大水杉的杪尖在牵云尾巴，心就催促脚步加快了。我爸的初中同学来找我爸，被问的人会说，过了那个桥，看到两棵大水杉，就找对了。

我从记得大水杉，它们似乎就这么大。它们的躯干笔直粗壮，皮像我爷爷健在时冬天皲裂的手背，布满深褐色绒毛，蚂蚁爱在它们皮肤的沟壑里玩跋山涉水的游戏。水杉发枝在躯干的四五米处，枝丫像练太极的人，双臂身前圆瓜、拢臂上抬，先生的枝年年长，后生的枝学习先生的那么长，整个树冠就像人故意塑造的一样，成了毛笔状。水杉的叶子羽状对称生，清瘦得很，像嗦尽了肉的银条鱼骨。当然，水杉叶子不会硬如鱼骨，它们被风梳得可作蝶翅震颤。因此水杉的“笔头子”饱满润和，仿佛有神力的人挥舞起来，真能笔走龙蛇，泼墨成画。

水杉高得能拂扫天空脸上的烟尘，让云朵歇歇脚，喜鹊在高枝筑巢，自豪地“喳喳”表达幸福。但大地上能与水杉志同道合的只有它们的影子。水杉最童稚的时候是春天，麦粒似的叶苞被春风吹绿了时，仿佛一树的小眼睛在看桃花开，看菜种子发芽，把泥土绒毯给顶破了，露出戴着种壳帽子的芽头。水杉叶子兴高采烈地破苞，闪绿光。阳光和细雨微风从枝缝间穿过，把一枝枝没长丰的“管羽”梳得一根不乱。水杉现在是快乐的儿童，和影子隔空对话。水杉的影子踩着菜园门翻到菜园里，竹栅栏菜园门不知被水杉影子踩了多少年，依然结实。影子罩着靠菜园篱笆墙的一堆坟，坟被爷爷垒得像大大的火灰堆，睡着艾的根茴香的种子。因为这个坟堆，以前我要是傍晚一个人到菜园里，会头皮发麻。后来一个夏天晚上，爷爷在星空下的竹榻上为我们摇扇子说故事，说那年深夜，鬼子进村了，全村人都躲起来了，爷爷奶奶带着孩子和一些乡亲们躲在麦地里，我的一个姑因为饿得老是吭哧吭哧哭，爷爷怕哭声暴露了大家，就用大手掌使劲捂着她的嘴。鬼子一无所获地撤出了村子，我的那个姑却不会呼吸了。爷爷说那个小姑的骨头就在那坟堆里。我后来就不怕这个坟堆了，

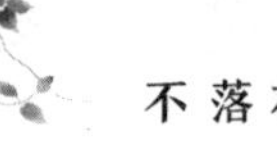

每当看到水杉的影子在坟堆上晒着阳光，觉得水杉影子在帮坟堆育苗。水杉影子每天出来，都和水杉不即不离，影子由水杉脚边出发，绕着水杉划圆，从来不东游西逛，更不玩失踪。五月，茴香长一尺多高，麻摇曳着健美的茎叶，坟堆看不见了。水杉影子做了茴香和麻的防晒棚。

夏天，水杉绿得扎扎实实，影子就在地上、院墙上贴墨画。小狗坐在墨画上望着水杉叶子在树枝上“哗哗”唱歌，跳抖肩舞。院墙头上的水杉影子做了猫的毯子，它睁只眼闭只眼地睡着。晒床因为水杉影子，不烫鸡的脚，公鸡走路像白鹭那样高抬腿，缓落下，红着脸，脖子一顿一顿。蝉叫得像大海滚潮，公鸡侧耳听，似乎在研究是不是水杉叶子在叫。母鸡扒拉院墙根边的土，土里的红蚯蚓被扒出来，脾气暴躁地使劲蹦跶，几只母鸡就失去风度地抢那条闪着光泽的艳红蚯蚓。这常常会引得水杉影子下一阵骚动，狗从水杉叶子上收回目光，不满地斜了鸡们几个眼风。猫抬起头，端坐在水杉影子里，也对鸡们怒目而视，喵喵骂：“真没素质！”也有蚂蚁旁若无鸡地搬家、爬树。

蚂蚁干活勤奋，还不受外界环境影响，除非暴雨来袭，除非谁阻挡了它们的去路。我和弟弟们在树影子里写作业，写一会儿，觉得爬院墙的蚂蚁太辛苦了。那么细那么短的腿，院墙陡峭，高过窗台，虽然不知道蚂蚁为什么爬，但看它们那么急匆匆，一定是有重要的事办。我们从篱笆上割一根木槿枝，削掉绒枝，让大枝躺在地上，蚂蚁仿佛知道我们的意思。纷纷爬到木槿大枝上，我们把木槿枝搭在墙头，小小的身体和细细的胳膊成了一侧桥墩，院墙是一侧桥墩，这个专属蚂蚁的高架桥就竣工了。蚂蚁爬得非常严肃，仿佛来验收是不是豆腐渣工程。蚂蚁们意气风发地过了桥，上了墙头，四散而行，有“各回各家，各找各妈”的派头。为爬院墙的蚂蚁搭高架桥，省得它们走许多弯路、险路，让我们觉得很有成就。

整个秋天，水杉都在安排叶子降落，哪一波先落，哪一波继续造影子，都安排得非常妥当。水杉落叶子，地上铺着金色的梳齿，也有整个白条鱼骨，不过都被秋风涂成了橘黄。一棵水杉树叶子有几担，清晨，妈妈把落叶扫成堆，用大竹箩运到菜园，倒在大蒜、萝卜、白菜的菜网里，说暖菜根。水杉叶子落尽，农家就要晒红薯粉、做豆腐、晒豆渣团子了。豆腐被切成小方块，像电脑的立体键盘上的按键。水杉影子现在像疏疏朗朗的线条画，枝条的影子投在晒箕里，让人想到杯弓蛇影。豆腐块和豆腐渣被阳光揉一揉，香出了豆腐乳的前奏。红薯粉在水杉树下莹白，仿佛在回想自己在土里听来的故事。

三、乡村的弯月升上来

月早早悬在天空，西边天空的晚霞蔷薇粉，映得屋顶水蜜桃一样鲜艳。月如满弓，白如鹤毛。东边一条云带，宽厚青黛，西天的霞为云带辉映出暗红的金边，原来浓烈的红和素净的青也相得益彰。

白皙的月下，银杏树的叶子苍郁密集，像扇贝那么俊俏。没有风，现在看不到月光，月光还在泻到人间的路上。可是银杏叶早已做好晒月光的架势。晒月光宜优雅，太野了，太粗暴，都不配。柿子红着半边脸，把枝丫压得低低的，搭在放杂物的棚顶上。柿子从小就接受这样的教育，有成就时要低调，不能把自己挂在高枝上甩，垂得低低的，姿态令人尊敬。柿子胖得很，果子都从没想过减肥，可劲地往胖里长，这样更显母性。柿子在月光下，母性的光辉将更加夺目。广玉兰敦厚老实，孩童脚掌一样的叶子那么肥厚，月亮像挂在它的梢头。广玉兰下的鸡冠花比红玫瑰红，这花取名鸡冠我认为不妥，一朵都有僧侣帽大，哪个公鸡能顶得动这么大的冠子？公鸡头顶的那块血色充沛的肉，已足以使公鸡威风凛凛，荷尔蒙爆棚，如果换成鸡冠花那么大的鸡冠，不仅脖子受罪，容易歪脖子，还让母鸡惧怕——这不是鸡老公了，是妖怪。

现在说鸡可以尽情说，因为不怕得罪鸡，它们早回窝了，唱悠悠地迈着高抬腿的步子回窝了。晌晴天，鸡回窝早。鸡有夜盲症，月色再撩人，它们也无法欣赏。猫喜欢夜色，端坐院墙头，仰望天空，似乎希望弯月亮掉下来，它用爪子勾着玩。

东边的云带在我看猫看鸡冠花时，不见了，不知是飘别处了，还是融到天空里了。西天仍橙红，但没有光芒了，像贴着橙红的绸布。清辉水一样泼到了人间，虫子“句句”“唧唧”“嘉嘉”叫起来，忽然合着叫，忽然少数叫，如同歌唱里的合唱与领唱。

虫子唱得如同涨潮落潮时，月亮就像流着银水了。弯月斜到了山顶，离山顶仅一射之远。山像龙腾，黑魆魆的，感觉藏着数不清的奇闻轶事。月光让树藏起绿，黑团团的，展示黑夜的隆重。月光让树影子淡淡的，像墨里添加了很多水，又搅和匀了。月亮让树影子细瘦得夸张，粗壮的广玉兰和银杏，细得像竹竿，叶子更写意，只是淡墨晕染。院里一棵丝瓜，绕满架，把一条条瓜垂吊在架下。月光照下来的角度不知怎么调的，丝瓜的影子巨大得像大草镰，仿佛在地上收割树影子、鸡冠花影子。

满天星子那么大，像原野开的野花。星星闪烁有致，可惜没有凉床，不然躺在上面乘凉舒适得呱呱叫，并且时光会穿越，一下子回到了童年。“嘁嘁喳喳”，墙根边一只蟾蜍把草爬得兵分两路，它爬爬停停，抬头看看月亮，眼睛像河波闪闪，蟾蜍的眼睛会反射月光。河水也不贪，把月光不尽收，月光浮在河面，和水一起荡漾，真正的白浪点点。

虫子的叫声把人都抬起来了，震得月亮一颤一颤的。

月亮快伏到山顶了，露水上来了，草丛里亮堂着无数月亮。

后记

这本文集定名为《不落花》，我是毫不犹豫的。

林海音在《城南旧事》中有篇文章叫《爸爸的花儿落了》。文中小英子的爸爸爱种花，对孩子们的爱严慈相济。他鼓励孩子遇到困难要“闯练”，使得不畏艰难、坚毅勇敢、勤奋努力等好习惯长到了孩子们的骨肉里，这些美好品格如同花种，被爸爸洒落到孩子们的心田，发芽，长苗，开花，因此，我觉得，爸爸的花是不曾凋落的。

我女儿晴天是我母亲一手带大的。只上过夜校的母亲精心养育我的女儿，不仅在生活上对女儿照顾得无微不至，还使她收获到书本中难以学到的很多知识与经验。母亲陪伴我女儿五年，那是我女儿学习大自然这本教科书最充分的五年。这本文集中的《不落花》，就是回忆我母亲如何陪伴女儿晴天的点点滴滴。文章很长，以四季中的花开切换时间，又融合人与自然、自然与人生为篇。晴天日渐长大，外婆慢慢衰老，但外婆根植于外孙女心田的爱小动物、爱自然的幼苗已开出灿然的花。

母亲深爱土地，爱土地滋养的万物。我的外公外婆、爷爷奶奶，以及村里与母亲同时的人都叫她“枝子”，她搁在壁橱里的夜校写字本上的名字也是这名字。我觉得这个名字很特别，别的大妈婶子都叫诸如“冬香”“红梅”“菊花”，我妈怎么叫“枝子”呢？小时候有回抄写生字“枝”，就问母亲为什么叫“枝子”，母亲一边纳鞋底，一边说：“我是五月初四生，当然叫枝子。”那时大妈婶子的名字大多是出生时的应季花，这我知道，但“枝子”是什么花呢？后来，一个晚霞烧红西天的黄昏，隔壁月龙大伯到田埂拔青黄豆，小腿被土胖蛇咬了。我爷爷从菜园篱笆边抓了几把半边莲给他治伤，我忽然想到，我妈名字一定是中药名。因为我外公也略懂中医，我常常听到他和我爷爷谈什么车前子、半边莲、乌蒙子、矮脚茶，那么，外公为母亲取个中药名极有可能。后来学了“栀”这个字，且我家房前院里几大丛栀子每次临近端午，花就开得白莹莹的，肥硕硕的，花朵把青枝绿叶压得垂弯下来，我心中一动，觉得母亲的名字应该也是应季花——“枝子”应该是“栀子”，可能“栀”不好写，就简化成了“枝”。一年四季开的花中，母亲只戴栀子花。

母亲从2011年生病后，身体每况愈下，前年因病毒感染致眼生疾，到省内外多家医院治疗，还是双目失明了。母亲再也看不见花红柳绿，但一些花她一闻，还是立即无误地叫出名字，我知道，这些花都盈盈地开在母亲心里。山川河流，云星日月，都在母亲的脑海里。看不见的母亲有时突然说：“十点多了吧？”果然，钟的针指示区间差不多是十点钟。每当母亲脱口而出正确的时间，毫不迟疑地讲出物候天象，我都会心里发热，眼前模糊，大地上的事情，天上的印象，都鲜活在母亲的记忆中，只要母亲活着，都是她的“不落花”。

我是喝着乡村的水长大的，天空中、大地上的“不落花”于

四季更迭、昼夜交替中，尽显万千风姿，即使你耳濡目染几分钟，也会涌来撼动胸怀的发现。近年来，我勤奋记录大自然中的一些“发现”。每一天晨跑都是我一天的最美出发。我尤其喜欢郊外，这里静寂，视野开阔。日出日落，月出星隐，我都会凝望，那些或恢宏或微小之景，再寒冷的天气，都令我心中汩出温泉。我欢欣、惊叹于那么多的“一瞬间”与“片刻”，日子里每天都如同在开花。一花一世界，一云一苍穹，都是我放牧我的笔的无边牧场。我感恩天上人间赐予我无穷无尽的“不落花”，并慷慨大度地容我采撷，于是《不落花》出世。

这本集子以描写天空与大地的风光为主，部分讲述风土人情冷暖。写景时笔下生涩的群体阅之，会很好地获得写景启示。而在日子里心弦绷得硬邦邦的人，即使翻开集子匆匆一瞥，也会让心弦慢慢松软平复，弹奏出刚刚好的生命之音。